失乐园

[英]约翰·弥尔顿 著

[法]古斯塔夫·多雷 绘

朱维基 译 武学 编

吉林出版集团股份有限公司 | 全国百佳图书出版单位

图书在版编目（CIP）数据

失乐园 /（英）约翰·弥尔顿著 ；（法）古斯塔夫·
多雷绘 ；朱维基译 ；武学编. -- 长春 ：吉林出版集团
股份有限公司，2025. 6. --（多雷插图本世界名著）.
ISBN 978-7-5731-6722-4

Ⅰ. Ⅰ561.24

中国国家版本馆CIP数据核字第2025WR2979号

DUOLEI CHATU BEN SHIJIE MINGZHU SHILEYUAN

多雷插图本世界名著·失乐园

著　　者：［英］约翰·弥尔顿
绘　　者：［法］古斯塔夫·多雷
译　　者：朱维基
编　　者：武　学
出版策划：崔文辉
项目策划：赵晓星
项目执行：于媛媛
责任编辑：李易媛
封面设计：观止堂 _ 未　氓
排　　版：昌信图文

出　　版：吉林出版集团股份有限公司
　　　　　（长春市福祉大路 5788 号，邮政编码：130118）
发　　行：吉林出版集团译文图书经营有限公司
　　　　　（http://shop34896900.taobao.com）
电　　话：总编办 0431-81629909　营销部 0431-81629880/81629881
印　　刷：大厂回族自治县益利印刷有限公司

开　　本：787mm×1092mm　1/16
印　　张：17.25
字　　数：309 千字
版　　次：2025 年 6 月第 1 版
印　　次：2025 年 6 月第 1 次印刷
书　　号：ISBN 978-7-5731-6722-4
定　　价：68.00 元

印装错误请与承印厂联系　联系电话：13521219071

目录

Volume I

第一卷

解题

　　第一卷先简略地提出整个题旨——人的违逆，因此他被安置在里面的乐园失去了；然后讲到他的堕落的主因——蛇，或是蛇里面的撒旦；背叛上帝的，并且把许多的天使军队引到他的一方面的他，依照上帝的命令，同样他所有的军队，从天国被逐到大深渊里去。这个动作过去了，诗便急入事情的中心；呈显出现在堕落到地狱中去的撒旦，同着他的天使们——这里不描写他们在中心（因为天和地可以被假设还没有造成，当然还没有被诅咒），却是在完全黑暗的一处地方，最适宜地称作混沌。会同他的天使们惊呆地躺卧在燃烧着的湖上的撒旦，在一个时候后，好像从错乱里醒复转来；唤起躺卧在他旁边的、阶级和威权次于他的；他们会谈他们的悲惨的堕落。撒旦唤醒他所有的军队，直到那时他们同样灭亡地躺卧。他们起身，检查他们的数目，整肃战争的列阵，依照以后在迦南和邻近的国度里被知道的偶像说出他们的主要的首领的名字。撒旦向他们演说，以还能复得天国的希望安慰他们，但是最后告诉他们，依照在天国的一个远古的预言，或是传说，一个新的世界和生物的新的种类要被造成——因为天使们远在这个可见的创造之前存在是许多古代的教父的想见。寻出这个预言的真确，和在上面作什么决定，他指定一个全体的会议。他的同侪计划的什么。沛地摩纽姆，撒旦的王宫，突然地从深渊建成，向上升起；地狱的同僚坐在那里会议。

请唱人的最初的违逆，和那颗禁树的
果实，它的致命的滋味把死带进了
这世界，还带进了由于失去了伊甸园的
一切我们的忧愁，直到一个更伟大的人
恢复我们，并且复得那幸福的座位，
请唱哟，上天的诗神，你在莪拉勃山
或是西那山的幽秘的巅上感动了
那个牧羊者，他最先教那精选的民族
在开初的时候天和地怎样从混沌中
升起；或是，倘若西昂山和靠神庙而流
的西洛的小溪更使你喜悦，
我便要求你帮助我的冒险的歌唱，
它不以中途的逃遁想去飞越爱莪宁山，
当它追求在散文或诗歌里
未曾企图过的事物。而最要的是你，
哦，仙灵，你欢喜正直的和纯洁的心
甚于一切的寺庙，请指导我，
因为你多知；从最初你就在场，并且，
以张开着的巨大的翅膀像斑鸠般地
孵伏在广渺的深渊上，使它怀孕；
我心中晦暗的，使它光辉；
低陋的，高举和扶持；所以，
达到这个伟大的题旨的高峰时，
我可以断定永久的天命，
并且把上帝对于人类的大道代为辩证。

请先说，因为天不能从你的眼光隐
去什么，地狱底深的境界也不能；
请先说什么原因煽惑
在那种幸福的情形里的，
这么高地为天所宠爱的我们的先祖，

从他们的造物主那里逃亡，
并且犯背他的圣旨，为了唯一的禁诫，
不然便是世界的君主？
谁最先引诱他们去做那个不法的反抗？
地狱中的蛇；这是他，他的诡诈，
给嫉妒和复仇唆使，欺骗了人类的母亲，
那个时候他的骄傲把它从天上逐出，
同他一群反叛的天使们，
以他们的援助，希图着使他自己的
光荣超过他的同辈们，他相信能和
至高者相等，倘若他反抗；并且怀着
野心的目的，以徒然的企图，
向神的皇座和帝政在天国里
举起不敬的战役和骄傲的争斗。
万能的权力把它笔直地从至高的
苍穹燃着火焰掷下，带着可怖的毁灭和
焚烧，下到那无底的地狱，
要住在那边坚固的链和惩罚的火里，
他胆敢去挑惹万能主同他战争。

比那为凡人计算白日和黑夜的太虚
大起九倍，他同着他的可怖的一群
被征服了地躺卧，在火渊中滚动着，
蒙到羞辱，虽然不死。但是他的判罪
为他保留更多的神罚；因为现在失去的
幸福和永久的痛苦的思想挫折他；
他把它的悲伤的眼睛向四周丢掷，
表示巨大的悲惨和沮丧，混合着执拗的
骄傲和倔强的憎恨：立刻，如天使的眼光
所能及到的那样的远，他眺望荒野的，
凄凉的、悲惨的景象；一个可怖的地牢

万能的权力把它笔直地从至高的苍穹燃着火焰掷下。

如同一只大炉般地在四周发焰；
但是从那些火焰，没有光，
却有黑暗可以看出，
仅仅为现出悲痛的情景，烦恼的地方，
凄切的阴影，在那里平和与休息
绝不能居住，来到一切的希望绝不来到，
但是没有止境的磨难为永久烧不尽的
硫黄所养的一个火的洪水却仍在追逼。
永久的正义预备好了这样的地方
为那些叛抗者；这里他们的牢狱设立
在完绝的黑暗里，他们的运命已被配定，
离开神和天的光那样的远好像三倍的
从中心到至远的天极。
哦，和他们从那里堕落的地方多么不同！
在那里他的堕落的同伴们，
同着洪水和暴火的旋风沉落，他不久
就看出；还有，在他旁边起伏着，
一个在权力里次于他，并且在犯罪里
次于他，长久后在帕拉斯丁被知道，
并且被叫作倍尔齐勃的。神敌，
并且在天上此后叫作撒旦的，以大胆的
言辞打破可怕的沉默，这样开始对他说：

　　"倘若你是他——但是，多么堕落！
多么变了比起在幸福的光明国里，
穿着越越的光辉，曾胜过虽是光辉的
万星的他！倘若你是同盟，一致的思想
和主张，在光荣的事业里的相等的希望
和危险，使我和你联合的，如今灾祸把
我们联合在同等的灭亡中的他；
你看从什么高处堕落在什么坑里：

他带着他的雷声证明出这么的强：
直到那时谁曾知道这些可怖的
兵器的力量？但是不为了那些，
也不为那有威权的得胜者在他的震怒里
能科加的以外的什么，我才忏悔，
或是改变，在外表的光辉上虽然是
改变了，那个固定的心，和高傲的
轻蔑，由于意识到伤害了的身价，
鼓动我去和最万能者争雄，带领着
武装的仙神的无数的兵力
去赴凶烈的争斗，他们胆敢不欢悦
他的治政，拥护我，以对抗的力量
反对他的绝高的权力在天底平原上的
难分胜负的战役里，震摇他的皇座。
战地虽失去了有什么？一切还没有
失去——那不能征服的意志，
报复的研究，不死的憎恨，和绝不顺从
和屈服的勇气：和以外的不能被胜过的。
他的愤怒和能力绝不会从我剥夺
那个光荣。低头而以哀求的双膝乞怜，
和崇敬他的权力，他由于这些战事的
恐怖最近曾怀疑过他的王国——
那真的是低卑的；那是一个卑贱，
和在这个堕落之下的羞耻；既然，
由于命运，众神的力量，
和这个天的灵质，不会失败；
既然，由这次大事的经验，兵器不较
恶劣，眼光却远得多，我们能以更成功
的希望决定用强力和诡诈兴动永久的
干戈，和我们的最大的敌人绝不妥协，

他现在胜利，并且在快活的过分里唯我
独尊地掌握天国的专政。"

那背教的天使这样说话，
虽在痛苦中，高声地夸耀着，
但是为深深的绝望所苦；
他的大胆的同伴不久便这样回答他：

"哦，王子，哦，许多在位的
权力的首领，你带领列阵的天使
在你的指导下去作战，并且，不怕做
可怖的事情，危及天的永久的皇帝，
并且把他的无上的权力证置实验，
不论为力量、机遇，或是命运所扶助！
我太明晰地看出并且后悔那可怖的
事情，以忧愁的颠覆和无理的失败，
它使我们失去了天堂，和这有力的
军队全被这样低地沉在可怖的灭亡里，
如众神和众天灵能给消灭的那样甚：
因为心和精神仍还不可抵抗，并且元气
不久就会恢复，虽然我们一切的光荣
熄灭，幸福的情形在这里吞没在无限的
困苦里，但是怎样呢，倘若他，我们的
战胜者（我现信他在权力上是万能的，
既然没有比这稍弱的能克服像我们
这样的兵力）完全地留给我们这个
我们的精神和力量，强烈地去忍受
和支持我们的痛苦，所以我们能餍足
他的报复的暴怒，或是依战争的权利
为他做更大的事情，犹如他的奴仆，
不论他的事情是什么，在这里地狱的
中心的火里工作，或是在阴暗的深渊

做他的遗命！那么这又有什么用处，
虽然我们还相信我们的力量不灭，
或是生命永久，去忍受永久的责罚？"

那恶魔的魁首以迅速的言辞
向他回答："堕落的天神，示弱是
可悲的，干，或是受苦但是确信这个，
做什么好事绝不会是我们的职务，
但是永远做恶事会是我们的唯一的
欢欣，正和我们抵抗的他的最高的
意志相反。倘若他的天命从我们的
恶寻出善来，我们的工作定要
颠倒那个目的，并且从善仍然要
找寻恶的方法；这会时常成功，
所以或会使他忧伤，倘若我不失败，
并且扰乱他的最秘密的策划，使它们
离开要到的目的。但看呀！那愤怒的
得胜者召回了他的仇恨和追逐的使臣，
召回到天门；在我们后面阵阵地打来的
过去了的硫黄的冰雹镇定了从天底绝岩
接受堕落着的我们的火潮；雷霆，
生着红电和暴怒的翅膀，或许射完了
他的箭，现在停止咆哮着穿过广渺无浪
的深渊。让我们不要错过这机会，
不论讥嘲，或餍饱的怒火从我们的敌人
把它产生。你不见那边枯燥的平原，
被弃而荒野，荒凉的境地，没有光明，
除了这些青黑的火焰的闪亮射出的什么
苍白和可怕的？让我们向那边去，
离开这些火浪的颠簸；在那里休息，
倘若任何的休息能在那里

找到蔽荫，并且，重集起我们受损了的
权力，商量我们以后怎样能够最攻击
我们的敌人，怎样恢复我们自己的
损失，怎样克制这个可怖的灾难，
我们从希望里能得到什么的援助，
倘若不，从绝望里得到什么的决心。"

　　撒旦这样地对他最近的同伴讲话，
头高举于波浪之上，闪烁的双眼发焰；
他的其他的部分除了平伏在水面上，
长而巨大地伸张出去，有许多丈地
浮动着，体积巨大得如同在神话里
叫作巨魔底尺寸，就像和虮夫战争的
铁顿或地球之子，在古代的太苏斯旁
占据着山洞的勃莱留司或是太虹，
或是上帝在他的一切的创造中把它
造得最巨大而使它游泳于海洋里的
那头海兽巨鲸那样。或许在挪威的
浪沫上微睡着的他，黑夜遇险的一叶
轻舟的把舵者，把它当作是什么岛；
如航海者所说的，他的鳞甲里常有
钩住的铁锚，避着风停靠在他的旁边，
当时黑夜掩覆海，并且想望的早晨
延迟不来。那魁首的恶魔这么巨长地
躺卧，锁在那燃烧着的湖上；他也不曾
从那里升起，或是举起他的头，却因为
治理一切的上天的意志和至高的宽恕
把他放任在他自己的黑暗的计谋里，
所以，以再犯的罪恶他能够把责罚
堆在他自己的身上，当他想法把恶
施诸于人，并且愤怒了的他能看到

一切他的恶意怎样地仅仅带出无限的
良善、仁爱，和慈悲，
给被他引诱的人时；而三重的灭亡，
愤怒和仇恨只是灌在他的自己身上。
立刻他把他的巨大的身体挺直地
从潭举起；在海边向后的火焰倾斜它们
的上指着的尖顶，并且成巨浪的翻滚，
在中间留出可怕的渠谷。然后用张大的
翅膀他高高地驾驶他的翱翔，凭倚在
幽暗的空气上，空气便觉到一种异常的
重量；直到他停在陆地上；倘若这是
永远燃烧着立体的，如同湖流燃烧着
流质的火的，陆地。陆地的颜色
这样的显出，就像地下的风的力移动
一座从比勒司分裂的山，或是雷吼着的
埃铁挪底震碎的山岩，它的易燃的
和加了燃料的内部，火从那里生出，
熔化着矿物的狂焰，增助风力，
和留下一座烧焦了的，闷塞着焦臭
和烟气的渊底，不幸的双足底脚掌
找到这样的停息。他的次友跟随他，
双方夸耀着他们逃避了地狱的洪水
如同神一样，由于他们自己的恢复的力，
不想是由于至上的权力的容许，

　　那沦没的大天使这样说，
"这是那国境，这是那地土，那气候，
那地方我们定要和天国对调的吗？
——这个可悲的阴暗定要和上天的光明
对调的吗？就这样，既然现在是独尊的
他能分配和吩咐什么会是对的：最远离

他把他的巨大的身体挺直地从潭举起。

他是最好，理性使他同等，强力使他
超过他的同等者。别了，幸福的田野，
在那里快活永远居住！
欢迎呀，恐怖！欢迎呀，地狱的世界！
你，最深幽的地狱，
迎你的新的占有者——带来不能给空间
和时间改变的一颗心的一个人。
心是它自己的地方，并且在它自己里
能把地狱做成一个天堂，
天堂做成一个地狱。地方有什么关系，
倘若我仍旧是同样的人，而我会是什么，
不过仅仅次于雷电使他更伟大的他？
在这里至少我们将要是自由；万能者
不是为了他的妒忌才建筑这个地方，
他不会把我们从这里赶走：这里我们
能安稳地治理；并且，依我的选择，
治理是值得野心的，虽然在地狱里：
宁可在地狱里治理，不愿在天堂里侍候。
但为什么我们让我们忠心的朋友们，
我们的失败的同伴和合伙者，这么
惊骇地躺卧在遗忘川上，而不叫他们来
和我们分享他们的一份在这不幸的
大邸里，或是再一次用重整的兵器
试着去得到那在天堂里还能够重得的，
在地狱里更要多失去的什么？"

　　撒旦这样说；倍尔齐勃便这样回答
他："除了万能者，没有人能把来失败
的那些光明的兵队的领袖啊！只要他们
一听到那个声音，在恐惧和危险里的
他们的最有生气的希望的保证，

在恶门中，在苦战的最危亡的时候
这么时常听到的，在一切的袭击里的
他们的最稳当的记号，他们就会恢复
新的勇气并且苏醒，虽然他们现在
匍匐着平伏着躺卧在那边火湖上，
如同我们一刻前那样的，惊愕而丧胆；
无怪，从这样的一个恶极的高处堕落！"

　　至高的魔王才说完了就向海岸走去；
他的极重的盾牌，上天的利器，沉重的、
巨大的，和圆的，丢掷在他后面。
广大的圆周悬挂在他的双肩上好像月亮，
她的圆体是脱司刚技术家在傍晚
从飞索尔山巅或是在淮尔达拿，
通过望远镜瞭望的，以观察新的陆地，
或是新的山河，在她的有斑点的球体上。
他的长枪——和它比起来在挪威山上
砍下来的最高的松木，要做什么
大旗缆的桅杆的，仅仅是一根手杖——
他把来走路，支持在燃烧着的泥灰上的
不稳的脚步，不像在天空的青苍上的
那些脚步；并且酷热的天气剧烈地
鞭打他，火成为拱顶。虽然他这么的
忍受，直到他站在炎焰的海底滩上，
并且叫喊他的军队，那些天使们，他们
迷糊地偃卧，密厚得犹如秋天的树叶，
散在淮龙勃洛萨的小溪上的，那里
依吐林的阴影高高地环拱着，或是像
散疏的芦苇浮动，当武装的乌列昂
用凶烈的风骚扰了红海的边岸，它的
波浪掀翻过勃雪立斯和他的曼芬的

勇士们，当他们用不义的毒根追赶
戈兴的寄寓者们，后者从安全的岸上
看到他们的漂浮着的死骸和破折的
车轮。这么密地散着，卑贱而失败，
这些军士们躺着，遮盖着河流，
在他们的可憎的变化的惊愕下。
他叫得这么高，
甚至地狱的一切的深的空洞回响了：

　　"王子们，权者们，战士们，天的
花哟，以前是你们的，现在是失去了。
倘若像这个一样的惊讶能够袭击永久的
精灵！或是在战役的劳苦后你们选取了
这个地方以休息你们的疲了的体力，
因为你们在这里寻到的睡眠的安适，
好像在天国的谷中的一样？或是在
这个卑贱的情境中你们发誓去崇拜
那战胜者？他现在看到天使和天神
在河流里滚着，同着破散的兵器和旗帜，
直到瞬刻间他的迅捷的追赶者们
从天门看见机会，并且降下把我们
践踏得这样的垂萎，或是用连珠般的
雷电把我们刺穿到这个渊的深底——
醒来哟，升起哟，或是永久地堕落！"

　　他们听到，觉得羞耻了，便振翼飞
起；如同惯于守望的人们在责务上被他
们所畏惧的人看出睡着时，睡眼惺忪地
惊起和振动他们自己那样。
他们不是不觉到他们在那里面的不吉的
情形，也不是不感到凶烈的痛苦，
但是无数的他们立时便服从他们的

大将的声音。犹如阿拉姆的儿子的
有力的手杖在埃及的凶日，在国境的
四周挥动，召起了一阵蝗虫的黑云，
在东风上斜飞着，像黑夜一样地飞蔽
不信神的法老的国境，并且遮暗了
尼罗河旁的全土；被看见在地狱的
圆穹底下，在上面，在下面和在周围的
火里，振翼飞翔着的不良的天使们
是这么的无数；直到，好像一个发下的
信号似的，他们的大帝的举起的枪
挥扬着以引导他们的前进，他们以均匀的
平衡停下在坚硬的硫黄上，并且充满
完全的平野：这样的一群好像人多的
北地绝不把他们从她的冰冻的腰部
倒出去越过莱茵河和黛罗河，当他的
野蛮的儿子们像洪水似的从南来到，
在吉布罗陀扩张到莱倍的沙原时。
从每队和每团，首领和领袖急急地
走出向他们的大指挥者站着的那里去；
神的形状，胜过人的形体；王者的威权；
不久前在天上坐在宝座上的权者们，
虽然他们的名字在天书里现今不为记起，
并且由于他们的叛逆从生命的书里
给涂去了。他们还没有在夏娃的子孙里
得到他们新的名字，直到，
在地上彷徨着，由于上帝对于人类的
试探的至高的容许他们用虚伪和谎言
腐败了人类的最大的部分去背弃他们
的创造者，上帝，和创造他们的
不可见的光荣，常常地变为装饰着华美

他们听到，觉得羞耻了，便振翼飞起。

在下面和在周围的火里，振翼飞翔着的不良的天使们是这么的无数。

的仪式，满有金光灿烂的一头畜生的
形象，和当作神般崇拜的恶魔们：
然后他们才由各种的名字见知于人们，
并且由各种的偶像见知于异教界。
说呀，诗神，那时被知道的他们的
名字，谁最先，谁最后，
在听到他们的大帝的叫喊时从那个
火榻上的睡眠醒来，顺身价的次序，
独自地来到他站在荒凉的海岸上的
地方，当杂乱的群众还远离地站着时。
最主要的是那些人们，他们从地狱的
深坑彷徨着在地球上寻求他们的
掠夺物，胆敢置定他们的座位，在长久
以后，贴近神的座位，靠到神的祭坛
置定他们的祭坛，在周围的国度里
被认作群神似的受到崇奉，并且胆敢
侍奉坐在天使们之间的，从西昂雷震
似的走出的耶和华；是的，常常地安置
他们的神龛，不净的事物，在神的
灵庙里；并且以可诅咒的事物
亵渎他的神圣的仪式和尊严的筵宴，
和胆敢以他们的黑暗冲犯神的光明。
最先，马乐克，恐怖的王帝，用人类的
牺牲的血，和父母的泪涂污；虽然，
为了大鼓和小鼓的高声，穿过火传到
他的鬼怪的偶像的他的孩子们的哭声
不被听到；阿马挪人崇拜他，
在拉白京都中和她的水原中，
在亚高勃中和倍珊中直到至远的
亚侬的流溪。对于这样无忌惮的邻居

还不满足，他用欺骗方法引领苏罗门
最聪明的心去建筑他的庙宇紧靠到
神的庙宇在不名誉的山上，并把他的
圣棒做成希挪姆的欢乐的谷，托弗
和黑色的格希那，地狱的典型，
从此命名。其次，乞马斯，
马勃的儿子们的猥亵的恐怖，从阿洛尔
到南巴和极南的阿勃列姆的荒野；
在海西朋和胡洛姆，西安的国境，
在穿着葡萄藤的西玛的花谷的彼方，
和从依利尔到死海；比奥是他的另外的
名字，当他引诱从尼罗步行到雪的姆
来的以色列人，借行出他的淫仪，
使他们受到灾殃时。他还从那里
把他的荒度的纵饮即使扩大到那座
毁谤的山，在杀人鬼马乐克的森林旁，
淫欲贴近毒恨，直到良善的约书亚
把他们赶到地狱。他们和这些人们同来，
这些人们从老欧弗莱底斯的边海
到把埃及从叙利亚分开的小溪，
有倍立姆和阿许太洛的总称——
前者是男神，后者，女神，
因为天神们，当他们欢喜的时候，能够
装男装女，或装两者；这么地柔软的
和不混杂的是他们的纯粹的精质，
不为骨节或是四肢束缚或锁住，也不
基于骨的脆弱的力量上，如同累肉地。
但是，在他们选取的什么的形式里，
伸张的或缩紧的，光明的或黑暗的，
能够实行他们的腾空的目的，和完成

爱或憎的事业。为了那些神以色列民族
屡次背弃的生命之力，和让神的
正义的祭坛冷落，对着兽神卑贱地
鞠躬；为了他们，他们的头低下，低得
如同在战役里在无用的敌人的枪前
沉落。偕着这一队神来的是阿司多拉，
弗尼西人叫她做阿司太脱，天底女王，
生着蛾眉月的角，西杜尼的处女每夜
在月下对她的光辉的形象致他们的
誓言和歌唱；在西安也不是不被歌唱的，
在那里她的庙站在那座亵渎的山上，
那个荒淫的皇帝造的，他的虽是
广大的心；给美丽的女偶像崇拜者们
诱惑了，倾拜污秽的偶像们。在后来的
旦默士，他的一年一度的伤害
在莱勃依诱惑叙利亚的少女们整个的
夏季的一天用爱的小曲悲悼他的命运，
当温柔的阿杜尼司紫红地从他的故土的
山岩跑到海去，据说是染着一年一度
受伤的旦默士的血，那恋爱的故事
以一样的势力传染到西安的儿女们，
他们的在圣庙门口里淫荡的热情是
依伏基所看到的，当他的给幻觉引导的
眼睛观察背神的犹太的恶的崇拜偶像时。
随来的是真诚悲悼的一个，当被掳的
圣柜残断了他的兽像，头和手给斩了，
在他自己的庙里。在门限上，他跌倒
在那里使他的崇拜者们羞辱，大刚是
他的名字，海怪，上身是人，下身是鱼；
但是他的庙还高矗在阿助脱斯，在该司

和阿司加朗，和在阿喀龙和加闸的边疆，
为帕拉斯丁的全境所畏惧。跟在他后的
是列蒙，他的欢愉的国境是明媚的
但麦司克司，在晶莹的溪流阿白那
和巴巴的肥沃的岸上。他对于反对
神的宫室也是大胆的：他一次失去了
一个癫病者，而得到了一个皇帝——
阿哈士，他的好酒的战胜者，他引他
去贬损神的祭坛并且把它代替以
叙利亚式的祭坛，在那上面燃烧他的
丑恶的献品，和崇敬给他克服的众神。
在这些神后面显出一群，他们，在从古
著名的名字下——莪雪立司、埃雪司、
莪勒司，和他们的扈从——以魔怪的形状
和巫术侮辱疯狂的埃及和他的祭师们，
去追求假装在野兽的，而不是人类的
形式里的他们的彷徨的众神。以色列人
也不逃避那传染，当他们的借来的金
在莪拉勃铸造成小牛时，那背叛的王帝
在伯太和但恩加倍那个罪恶，把他的
造物主比作食草的公牛；在一夜中，
从埃及前进着经过的耶和华用一击
便把全国的初生儿和所有的她的作羊鸣
的众神变成相等的。倍利尔最后来；
没有比他更好淫的，或更粗鄙的，
为了恶的本身而爱好恶的一个精灵
曾从天上坠落。没有庙宇为他建起，
没有祭坛为他燃烟；但是谁比他更
常常地在庙宇里和在祭坛前，
当祭司变成无神论者时，好像依莱的

儿子们似的，把淫乐和凶暴充满
神的宫室？他盛行在宫中和殿中，
还在奢华的城市中，在那里宴乐，
伤害和狂暴的骚扰升过它们的
最高的塔；当黑夜昏暗了街道时，
倍利尔的儿子们彷徨出来，沉浸于
骄慢和酒中。看苏东的街道，和吉伯的
那个夜晚，那时好客的门暴露一个寡妇，
以预防更坏的奸污。这些是阶级上
和权力上最优的：其余的说来很长，
虽然是更著名，爱我宁的诸神——
说是加文的后嗣，但是承认更晚迟比起
天和地，他们的夸耀的父母；
——铁顿，天的头生子，同着他的无数
的同胞，和给他的幼弟撒顿夺去的
长子权；他从更有权的虬夫，他自己
和丽娃的儿子，受到相同的掠夺；
所以虬夫僭越着治理。这些神最初在
克利脱和伊达著名，此后在寒冷的
奥令丕的积雪的巅上统治半中的天空，
他们的最高的天；或是在黛尔菲的
悬崖，或是在杜那，和杜立国的全境；
或是他们同老撒顿逃过阿特利亚到
海司丕利亚的田野，并且漂过山尔底克
到最远的岛屿。所有这些和更多的神
拥着而来；但是都带着沮丧和阴沉的
颜容，而从里面模糊地显出一些喜悦
的闪光，看到他们的首领不绝望，
找到他们自己不失败在失败的本身里；
这闪光投掷在他的颜容上好像可疑的

色彩：但是他，立时重整着他的
惯有的骄傲，用有价值的，而无实质的
类似的大言，轻优地振起他们消衰的
勇气，和骗散他们的恐惧：
径直的命令是，在喇叭和小喇叭的战争
的高声起时，就要高扬他的大旗。
阿才尔，一个高大的天使，
请求那个骄傲的荣誉做他的权利：
他登时从辉耀的旗杆展开那面王旗，
升到顶上时，他发出光来好像一颗
向风流动的陨星，华丽地闪耀着宝石
和金光，天使的徽章和纹章；
立时响亮的乐器吹出军乐：全体的大众
便送上一声欢呼，震裂地狱的空洞，
和震惊彼方混沌和古夜的国。一瞬间
穿过昏暗可以看见千万面旗旌在
天空中上升，波动着东方的彩色；
同时升起的是一座长枪的巨林；拥挤的
甲胄，密簇的盾牌以深得不能计算的
密厚的阵列显现了。他们立时排着完美
的方阵移动，依着道林风的横笛
和轻柔的箪篥；这样地高飞到最高贵的
气概的高处好像古英雄驰赴沙场，
呼出谨慎的勇气而不是暴怒，并且不为
死的恐怖所动，以致逃去或是作卑贱的
退避；也不少力量以尊严的手段
去缓和和减少烦扰的思想，和把忧痛、
疑惑、恐惧、烦恼，
和痛苦从死的或是不死的心赶走。
发出团结的力，带着团结的思想，

他们这样沉默地前进，依着迷惑他们的
在焦土上的痛苦的脚步的柔笛声；
现今他们站在前列，一个长得可怕的，
兵器亮得眩目的可怖的先锋队，穿着
古战士的装束，拿着齐整的枪和盾，
等候他们有权的首领要下的什么的
命令。他用他有经验的眼光射过武装的
队伍，立刻便横阅整个的军队——
他们的秩序适合，他们的面貌和躯干
好像神；最后他点他们的数目。现在
他的心因骄傲而扩大，并且因他的
力量坚固着觉得光荣；因为自从
造人以来绝没有遇到如上述的合并的
兵力，比给群鹤攻打的那队小人的
步兵能更得到褒奖：虽然弗尔格拉的
所有的子孙同在西白司和依留姆战争的
骁勇的民族联合起来，每方面加进
襄助的神；还有在给不列颠的
和雅莫里的武士围困的乌色的儿子
的神话或传奇里回响的；和此后所有
受洗者或不信者，在阿司帕拉蒙，
或在蒙太尔朋，或在大麦司珂，或在
马洛珂，或在脱来别桑，比武的；
或是被别寿太从阿非利加的海岸
遣出的，当却利曼和所有的同侪败于
芳太拉比霞时。像这样甚，他们超过
人的雄武的比较，却还服从他们的
敬畏的指挥者。在形体和姿势上骄傲地
超出其余者的他像一座塔般耸立；他的
形式还没有失去它的一切原有的光辉，

也不失为颓败的大天使，并且过分的
光荣显得模糊了；如同新升的太阳
窥探过地平线的迷蒙的空气而丧失
他的光线，或是凶恶的暮光从食蚀的
月亮的后面照射在世界的半部上，
并且以变化的恐惧烦扰帝王。大天使
给这么地遮暗了，但是光辉还超过
所有的他们；但是雷的深痕刻在他的
面上和忧虑坐在他的萎了的颊上；
但是在不挠的勇气和等待着复仇的
熟虑的骄傲的眉宇下；他的眼睛残忍，
却射出热情和怜悯的表示，当看见
他的犯罪的朋友们，宁说是从者们
（远异以前在幸福中所看见的），
现今他们的命运永远被罚在痛苦中；
几百万的天使为了你的过错给天罚，
和从永远的光辉给投出，为了他的
叛逆；但是他们站得多么忠心，
他们的荣光萎退了；如同，当天火
烧毁了林中的檞树或山上的松树时，
它们的堂皇的虽是光秃的树身，
带着烧焦的树梢，竖立在荒芜的
野原上。他现在预备说话了；
由是他们从翼到翼地弯曲他们的
双重的阵列，一半地把他和他的
上天使们围住：注意立时使他们沉默。
他三度地想要说话，却是三度地，不顾
讥嘲，眼泪夺眶而出，像天使们那样地
哭泣；交织着叹息的言语终究说出：
　　'哦，几万的不朽的灵体！哦，除了全

能者是无比的权者！那场争斗不算不光荣，
虽然结局是可怕的，如同这个地方，
和说也可恨的这个可怖的变化证明的
那样。但是什么先见和预知的心力
从过去的或是现在的智识，能虑到
这样的众神的联合的力量，像这样
站着的，怎么能知道给打退？因为谁能
相信，虽在失败后，这些完全的强大的
军队，他们的流亡空了天国，不会自己
重升，并且重占他们的原来的地位？
在我，愿天国的全军做证，
倘若军议纷乱，或是我躲避危险，
愿失去我们的希望。但是现今在天国
专政的他，直到那时好像一个安稳地
坐在他的皇位上的，为旧名，准许，
或是习俗所拥护，并且，完全地摆出
他的帝王的威严，但是仍旧隐藏
他的力，因此才引起我们的企图，
和造成我们的堕落。自后我们知道他的
和我们自己的力量，所以不要激起
或是惧怕给激起了的新的战争；
我们更好的能力还要在紧密的计划里
工作，用诡计和谲诈，强力不能影响的；
他最终会从我们知道，谁用强力克服的
只能克服他的敌人的一半。太虚会产生
新的世界；一个风闻在天上这样盛地
流行：不久前他计划要创造，和在那里
生殖他的恩宠会使它和天国的儿子
相等的一个民族。那里，只要去窥探，
怕便会是我们最初的爆裂，那里或是

别处；因为这个地狱的坑谷绝不会把
天的灵体缚住，深渊也绝不会永远遮蔽
在黑暗之下。但是熟议定要使这些
思想成熟。和平是绝望了，因为什么人
能够想到屈服？战争，所以，战争，
公开的或是默知的，定要被决定。'

　　他说了；以坚固他的言语，从伟大的
天使们的腰拔出的几百万把闪亮的剑
向外飞投；突然的光辉耀亮了地狱
远远的四周。他们极力向那至尊者示怒，
和凶烈地以握住的兵器在他们的
发响的盾牌上击出战争的喧声，
向着那苍天的圆穹投掷着轻侮。

　　不远的一座山竖立，它的可怖的巅
喷出火和滚滚的烟，其余的全部辉耀着
光泽的鳞皮——在它的腹里藏有硫黄
做成的五金的矿物的铁证。
众多的队伍，急急地拍翼向彼方飞
如同持着犁锄和鹤嘴的工兵队驱于
王营之前，在田野里掘沟或是筑垒。
马蒙引他们前进，马蒙，从天坠落的
最不挺直的天灵，因为即使在天上
他的容貌和思想总是弯曲地向下，
更钦羡践踏了的黄金，天阶的华富，
比起在赐福的神视中享受的任何
其他的神圣的事物。人类最初也是
由他的教导，由他的暗示，偏掘宇宙的
中心，和用不敬的手剥掠他们的母亲
地球的脏腑为那藏得较好的宝藏。
他的一群不久向山里开进一个广阔的

伤口，和掘出条条的金块。不要让谁
羡慕在地狱里生长的宝贝！那个国土
最应得那宝贵的毒物。这里让夸耀
人间的事物，和惊讶着讲述倍倍尔塔，
和曼芬的帝王的事业的那些人知道
他们的名誉，力量和艺术的最伟大的
遗迹怎样容易地给邪恶的灵体凌驾，
和他们在一个时代里以不停的劳苦
和无数的手难能做成的在一个时辰里
给毁坏。靠近原野，在许多预备好了的
小穴里，底下有从湖导来的流火的
筋脉，第二的一群以神奇的技术
铸造巨块的矿金，分开着每个种类
和去除金块的浮渣；第三的一群不久
也在地底下做成一个不同的模型，
和用奇异的输送从腾沸着的小穴
填满每个空洼；犹如在一架风琴里，
由风底一吹，传音板传到多排的风笛。
突然从地里一座巨大的建筑如同
一股蒸雾般地升起，带着和谐的合奏
和甜蜜的歌声的声音，建筑得像庙宇，
那里四周竖着壁柱，陶立克式的柱楹
蔽着黄金的轩缘；那边也不缺少飞檐
或小壁，镂着浮雕；屋顶是迴纹的黄金。
巴比伦也不，伟大的亚尔开洛也不
在他们所有的光荣里和这样的传丽
相等，祀奉他们的神比勒士或西拉壁，
或授位于他们的帝王们，当埃及和
亚叙利亚竞争豪富和奢华时。上升的
巨厦站稳它的威严的高大，并且开着

它们的铜扉的门立时现出，广阔地
在里面，在光滑的和平坦的铺石上的
她的宽广的空地：从圆穹的屋顶，多排
装着石脑油和沥青油的星般的明灯
和熊熊的火炬用精妙的魔术挂下来，
如同从天上放出光明。那匆忙的一群
惊羡着走进，有的誉赞建筑，有的誉赞
建筑师：他的技术在天上给知道，由于
许多高耸的建筑，那里持笏的天使们
做他们的住居，和像王子一样坐着，
至尊的皇帝把他们举到这样的权力，
使他们在各个天族中，治理辉煌的天人。
他的名字在古昔的希腊也不是不被
听到或是不被崇敬的；和在亚索尼国
人们叫他作墨雪白；他们传说他怎样
从天上坠落，被愤怒的虹夫从水晶的
城垛掷下：他坠落从早到午，从午到
露湿的黄昏——夏的一日，
同着落日好像一颗陨星般地从
天心落在伊琴岛莱姆诺司上。
他们这样说，错误地；因为他同这班
叛逆之徒在好久前坠落的；现今也没有
什么能供给他在天上建造高塔；
他也逃不脱，不管他的一切的功夫，
却被头向前地投出，
同着他的勤苦的一群到地狱里去建造。

　　其时生翼的天上，依遵至尊者的
命令，以可畏的仪式和号角的声音，
传布于全军，一个严肃的会议立刻要在
撒旦和他的上天使们的大都沛地摩纽姆

举行。他们的召唤从每个大队和每个
大团叫出在地位或精选上最优越的；
他们立刻成百成千地结着队来赴会。
一切的入口给塞满了，门和广阔的门廊，
但是主要地那广大的厅（虽然好像
遮着的比武场，那里勇敢的夺锦标者
惯武装着驰骋，在皇帝的玉座前挑惹
异教的武士的最精选的，作决生死的
竞争，和长枪的会试）密厚地拥簇。
在地上和在空中，擦着蟋蟀着的
翅膀的尖声。如同春天的蜜蜂，
当大日轮和金牛宫驰骋时，倒出它们的
众多的小蜂簇簇地在蜂房的四周；
它们来回地飞翔于清鲜的露和花之间，
或在光滑的木板上，那刚擦过香膏的，
他们的草筑成的城墙的外廊，散步和
会议他们的国事。那飞翔的群众这样
密厚地拥簇和给紧压；直到，
信号一下，看一个奇迹：不久前
在巨大上超过地球的巨子的，现今比起

最小的侏儒还更低矮的他们，无数地
拥挤在狭窄的房间里，好像在印度山的
彼方的小人民族；或是妖怪的小鬼，
他们在一座森林或是泉水旁边的
午夜的宴乐是给晚归的农夫看到，
或是梦想他看到，当月亮在天空如同
像皇后般地坐着，和更靠近地球转动
她的苍白的路程时；专注于他们的
欢乐和舞蹈的他们以欢音迷惑他的
耳朵；他的心立刻反响喜悦和恐惧。
无形的灵体这样地把他们的巨体减到
最小的形状，虽然仍旧没有数目，
却是自由自在地在那永久的宫殿的
广厅中。但是远远地在里面，
并且在像他们自身似的他们的广容里，
那些伟大的天公和天使坐在密室里
秘密会议，一千位半神就坐在黄金的
宝座上，众多而容满。然后在短促的
静默，和读过了召集书后，
伟大的会议开始了。

他们的召唤从每个大队和每个大团叫出在地位或精选上最优越的。

Volume II

第二卷

解题

　　会议开始，撒旦辩论是否要冒险再去发动一次战争以恢复天国：有的反对，有的赞成。第三个建议，以前撒旦提起过的——是被采取了——就是去搜寻关于另一个世界，和差不多在这个时候要被创造的，和他们自己相等或是不十分次于他们自己的另一种造物的天上的预言或是传说是否真实。他们怀疑谁将要被遣出去做这个艰难的搜寻，他们的首领撒旦独自负起这个行程，被尊敬和欢呼。会议便这样终止，余者取他们的不同的路程，赴他们的不同的职业，如他们的倾向领导他们的，以消磨直到撒旦回来的时间。撒旦进行他的路程到地狱之门；看到它们闭着，和谁坐在那里守卫，门终于被他们开了，向他展现出在地狱和天堂之间的大渊；被"混沌"那地方的权力，引导着的他以什么样的艰难渡过这座大渊，直到看到他搜寻的这个新的世界。

因功绩被推不到那不良的优位的撒旦
意气扬扬地高居在一个辉煌的宝座上，
它的光辉远超过奥墨司和印度的殷富，
或豪华的东方以最富的手把珍珠
和黄金淋漓在她的蛮族的皇帝身上；
并且，由于绝望被高举到希望之外，
这样过高地贪婪，无厌地追求和天的
徒然的战争；并且，不给成功所教训，
他的骄傲的想象便这样地表示出来了：

"有权者和支配者，天的神祀！
因为既然她的渊里没有深处能容下
不朽的强力，虽然被压迫和坠落，
我不把天国算是失去了：由于这次的
坠落，上升着的天使们会显得更光荣
和更可怕比起没有坠落，并且相信
他们自己不怕第二个命运。虽然
天的公正的权力和固定的法律最初
把我做你们的领袖，以后，由于自由的
选取和其他的什么，在会议或是在战争
里成就了功绩；但是这个失败，至少
恢复到了这个地步，建立了多得多的
比起在一个安全的不被妒恨的满口
允许的皇座上。跟随在尊严后的
天上的幸福的情境会从每个次级的人
引起妒恨；但是在这里谁会妒恨
最高的地位把他暴露在最前去挡架
大雷神的瞄准，你们的防垒，
和责他去受无限的痛苦的最大的
一份的他？没有好处可以争夺的地方，
没有争斗能从政党产生；因为一定的

在地狱里没有人会请求居先，没有人
他的现在的痛苦的一份是这么的小
以致用野心去贪求更多的痛苦。那么，
有了联合，坚固的信心和坚固的融洽的
这个优势，比在天上能得到的更多，
我们现在回去请求我们旧日应得的
遗产，比起富裕能保证我们的更确定地
会富裕；我们现在可以辩论我们使用
什么的最好的方法，还是公然的战争，
还是秘密的诡诈；谁有意见的可以说。"

他停了；在他旁边持笏的皇帝
马乐克，在天上战争的最强项的
和最凶烈的精灵，站起来了，他现在
因绝望而更凶烈。他的坚信是要被
当作和永久者力量相等，并且宁可
稍次，不能完全不关心；他的所有的
惧怕便是为那个失去的注意：上帝、
地狱，或是更坏的，他全不放在
他的心上，他便说出这些的言语：

"我的主张是公然的战争；
更不精谙的诡计，我不自负：让那些
需要的人策划它们，当他们需要的
时候，不是现在。因为当他们坐着
策划的时候，其余的，武装地站立
和急切地等待上升的信号的无万数的
人不将要坐在这里迟留着，
天的逃亡者似的，和接受这个羞耻的
黑暗的丑恶的兽穴，由于我们的延迟
而施治理的神的奇政的牢狱，
当作他们的居住的地方吗？不！让我们

撒旦意气扬扬地高居在一个辉煌的宝座上，它的光辉远超过奥墨司和印度的殷富。

宁可武装着地狱的火焰和暴怒，立刻
强迫不可抵抗的路程越过天的高塔，
把我们的笞具变成可怖的武器
去对抗那笞责者；他会要听到和他的
万能的机器的声音相等的地狱的雷声，
并且，如同闪电，他会看到黑火和恐怖
以相等的狂暴在他的天使中间闪射；
并且他的宝座的本身混合着阴曹的
硫黄和奇异的火，他自己发明的酷刑。
但是或许以向上的翅膀爬向一个
更高的敌人的路似乎艰难和崎岖的。
让他们作这样想，倘若那个遗忘川底
昏睡的药汤还没有使感觉麻痹，那么
我们能以正当的行动升到我们的
原有的地位；下降和坠落是对于我们
有灾祸的。当凶烈的敌人侮辱着穷追
我们的破了的后阵，并且通过深渊
赶逐我们时，我们以什么样的强迫
和困苦的逃亡沉到这样的低，最近
谁不感到？那么上升是容易的，结局
是给惧怕的：我们再要挑惹我们的
更强者，他的愤怒对于我们的灭亡
会找寻更坏的方法，倘若在地狱里
有会更坏地被灭亡的恐惧！什么能够是
更坏了比起住在这里，从幸福给逐出，
给处罚在这个可怕的深渊里呻吟；
在这里不会熄灭的火的痛苦定要
没有终结的希望地加上我们，他的
愤怒的奴仆，当酷烈的笞责，行刑的
时辰，叫我们去受刑时？比这样更破灭，

我们会十分地给废止，并且消形。那么，
我们怕什么？有什么犹豫我们去激起
他的至极的暴怒？这暴怒，给激到了
高处，不是十分地灭亡我们，
和把这个灵体减到无
（比起悲惨地享受永生幸福得多！）：
便是，如其我们的本质真的神圣的，
和不能死的，我们是最悲惨地在"无"
的这边；并且凭证明我们感到我们的
力量够扰乱他的天国，和以永远的侵犯
去恐吓他的致命的宝座，虽然不能近到：
这个，倘若不是胜利，仍是报复。"

　　他说完了，皱着眉，他的面貌显出
绝望的复仇和对于次神是危险的战役。
倍利尔在另一边站起，他的行动
更优雅，更人类；天国失去的人物中
没有比起他更美的；他似乎是为高位
和勋业而被创造的。但一切是虚伪和
空洞；虽然他的舌头滴落甘露，并且
能使更坏的显出如同更佳的理由，
去混乱和打破最圆熟的计谋；因为他的
思想是低的；勤于作恶，但是对于
更高贵的专业是惬怯和懒惰：他的言语
却是悦耳，他用动听的音调说：

　　"我要十分赞成公然的战争，
哦，同僚们，好像在憎恨上不居后一样，
倘若主张立刻的战争的所说的
主要的理由不最不能折服我，
并且不似乎投掷不吉的疑影在
整个的成功之上；当在军事上是

最优越的他，在他计谋的和优为的
事情里，在一些可怕的复仇后，
不信任地把他的勇气建立在绝情
和完全的瓦解上时，他的所有的目的的
范围。第一，什么复仇？天上的城塔
充满着武装的卫兵，那使一切的侵入
难陷；常在深渊边上屯驻他们的兵队，
或是以昏开的翅翼，远而广地探入
黑夜的国境，嘲笑着奇袭。或是我们能
用强力突破我们的进程，和全个地狱
以最恶的叛逆会在我们的脚后升起，
去扰乱天的最清洁的光，然而我们的
完全不朽的大敌人会不被污辱地
坐在他的宝座上，并且不能玷污的
天的灵质不久会斥去她的祸患，和净除
更低贱的火，胜利地。这样被打败了，
我们最终的希望是必定的绝望；我们
定要激起那万能的胜利者使尽他的
所有的怒气；而那个定要结果我们；
那个定要是我们的治疗——不再生存；
悲痛的治疗；因为谁愿失去，
虽然充满痛苦，这个理智的生命，
遨游于永久中的那些思想，而去灭亡，
被吞没和消失在本有的黑夜的广阔的
子宫里，没有感觉和行动？
并且谁知道，愿这是善的，
我们的愤怒的敌人能够，或是会，给予
这个？他怎么能够是可疑的；他绝不会
是一定的。这么地聪明的他会立时松放
他的愤怒，或许由于无能或是疏忽，

去给予他的敌人们他们的愿望，并且
在他的愤怒中结果他们，他的愤怒
不杀死他们为要使他们受到永远的
责罚？"那么，我们为什么停止？"
主张战争的他们说。"我们被派定、
被预定和被注定要有永远的悲苦；不论
做什么，我们能受什么更多的苦，
我们能受什么更坏的苦？"那么这是
最坏的吗，这样坐着，这样议着，这样
武装着？当我们飞逃，给凶烈的天雷
追着和打着，和恳求深渊去庇荫我们时，
将怎样呢？那么这个地狱似乎是逃避
那些伤害的处所。或是当我们给锁住
在那燃烧着的湖上时？那当然是更坏。
倘若煽旺那些凶恶的火的气息醒了，
把它们吹成七重的愤怒，和把我们
投掷在火焰里，将怎样呢？或是中断的
仇恨倘若再武装起他的红的右手
从上面来灾害我们呢？将怎样呢，倘若
他的所有的仓库都打开了，并且这座
地狱的苍空喷射他的火的大瀑布，
迫切的恐怖，有一天会可怕地落在
我们的头上；当计划着和鼓励着光荣的
战争的我们，给捉住在一个火的暴风里，
或许要给投出和钉住在他的岩石上，
做残酷的旋风的玩物和房品，或是
永远沉没在彼方滚沸着的洋底，困缚
在链条里；要在那里永远地相对呻吟，
不被宽展，不被怜悯，不被缓刑，无望的
终结的年代！这会是更坏。所以公然的

或隐秘的战争是我的意见一样地反对；
因为强力和诡计对于他能有什么，
或是谁能欺骗他的心，他的眼睛一眼
就能看到一切的事物？他从天的高处
看到和嘲笑我们所有的这些徒然的
动议，对抗我们的强力他是万能，破坏
我们的一切的阴谋和诡计他是一样地
聪明。那么我们将要这样卑贱地生存，
这样地给践踏的天的民族，这样地
给逐出在这里忍受锁链和这些笞刑？
与其更坏，不如这些，照我的忠告；
既然不免的命运和全能的天命，
胜者的意志，屈服我们。受苦，
如同做事，我们的力量是相等的，
这么地命定的法律不是不公正的：
最初这个已是给决定了的，倘若我们是
聪明，反抗着这样伟大的一个敌人，
并且对于会临到的什么是这么的可疑。
我好笑，当那些勇于刀枪和冒险的，
倘若那个使他们失望，退缩和惧怕他们
知道定会随来的什么——去忍受流亡、
耻辱、束缚，或是苦痛，
他们的征服者的判决。这个现在是
我们的劫数；我们若能忍受，我们的
至高的敌人或会立刻十分的缓和
他的愤怒，并且或许，这样远离着，
不把不作冲犯的我们放在心上，满足于
他的已加的责罚；这些怒火会从此
衰亡，倘若他的气息不撩动它们的火焰。
然后我们的更纯粹的本质会胜过

它们的毒烟，或是，习惯了，不觉到，
或是最后改变了，并且在性情和本质上
和那地方顺服了，会熟识地接受那酷热，
而没有痛苦；这个恐怖会变得柔和，
这个黑暗会变得光明；还有，将来的
时日的无止的飞翔会带来的什么希望，
什么机会，值得等待的什么变化，既然
我们现在的命运对于幸运者虽然
只显出不幸，对于不幸者还算不顶坏，
我们若不给我们自己取得更多的悲痛。

倍利尔便这样用穿着理性的衣服的
言语主张卑贱的安逸与和平的懒惰，
不是和平；马蒙便在他之后这样说：

"我们战争，倘若战争是至善，
为要篡夺天的皇位，或是为要重得我们
自己的失去了的权力：那么我们可以
希望去废黜他，当永远持续的命运将
屈服于无恒的"机会"和"混沌"
审判争端的时候。前者是无用去希望，
后者一样地无用辩论；因为在天的
领土里有什么地方能够是给我们的，
除非我们用力胜过天的至尊者？在新的
屈从的约言说妥后，假设他会发慈悲
和赐仁爱于大众；有什么颜面我们
还能卑躬地站在他的面前，和接受
布谕的严厉的法律，以尖颤的颂歌
庆祝他的皇座，并向他的神性歌唱
勉强的哈利路亚；他呢傲然坐着，
我们的妒羡的君王，他的祭坛
缭绕仙香和仙花，我们的奴性的供物？

这个定要是我们在天上的责务，这个
定要是我们在天上的快乐；多么疲倦呀
把永生消费在对于我们所憎恨的
他的崇拜中！那么让我们不要用不可能的
武力，和虽然在天上也不能接受的
得到了准许，去追求我们的光荣的
奴役的地位；但是宁可从我们自己
找寻我们的自己的善，和从我们的
自己的善自己生活，虽然在这广渺的
边境，自由自在地，对谁都不负责任，
宁可选取艰苦的自由，不愿奴隶的
光荣的安闲的首枷。然后我们的伟大
会显得最鲜明，当我们把小的创造大的、
有害的创造有用的，有祸的创造有福的，
并且不论在什么地方在恶底下挣扎，
用劳苦和忍耐从痛苦做出安乐来。
我们怕这个深黑的世界吗？天上的
治理一切的君王多么常常地选择
去住在浓黑的云端间，他的光荣不被
昏暗，并且以黑暗的威严四周地围住
他的宝座，深雷从那里怒吼着滚出，
齐集它们的愤怒，天堂就像地狱一样！
我们也不缺少技巧或是艺术。从那里
建造伟丽的建筑；天能显示的有什么
更多的？我们的答具在时间的长度里
也能变作我们的元素，这些刺戮的火
会像现在酷烈般地变成柔和，我们的
脾气会变成它们的脾气；这个定会移去
痛苦的感觉。一切的事物都归引到
和平的议案，和秩序的安定了的状态，

我们怎样能在安全里至善地整理
我们的目前的不幸，顾虑到我们是什么
并且在什么地方，十分地抛却一切的
战争的思想。你们听到我要忠告的。"

他刚要说完，这样的喁喁声便充满
了会场，好像空洞的岩石保存
狂风的声音，这风整夜地掀动了海，
现以粗暴的沉音催眠守望倦了的
舟子们，他们的三桅舟或八桨舟
在暴风雨后偶然地停泊在多崖的
海湾里。马蒙说完了后，这样的喝彩声
是被听到了，和主张和平的他的说话
使人喜悦：因为他们惧怕比地狱更坏的
这样的另一个地方；神雷和密乞尔的
剑的恐惧至今还十分地深刻在他们的
心里；和一样甚地想去建造这座地府，
由于政策和时间的长久的过程它或会
升起来和天国竞争。当倍尔齐勃——
除了撒旦，没有比他坐得更高的——
觉察到那个时，他以严肃的
态度站起来了，并且在他站起来时
好像一座庄严的柱楹；熟虑和为公的
忧虑深刻在他的前额上；王者的智慧
还在他的面孔上光辉、威赫，虽然颓败：
他圣人般地耸立，有亚脱拉般的双肩，
配负起最伟大的几个帝国的重量；
他的颜容吸引听众和注意，静得好像
夜晚或是夏日的午风，当他这样说时：

'高位者和帝权者，天的子嗣，
上天的天使！或者这些尊称现今我们

定要弃绝，而改换名目，定要被叫作
地狱的王子？因为普遍的主张这样
倾向，在这里继续，和在这里建起
一个繁荣的帝国；无疑的；
当我们梦想，和不知道天皇把这地方
判为我们的牢狱，不是我们的安全的
退隐所，超越他的有力的手臂，远离
天的高的支配生活，结起新党去反抗
他的皇座，却是要羁留在最严正的
束缚里，虽然这样地离开，在不可避免的
约束下，做他的俘虏的集群。因为，
一定的，在高或深里他仍会最初和最终地
治理像一个独尊的皇帝，虽然我们叛逆，
他不会失去他的皇国的任何部分，
却是把他的帝国扩张到地狱，并且
以铁笋在这里管理我们，好像用金笋
在天国。那么我们为什么坐着计划
战争与和平？战争判决了我们，并且
以不能挽救的损失蹂躏我们；和平的
条约还没有人来保证或是追求；因为
给予奴隶的我们的会是什么和平，
除了严厉的幽囚、鞭挞，和所加的残虐的
刑罚？并且我们能还报的是什么和平，
除了，尽我们的权力，敌忾和仇恨，不能
驯服的反抗，和复仇，虽然迟缓，
却是永远计划着那战胜者
怎样能至微地收获他的胜利和
怎样能至微地乐于做我们在痛苦里
最感到的事情？也不会缺少机会，
我们也不必用危险的远征去侵袭天国，

它的高墙不怕袭击或围攻，
或地狱的陷阱。倘若我们找到更容易的
企图呢？有一处地方（倘若天上的湮古的
和预言的传说不错误）——另一个世界，
叫作人的亲民族的幸福的住家，他们
差不多在这个时候要依我们的样子
造出，虽然在权力和卓越上次一些，
但是更为在天上治理的他所宠爱；
他的意志这样地在众神间宣布，并且
为一个震摇天的整个的圆周的誓言
所保证。让我们把我们的一切的思想
倾向那边去，去探听什么样的生物
住在那里，什么形状或质地，
有什么天赋，他们有什么权力，
他们的弱点在那里，怎样最佳地去
探图他们，用强力呢，还是用诡计。
虽然天国是关闭，天国的至高的
虐政者安稳地坐在他自己的权力里，
这处地方，他的皇国的最远的边境，
或许开放着，让那些占据这地方的
去防御它：这里，或许，用奇突的袭击
能成就些有利的举动——或是用地狱的
火烧尽他的完全的造物，或是占据一切
当作我们自己的，和像我们被逐出地
逐出那些弱小的居民；或是，若不逐出，
引诱他们隶属我们的党部，所以
他们的上帝会证明是他们的仇人，
和用懊悔的手消灭他自己手创的造作。
这会胜过普通的复仇，和在我们的
纷乱里间断他的快乐，在他的摇动里

举起我们的快乐；那时被掷下和我们
共享命运的他的爱儿要诅咒他们的
脆弱的本质，和衰落的幸福，衰落得
这样快！讨论这个是否是值得企图的，
或坐在这黑暗里设想空虚的帝国。'
倍尔齐勃这样申述他的恶魔的主张——
最先撒旦谋划的，一部分是他提示的：
因为，全为了仇恨那伟大的创造者，
压根儿去混乱人类，并且把地球和地狱
相混相合的这样深的一个恶意不是
从那万恶的作者生出能从那里生出？
但是他们的仇恨只会增加他的光荣。
那大胆的计划至高地使那些地狱的
显宦喜欢，快活在他们的眼睛里闪烁；
他们衷心赞成；他的演说便这样重始：

"你们判断得很好，长久的辩论
定得很好，神的会众，并且，像你们
自己一样，大事被决定了，这会再把
我们从最低的深渊举起，不管命运，
更近我们的故里——或许看到那些
光辉的边界，从那里，
我们能有机会用密接的兵器和合时的
远征重登天堂；或是安居在柔和的
地带，那里不是没有上天的美丽的光，
和在渐渐光亮的东方的阳光射来时
净除这个昏暗：医治这些蚀火所做的
伤疤的温妙的空气要发出她的芳香。
但是，最先，我们遣谁去寻这个
新的世界？我们会找到谁适合？
谁要用彷徨的脚去探寻那黑暗的，

无底的、无限的深渊，和通过可摸到的
黑暗找出他的不熟的路径，或是，
在他达到那幸福的岛之前，扬着不倦的
翅翼，张开他的扶空的翱翔越过广渺的
裂口？那么什么力量，什么技巧能
足够，或什么闪避能使他安然经过
严正的哨兵或是在四周守着的
天使的密布的屯驻？这里他需要
一切的谨慎：我们现在对于人选也得要
一样的谨慎；因为一切的责任和我们
最后的希望都依靠我们所遣的人。"

说了这个，他坐了；期盼使他的
眼光悬疑，等候着谁显出赞成，
或是反对，或是负起这个危险的尝试。
但是大家哑默地坐，以深思考量着
那危险；每人在别人的颜容里读出他的
自己的惶恐，惊呆了的。在那些和
天战争的勇士们的精英中没有一个
能被找到这么地强项以致只身去求纳
或是接受那个可怕的征程；
直到，最后，现今冠绝的荣光
把他超过他的同伴们的撒旦，
带着感觉到最高的实力的帝王的骄傲，
这样泰然地说：

"哦，天的众子！皇国的君主们！
深的沉默和踌躇捉住我们不是无因的，
虽然我们不惶恐：那从地狱通到
光明的路是悠长而峻嶒；我们的强固的
牢狱，这个狂暴地吞噬的火底巨穹
九重地围住我们；关住我们的烧着的

金刚石门，禁阻一切的出口。
通过了这些，倘若有任何的通过，
未有的夜的无边的太虚，大张着口，
接受他，和以生命的完绝的丧失
恐吓他，沉没在那个虚无的渊里。
倘若他从那里逃出，走进任何的世界，
或不知道的境地，他能遇到什么，除了
不知道的危险，和一样艰难的逃遁？
但是，哦，朋友们，我会不宜于装饰着
光辉和武装着权力的这个宝座，和这个
帝王的威权，倘若有困难或危险的
形式的任何为了公益的提案或决议
阻止我不去尝试。为什么我要擅执
这些皇威，而不拒绝统治，倘若不接受
和荣誉一样大的，谁统治的一样应得的
危险的一份，并且他这样甚地应得
更多的危险，因为他被推崇备至地
坐在那里，甚于他人？所以，
万能的权力，去吧，天的恐怖，
虽然坠落；在家乡静想，
当这里还是我们的家乡时，用什么
至善的方法去减轻目前的苦境，并且
使地狱更能容忍；倘若有宽限，
或是欺骗，或是缓和这座不吉的
大邸的痛苦的治疗或是魔法：对于一个
永醒的敌人不可怠于警戒，当我出外
经过一切的黑暗的灭亡的国境
为我们大家去找救济时：这个远征
没有人要和我同享。"这样地说着，
大帝站起来了，防止一切的回答；

谨慎地，恐怕，由他的决心所鼓励，
其他的首领现在或会进言要做先前
他们不敢做的事情，当然是要被拒绝，
但是，这样拒绝时，他们会在持论上
成为他的敌手，垂手得到他要经过
巨大的危险才能得到的美名。但是他们
惧怕那冒险不比他的制止的声音更甚；
他们立刻和他一同站起。他们立刻一同
站起的声音像是在渺远处听到的雷声。
他们以畏敬的俯屈向他鞠躬，和把他
称作和天上的至高者相等的一个天神。
他们也没有漏去表明他们怎样甚地
颂赞他为了大众的安全他自己轻身：
因为坠落的天灵们没有失去他们的
完全的美德；恐怕恶人们会夸耀
在世上的他们的外观的功绩，这些
功绩是光荣或涂抹着热忱的秘密的
野心所引起的。这样他们终止他们的
可疑的黑暗的会议，欣慰于他们的
无比的首领：如同昏暗的云从山巅
升着，当北风睡去时，铺满天的欣喜的
脸孔，昏暗的大空以雪和雨怒视着
下面的渐黑的景色，倘若光明的太阳，
以甜蜜的别意，偶然地射出他的夕照，
田野复活，群岛重始它们的歌唱，叫着
的羊群显示它们的欢乐，山和谷鸣震。
哦，人类真是可耻！坠落的恶魔间保持
坚固的一致；有理性的动物的人只是
不睦，虽然在上天的慈恩的希望下，
并且，上帝宣布着和平，它们仍然生活

在相互的憎恨、敌意和争夺中，和兴动
残忍的战争，使大地荒芜，相互地残杀：
似乎（这会诱导我们和洽）人此外没有
足够的恶魔的敌人，日夜等他的灭亡！

　　地狱的会议便这样地散了；伟大的
地狱的显宦挨着顺次地从那里走出；
他们的有权的大帝在中间行走，似乎
只有他是天的敌人，一样地是地狱的
敬惧的皇帝，有至上的壮丽，和神般的
模傲的尊严；一团火的天人以光辉的
纹章，和直立的兵器围在他的四周。
他们的会议终结后，他们要号角的
堂皇的声音传达伟大的结果：四位
敏捷的天使把嘹亮的金器放在他们的
嘴上向四方用传令者的声音宣说，
空渊远而广地被听到，地狱的全群
用震耳的声音回它们以高声的喝彩。
他们的心因以比较安适，并且似乎
给虚空的假设的希望所鼓励，排列的
众天人解散，并且，彷徨着，每人赶他的
不同的路，如志向或忧郁的选择领导
迷惘的他那样，那里他最能为他的
不安的思想找到宁静，和消磨厌倦的
时光，直到他的伟大的首领回来。
一部分在旷野上，或是在高空中，或是
竞飞，或是竞跑，好像奥令朴的竞技或是
帕西亚的比武；一部分勒住火的骏马，
或是以快轮闪避目标，或是排列对阵：
犹如，为警告骄傲的城池，战争似乎
在纷乱的天空兴动，和兵队在云里

接战；腾空的骑士突出在每个先锋前，
和竖起他们的枪，直到最密厚的本队
接战；太空从天的两端燃烧兵器的技艺。
其他的，怀着巨人的愤怒，更坠落了，
折裂岩石和山丘，和乘着旋风飞空；
地狱难容那狂野的喧闹——如同戴着
胜利之冠，从乌加利归来的阿尔雪狄
感到那有毒的衣袍，和由于痛苦把
西萨利的松树连根拔起，并且把利加
从伊太的山峰投到欧巴克海去那样。
其他的，更温和些，退休在一个沉默的
山谷里，以天仙的音调合着许多的竖琴
歌唱他们自己的英勇的事业，歌唱
由于战争的劫数的不幸的坠落，并且
怨诉命运会把自由的美德去做强力
或机遇的奴隶。他们的歌唱是偏好的；
但是那谐调（当不朽的天人歌唱时
什么能次于这个？）使地狱暂停，
使群集的听众狂喜。在更甜蜜的谈话里
（因为雄辩迷惑灵魂，歌唱迷惑感官）
其他的远离地退坐在一座山上，沉浸在
更高超的思想里，和高论天命，先见、
意志，和宿运——注定的宿运，自由的
意志，绝对的先见——而找不到结局，
迷失在彷徨的迷宫里。然后他们大大地
辩论善和恶，幸福和最终的悲苦，
同情和冷漠，光荣和羞辱；一切全是
空洞的智慧，和处伪的哲学！——
但是，以一种愉悦的妖术，能迷惑痛苦
和悲痛一瞬间，和能引起荒谬的希望，

或以执拗的忍耐，正如以三重的钢铁，
武装那顽固的胸膛。另一部分，集合成
稠密的队和组，去作发现那个阴惨的
和广阔的世界的大胆的冒险，倘若
任何的地方或许能给他们更安适的
居住，向着四方趋向他们飞行的路程，
沿着把它们的恶流流入火湖的四条
地狱的河的边岸——可憎的司戴克司河，
致命的毒恨的洪流；悲伤的阿启朗河，
黑而深；古洒脱司河，因在凄惨的流上
听到的高声的哀悼而得名的；凶恶的
弗来格霜河，它的流火的波浪愤怒地
燃烧。远离着它们，一泓缓而静的流水，
离司河，遗忘的河，流动她的水的迷宫，
谁从那里取饮的此后会忘去他以前的
情形和生存，忘去欢乐和悲伤，愉快
和痛苦。在这洪流的彼方一片冰冻的
地土黑暗而荒野地横躺，给旋风和
可怖的冰雹的永远的狂暴所打击，
这冰雹不在坚地上融解，却聚成一堆，
犹如古塔的败墟；不然是深的雪和冰，
一座渊，深得如同全军覆沉在那里的，
在但弥太和古开修司山之间的那片
叟波尼亚的泽地：焦炙的空气
冰冻地燃烧，寒冷做出火的功用。
给有怪鸟的脚爪的野女神拖曳，所有的
囚人，在一定的周期，给带到那边去；
和轮流地感到两个凶烈的极度的
痛苦的变化，由于变化更凶烈的极度，
从怒火的床到冰里去饿死他们的

柔软的天灵的温暖，和在那里不动地，
坚入地挨苦，并且四周冰冻着，无数的
时代——从那里又急急地回到火里。
他们进退地渡过这遗忘川的声音，增加
他们的悲哀，当他们渡时，并希望和挣扎
去达到那诱惑的流水，以滴水去沉没
一切的痛苦和悲伤在甜蜜的忘却里，
全在一瞬间中，并且这么靠近边岸；
但是运命抵拒，并且，反对那企图，
米杜萨以戈刚的恐怖守住那渡头，
水自动地逃避一切生物的试尝，
如同以前逃避谈太勒司的嘴唇一样。
这样慢行着，纷乱和凄寂的进行，
那些冒险的队伍，以战颤着的苍白的
恐怖，和惊呆的眼睛，先瞭望他们
可悲悼的命运，和找不到休息。
他们经过不少的黑暗的凄怆的山谷，
不少的悲哀的境界，越过不少的冰冻的，
多火的阿尔帕山，岩、洞、湖、沼、泽、
窟，和死的阴影——一个死的宇宙，
上帝由于诅咒为恶而创造的，对于恶
只是善；那里一切的生命死亡，
死亡生存，并且邪曲的自然产生一切
丑恶的、怪特的事物，可憎怖的、
莫可名状的、更恶的比起神话所假造的
或恐惧所怀想的，丑恶的蛇发怪、
水龙怪和火龙怪。同时神和人的敌人，
撒旦，燃着最高的计划的思想，
振起他的敏捷的翅膀，
和向地狱的门探索他的孤凄的路程：

比起神话所假造的或恐惧所怀想的，丑恶的蛇发怪、水龙怪和火龙怪。

有时他搜寻右手的，有时左手的，天空；
一忽儿以平翼掠过深渊，一忽儿飞到
高高地耸立着的火的圆穹。如同
从远处窥见的海上的一队商船，悬挂
在云间，从彭加拉，或斗南岛和铁杜岛，
商人从那里带来香料，趁着赤道的风
紧驶着；他们，在贸易的潮水上，每夜地
向南极前驶，穿过印度大海到喜望峰：
在远处飞着的魔王就显出像这样。
地狱的边境终于显现，高高地触碰着
可怖的屋顶，和九重的门；三重的黄铜，
三重是铁，三重是不能入的金刚岩，围着
没有烧尽的圈围着的火。在门的每边
坐着一个恐怖的形状；一个到腰像是
女人，而美丽，但是丑恶地终结在许多
斑驳和巨大的鳞层里，一条披着致命的
毒刺的大蛇。在她的腹部的四周地狱的
群犬以塞勃的阔口不停地高吠，发出
一片可怖的轰声；然而当它们听时，
倘若不论什么扰乱它们的声音，它们
会爬进她的子宫，住在那里；然而仍旧
在里面不被看见地高吠和狂叫。
比起这些远少恐怖的是沐浴于
把加拉勃利从暴怒的屈列那克海岸
分开的海洋里的困恼的西拉；那些
跟从那夜女巫的也不更丑恶，秘密地
召来的她穿空而来，给幼孩的血香
引导，去和莱泼兰的女巫们跳舞，那时
辛勤着的月亮因她们的蛊惑而蚀食。
另一个形状——倘若没有可以辨明的

面目，骨节，或手足的它可以叫作形状；
或是可以被叫作物体，物体像是影子，
因为两者相像——它站着黑得像夜，凶得
像十个恶女神，可怖得像地狱，和挥动
一支可怖的镖枪：他的头戴上和一只
皇冠相类的什么。撒旦现在是在近边，
离了座位的怪物以可怕的大步一样
快地迎着上来；当他摆步时地狱也抖了。
那不屈的魔王惊讶这个会是什么——
惊讶，而不是惧怕；除了神和他的儿子
他不看重也不躲避任何的造物；
他以轻侮的眼光便这样地先说：
　　"你从何处来的，你是什么，丑恶的
形状，你胆敢，虽然怪丑和可怖，前进
你的造作不良的面目以阻碍我的到彼方
之门去的路程？我要经过它们，
那是一定的，无须请求你的准许。退去；
否则尝尝你的愚蠢，并且以实证知道，
地狱的儿子不能和天的精灵相争。"
　　那妖魔，充满着暴怒，回答他说道：
"你是那个反叛的天使，你是他吗，
他在天上第一次破坏和平和信心，
直到那时未被破坏的，并且举起骄傲的
反叛的武器带领三分之一的天的儿子
向至高者誓师——为了那个你和他们，
见逐于上帝，被责罚在这里，在忧愁
和痛苦中消磨永远的时日？坠狱者哟，
你还把你自己算在天的精灵们中，
并且在这里吐出轻蔑和挑战，在这里，
我是王，并且，更使你气愤的，我是你的

在门的每边坐着一个恐怖的形状。

王和君主？回到你的刑场去，虚伪的
逃亡者；并且加快你的翅膀的速率，
怕我会用蝎尾的鞭子追击你的迟留
或是以这支镖枪的一击，奇异的恐怖
和以前未曾感过的痛苦袭住你。"

　　丑恶的憎怖者这么地说，并且，
这么地说着和威胁着时，形状变得
十倍地可怖和畸形。另一面，
因愤怒而发火的撒旦毅然地站立，
并且燃烧如同一颗彗星，那在北极的
天空里燃烧巨大的蛇星座的长度，
和从他的可怖的头发震散疬疫和战争的。
每个向另一个的头平放他的致死的
瞄准；他们的致命的手不想望第二次的
打击；每个向另一个还投射这样的
一个睨视，如同满载着上天的炮声的
两片黑云在里海上鸣震着来到，
和面对面地站定，迥翔着
一些空际，直到风吹出信号去连合
它们的在半空里的黑暗的接战：
两个伟大的对敌者这么地皱眉，
以致地狱因他们的皱眉而变得更黑了；
他们这么匹配地站停；因为他们两人
从不曾，只是一次地会逢到这样伟大的
一个敌人：现在大的事情给做成了，
地狱会因此鸣震，倘若那紧靠地狱的门
坐着的和保管致命的钥匙的蛇般的
女巫不站起而以可怕的叫声分开他们。

　　"哦，父亲，你的手想要做什么
事情"，她叫道，"对你的唯一的儿子？

哦，儿子，你有什么愤怒要弯下你的
致命的镖枪向你的父亲的头？
知道为了谁？为了坐在天上的
和同时好笑你们的他；你们被他罚做
他的奴仆以执行他的愤怒，他把来
叫作正义的，吩咐你们的不论什么；
他的愤怒有一天总会把你们两人灭亡。"

　　她说了，听了她的话那地狱的瘟神
停住了手，然后撒旦回答她这些话：

　　"你的叫声这么的奇异，你的插入的
言语这么的奇异，以致被阻止了的
我的突然的手停住了告诉你它还想
要做的事情，直到我第一次知道这样
有双形的你究竟是什么，并且为什么，
第一次在这个冥谷里相遇，你叫我
做父亲，并且把那个怪物叫作我的
儿子。我不认识你，直到这时也从不曾
看到过比他和你更可憎的事物。"

　　地狱门的女看守者对他这样回答：
"那么你忘却了我，而现在我在你的眼里
显出这样的丑陋吗？在天上一度曾被
当作这么媚丽的，那时在会议里，
并且在和你联合起来向天皇作大胆的
背叛的天使们的眼前，悲惨的痛苦
突然袭击了你，你的眼睛昏暗和眩昏地
在黑暗里游泳，同时你的头投出浓厚
和争速的火焰，直到，在左边广阔地
张开着，我从你的头里跳出，光辉的
形状和颜容最和你相像，那时上天地
媚丽地发着光，一个武装的女神。

惊愕捉住了天上的众神。他们起先惧怕地
退缩回去，把我叫作'罪恶'，
和把我当作不祥的预兆；但是，渐渐地
变得熟悉了，我以引人的媚美使最厌恶
我的欢喜和心醉——尤其是你，时常地
在我里面看着你的完美的形象的你
渐渐地着上了爱；并且在暗地里和我
取得这种的欢乐以致我的子宫怀孕一个
渐长着的累重。不久战争起了，战役
在天上开始，在这些战役里绝对的胜利
（因为此外能什么呢？）属于我们的
万能主；我们的份是在天上的
损失和战败。他们坠落了，垂直地
从天顶逐出，坠进这个深渊；我也是
在这普遍的坠落里：在那时候
这柄有权的钥匙是被交给在我的手里，
命令我永远关闭这些门，
没有我的开启没有人能通过它们。
我忧郁地独自坐在这里；但是我坐得
不久，直到为你受孕的而现在过分地
长大的我的子宫感到奇异的跳动，
和哀苦的阵痛。终于你现在看到的
这个憎恶的儿子，你的亲生子，破着
暴烈的路，力扯过我的脏腑，以致，
因恐惧和痛苦则扭曲了，我所有下部的
形状便这样渐渐变样了；但他，
我的亲生的敌人，产出了，挥着造来
破坏的，他的致命的箭。我逃了，
和叫出'死'！听了那憎怖的名字
地狱震动了，从所有的她的洞穴叹息，

和回响出'死！'我逃了；但是他追赶
（虽然似乎被贪欲甚于被愤怒所煽动），
并且，远比我敏捷，追上我，他的母亲，
全惊呆了的，在有力和丑贱的拥抱里
和我交媾，由于那个强奸产生这些狂吠
着的怪物，以不停的叫声围绕我，
如你看到的，每点钟怀孕，每点钟生产，
在我是无限的悲哀：因为，当它们
欢喜时，它们回到产出它们的子宫里，
狂叫，和啃咬我的脏腑，它们的食料；
然后重新爆裂出来，以感得到的恐怖
围扰我，以致我找不到休息或安宁。
狰狞的死，我的儿子和仇敌，反抗地
坐在我的眼前，他唆使他们向前，和不久
会吞噬我，他的生母，为了缺少其他的
掠食，但是他知道他的结局和我的相连，
和知道我会证明出一个苦味的食物，
他的毒害，不论将在什么时候：命运
这样宣布。但是你，父亲哟，
我预先警告你，避开他的致命的箭；
也不要徒然地希望在那些闪亮的兵器里
是不能破的，虽然是天炼的；因为那个
致命的击打，除了天上的治理者，
没有人能抵抗。"

　　她说完了；那机警的魔王立时
知道了他的训诫，
渐趋和蔼，便这样柔顺地回答：

　　"亲爱的女儿，既然你称我做你的
父亲，和在这里给我看我的美丽的儿子，
在天上和你同有的狎淫和欢乐的亲爱的

质信，为了预见不到地，预想不到地
落在我们身上的可怕的变化，现在说起
来也可悲的，那时是甜蜜的欢乐；
要知道，我来不是一个敌人，却要
把他和你，和在我们的义正词严的
托词里作战的同我们从天上坠落的
全体的天使们从这座黑暗和凄凉的
痛苦的屋宇释放出来。我离开他们
单独负起这个愚拙的使命，为了大家
把我一人去冒险，用孤凄的脚步去跋涉
浮空的深渊，和用彷徨的探求穿过
无垠的太虚去搜寻一处预言要来的
地方——并且，依符合的征象，在不久前
造得广垠和浑圆的——在天的边境的
一处幸福的地方；一族突兴的生物
被安放在这里面，或许为补足我们的
空的地位，虽然更远隔，恐怕天堂多容了
力强的群众，或许会引起新的骚动。
若是这个，或是比这个更秘密的
任何什么，现在给计划了，我急要知道；
一知道了这个，我就要回来，和带你到
那个地方去，你和死要安适地居住，
和隐没地寂静地上下翱翔于充满
馨香的肥美的空气里。那里你要无量地
饱食；一切的事物都要做你的食物。"
他停了；因为两人似乎十分的喜悦，听到
他的饥饿要给满足了，死憎怖地露出
一个狰狞的微笑，并且祝福他的兽胃
被注定要有那个良好的时辰。他的
不良的母亲一样快活，便对她父亲说：

"我依责任和天的万能的帝王的命令
把握这座地狱的钥匙，不许开启这些
金刚石的门；死站着准备向一切的强力
投射他的箭，不怕被活人的权力打败。
但是我对他的命令有什么责任呢，
他毒恨我，和把我丢下在这个幽深的
黄泉的昏暗里，给囚禁在这里坐着
去做可恨的责务，在天上生长的天的
居民，在这里的永久的忧愁和痛苦中，
为吃我的脏腑的我的自己的子女的
恐怖和吵闹所围绕？你是我的父亲，
你是造我的，你给我的生命；除了你
我应服从谁？跟从谁？你不久就要带我
到那光明和幸福的新的国家，混合在
安适地生活的众神的中间，在那里
我将要在你的右手淫乐地治理，像是
你的女儿，你的宝贝，没有终局地。"

这样说着时，她从她的身边拿了那柄
致命的钥匙，一切我们的忧愁的哀具；
她的兽尾向门滚着，那扇巨大的铁闸
便高高地吊起，除了她自己，所有的
地狱的有权者不能把它移动一次；
然后在钥洞里转动复杂的锁防
和容易地开启每根巨铁和坚石的箐
和闩。突然间，以猛烈的退回和轧轹声
地狱的门飞开，和在它们的铰链上
摩擦出粗暴的雷声，以致奥勃司的
最深的底也颤震了。她开了门；但是去关
是超出她的权力之外：门广开地站立，
张大了翅膀的，和在招展的旗旌底下

进行着的一个军队可以通过，马匹
和车辆用散队排开；门这么地广开，并且
如同一座炉子的口喷出浓烟和红焰。
在他们的眼前突然间显现出万古的
深渊的秘密，一片黑暗的无涯的汪洋，
没有边际，没有广袤；那里长、
阔，和高，时间和空间是失去了；
那里最古的"黑夜"和"混沌"，
自然的祖宗，保住永久的无政府，
在无终局的战争的高声中，因纷乱
而握权。因为"热"和"冷"，
"湿"和"干"，四个凶敌，在这里
争夺优胜，和把它们的胚胎形的
原子卷入战争：他们围住他的
每个党的军旗，在他们的各自的
派别里，轻装或重装，锐利、敏捷，
或迟缓，众多的群集，如同巴加的
沙粒或是锡莱尼的焦土那样的无数，
被征集起来和战争着的风联合，
和平衡他们的更轻的翅膀。他们最依附
于他的"混沌"治理一瞬间：他坐着
做评判者，和因了判决更使他依之治理
的争斗纷乱：在他之后，最高的公断者
"机运"管理一切。
向这座荒野的深渊，自然的子宫，
或许她的坟墓，也不是海，也不是岸，
也不是气，也不是火，但是所有的
这些紊乱地混合在它们的怀孕的
原因里，因此定得永远战争，除非
万能的创造者命令他们，他的黑暗的

材料，创造更多的世界——向这座
荒野的深渊，好战的魔王站在
地狱的边岸望了一刻，斟酌着他的
旅程；因为没有狭窄的海口他定要
通过。他的耳朵给震响着的高而灭亡的
声音（以大事比小事）不亚于倍龙那
用它的所有的攻城的机器去扫平
什么主要的大城；或也不亚于这座天的
建筑若是在坠落着，和这些元素若是
合伙把稳妥的地球从她的轴心拉开。
最后他张开他的蓬般广阔的翅膀
预备飞翔，并且，给扬起在涌滚的烟里，
脚蹴地土；从那里上升着许多的里数，
如同在一只云椅里，大胆地腾空；但是，
当那个云椅无力时，遇到一个广浪的
太空。毫不觉得地，拍着他的无用的
羽翼，他垂直地坠落到万丈的深处，
到这个时辰还在坠落着，倘若，
由于厄运，充满火和硝酸的骚云的
强烈的反阻不把他向上赶促同样多的
里数：那个暴怒停止了，给消灭在一片
卑隰的流沙中，不是海，也不是良好的
干地：几乎沉没了，他向前进行，
踏着粗糙的坚实，一半用脚，
一半飞翔；现在桨和帆对他都适用。
如同一头半狮半鸟兽以翱翔的行程
飞过荒野，飞过山丘或是多沼的山谷，
追逐偷偷地从他的常守的处所窃取
他监护着的黄金的亚力玛司比人；
那魔王这么恳切地以头、手、翼，或脚

赶他的路程，在湿地或峻山之上，通过
狭窄的、崎岖的、浓密的，或是稀薄的，
或泅，或沉，或涉，或爬，或飞。
终于，一片震昏着的声音和全混杂了的
人声的普遍和狂野的骚闹，从黑暗的
空洞浮起，以最高声的暴烈袭击他的
耳朵：他飞向那边，大胆地，去会见
或许住在那个声音里的最低的
深渊的不论那个权者或精灵，同他接着
光明的黑暗底最近的边境横在那条
路上；那时立刻看到"混沌"的皇座，
和广阔地张开在荒芜的深渊上的
他的黑暗的华盖！同他高坐的是
穿着紫貂外衣的"黑夜"，万物的
最古者，他的同治者；他们旁边站着
奥克司和葛地司，和狄莫戈刚的
给畏权的名字；其次是"谣言"
和"机运"，"骚扰"和"混乱"，
全是混战在一起的，
和有一千只不同的嘴巴的"不睦"。

撒旦勇壮地转身过来向他们这样说：
"你们这座最低的深渊的权者和精灵，
'混沌'和悠古的'黑夜'，
我不是做间谍来的，为要侦察或惊扰
你们的国境的秘密；却是，逼不得已地
彷徨着这座黑暗的荒漠，因为我的
到光明的路穿过你们的广大的皇国，
独自一人地，没有向导地，
一半迷失地，我探寻最敏捷的路通到
你们的昏暗的国土和天隔界的地方；

或是，从你们的领土夺去的，天皇最近
占据的什么别的地方，为要到那里去
我才行经这座深渊。指点我的路程：
指点了后这带给你们的利益不是
轻微的酬报，倘若我失去那个国境，
一切的霸占从那里给逐出，降到她的
原来的黑暗，和你们的统辖
（这是我的现在的旅程），
再在那里建起悠古的夜的旗帜：
你们的全是利益，我的是报复！"

撒旦这样说；年老的混沌王用颤动的
声音和昏花的眼光向他这样回答：
"我知道，生客，你是谁，你是那个
有力的为首的天使，最近和天的皇帝
反抗的，虽然给打败了。我看到
和听到；因为这样众多的一群
不会没有声音地逃过这可怕的深渊，
倾覆堆在倾覆上，溃乱堆在溃乱上，
因惊慌而更坏的纷乱；天门一兆一兆
地倒出她的得胜的兵队，追逐着。
我继续居住在这里我的边疆上；
如其我能做的一切会保持那存下来
要防御的一块小小的土地，这土地由于
你们的内部的纷争仍旧给侵占过，
使年老的"黑夜"的王杖衰弱：
最先地狱，你的地牢，在底下辽阔地
伸张着；最近天和地，另一个世界，
悬在我的国土之上，用一根金链连在
你的军队从那里坠落的天的那一边上。
倘若你要走的是那条路，你是不远了；

那魔王这么恳切地以头、手、翼，或脚赶他的路程。

危险也是一样地更近了。去，赶快！
破坏、劫掠，和毁灭是我的利益。"

　　他停了；撒旦不停留作答，却是，
庆幸现在他的海要找到一个边岸，
以新鲜的轻快和恢复的力量向上飞跃，
好像一座火的金字塔，到那荒野的穹苍
穿过围在四周的战争着的元素的
震击取他的途程；更困难和更危险，
比起亚哥舟在嶙峋的岩石间经过
波司弗洛司；或是犹莱茜司在左舷上
避开吉莱勃迪司，而依另一个
涡卷转舵。他这样以困难和坚苦的
艰劳前进，他以困难和艰劳；但是，
他一经过时，不久后，当人坠落时，
奇异的变化！"恶"和"死"立时
追踪着他（这是天的意志）在他后面
砌起一条广阔和平坦的路在黑暗的
深渊上面，滚沸着的渊水驯服地负起
一座神奇的长度的桥，从地狱接续起，
达到这座脆弱的世界的最远的轨道；
邪恶的天使在桥上以容易的交接来往，
去引诱或是责罚凡人，除了上帝
和良善的天使用特惠保护的那些人。

　　但是现在光的神圣的威权终于显现，
一个闪烁的黎明从天的城壁远远地射到
昏暗的"黑夜"的胸怀。这里自然最初
开始她的最远的边境，"混沌"退休，
好像一个败北的敌人从她的最外的
堡垒退去，带着较少的纷乱和较少
敌意的喧嚣；撒旦以较少的劳苦，现在
却以安闲，依着薄明在更宁静的波浪上
浮动，并且，好像一只为风浪所打的船，
欣慰地系住在海港上，桅索和绳缆
虽是破碎了；或是在和空气相同的
更薄的太虚里举起他的张开的两翼，
闲暇地遥望远处最高的苍空，广阔地
扩成圆形，不能决定是圆是方，
装饰着蛋白石的塔楼
和辉煌如生的碧玉的城墙，
以前曾是他的故里；紧靠到旁边的，
用金链悬着的，是这座下垂的世界，
大小如同一颗靠在月旁的最劣等的星。
满怀着伤害的报复，被诅咒地，并且
在一个被诅咒的时辰里，他向那边疾行。

Volume III

第三卷

解题

　　上帝，坐在他的宝座上，看到撒旦飞向这个世界，那时才创造了的；指示给坐在他的右手的神子看；预言撒旦诱惑人类的成功：把他自己的正义和智慧从一切的咎责清除，因为他把人造得自由而且能够抵抗他的诱惑者；但是仍旧宣示对人宽慈的他的意旨，因为人不由于他自己的恶念而坠落，如撒旦似的，却是被后者所诱骗。神子赞美他的父亲对于人的宽慈的意旨；但是上帝又宣示说没有"神圣的正义"的满意宽慈不能被赐予人；人由于想达到"神性"而触犯上帝的威严，因此他和他的子孙得要死，除非找到什么人能代负他的罪，代受他的责罚。神子自愿地奉献他自己去为人赎罪：天父接受他，命令他的降世，宣布他超越天上和地上的一切的名字；命令所有的天使们崇拜他。他们服从，并且全都依着他们的竖琴讴歌，颂赞天父和神子。同时，撒旦停降在这世界的极边的光秃的凸处：在彷徨着的地方，他最先看到以后叫作"虚荣地狱"的一个地方；什么人和物飞向那边去：从那里拾级着上升到天门，和在它四周流动的蓬穹上的水。他从那里到日轮，他在那地方看到乌利尔，阶级的摄政者，但是先把他自己变成一个低级些的天使的形状，并且，假装着一个热烈的欲望看新的创造，和被安置在那里的人，问他人住的地方，而被指引了。先降落在尼番底司山上。

欢迎呀，神圣的光，天的长子
的儿子！或者我可以不被谴责地把你
称作和永久者永远同在的光芒？
既然上帝是光，并且从古仅仅住在
不被接近的光里，便是住在你里面，
还没有创造的明辉的精英的明辉的流！
或者你还是听到，纯净的晶流，
你的源泉谁会说出？
你是在太阳之前，在天体之前，
并且当上帝说话时，你好像用
一件大袍一样穿戴起幽深的上升着的
水底世界，从空虚而无形的无限得来的！
现在我用更大胆的翅膀重来访你，
在逃去了地狱的河之后，虽然在那
模糊的逗留里耽搁得久了，当我
飞翔时，经过绝对的和一半的黑暗，
我不用伴合奥飞司的弦琴的音调我歌唱
混沌和永久的黑夜，天国的诗神
教我冒着险走下黑暗的斜坡，
并且重又走上，虽是艰难而奇险：
我安然地又来访你，和感到你的庄严的
生命的灯；但是你绝不能再临在这两只
眼睛上，它们徒然地转动着找寻你的
强烈的光线，找不到黎明；这么浓厚的
一滴仙水熄灭了它们的圆球，或是昏黑
的涂抹遮掩了它们。但是我不稍少停止
去遨游诗神常到的清泉，或是荫深的
森林，或是日照的山丘，浸染着圣歌的爱
但是主要地你，西昂，和底下的花川，
冲洗你尊敬的足，和唱着流的小川，

我每夜访临：有时也不忘却在命运上
和我相等的，所以在名誉上我和他们
相等的另外两位，盲目的帅密利司
和盲目的梅尼地司，和古预言者铁莱司
和费纽司：然后我取食于自动地
激发谐和的曲调的思想；好像清醒的
鸟儿在黑暗中歌唱，和隐在最阴暗的
树林里转动它的夜的歌曲。这样年岁
同着季节回来；但是白日，或是黄昏
和早晨的甜蜜的临近，或是春天的花，
或是夏天的蔷薇，或是羊群，或是牛群，
或是神圣的人面绝不回到我处；却是
云雾和永远的黑暗围绕我，从人们的
欣喜的行为那里断绝，和呈显给我
自然的造物的对于我是给涂改了的
和删除了的一篇大空文，以代替一本
美丽的知识的书卷，并且智慧在一个
入口处是十分地给关闭了。这样甚地
希望你，上天的光，内在地辉亮，和照耀
我的心，透入她的全力；在那里安放
眼睛；把一切的云雾从那里净除和
散去，所以我能看见和说出
人眼看不到的事物。
　　现在全能的父亲在上面，从他超绝
一切地高坐在玉座上的纯净的天空
弯下他的眼睛，立刻瞭望他的自己的
造物和他们的造物：所有的天的圣者
站在他的四周如同繁星般地稠密，
和从他的眼光受到不能言说的祝福；
在他的右边他的光荣的赫灼的形象，

他的独子，坐着；在地球上他最先看到
我们的两个最初的祖宗，那时还是
唯一的两个人类，被安置在幸福的园里，
在幸福的孤独里收获着欢乐和爱情的
不死的果子，不被间断的欢乐、无敌的
爱情；他然后视察地狱和其间的渊，
和撒旦，他在薄暗的高空里在夜的
这一面沿着天的城墙飞行，和现在
预备用疲倦的翼和愿意的足停下
在这世界的荒芜的外缘，那好像是
没有苍穹环抱的坚地，不知是在海中
或是在空中。上帝从他的高的瞭望
看着他，在那高的瞭望里他看到过去，
现在，未来，
他这样对他的独子先见地说："唯一的
儿子，你看见什么愤怒流配
我们的敌人吗？没有划定的界限，没有
地狱的关门，没有在那里堆在他身上的
所有的锁链，没有广张着口的大渊
能关住他；他似乎这么地倾趋于拼死的
报复，甚至会跳到他自己的叛逆的头上。
而现在，突破了一切的羁束，他飞他的
路程离开天不远，在光明的境界里，
直接地飞向新造的世界，和给安放在
那里的人，蓄意要去试探他能否用武力
灭亡他，或是，更坏的，用虚伪的诡计
诱惑他：并且会诱惑；因为人会听从
他的谄媚的谎语，和会容易地违犯
那唯一的命令，他的服从的唯一的约言：
他和他的不忠心的子孙会这样地堕落。

谁的过错？除了他自己的还有谁的？
不知感恩，他从我有了他能有的一切；
我把他造得正直，仅够站稳，虽然可以
自由坠落。我造一切的天使和天人
也是这样，那些站稳的和那些堕落的。
谁站稳的自由地站稳，谁堕落的自由地
坠落。不自由，他们能够诚恳地拿出
什么证据，关于真实的忠顺，不变的
信心或是爱，在那里面显出的仅仅地
是他们定要做的，不是他们所愿意的？
从这样的顺从他们能得到什么嘉奖，
我能得到什么愉快，当无用且无益的，
都给剥夺了自由的，都被做成被动的
意志和理性（理性也是选择）侍奉了
必需，不侍奉我时？所以他们，
如应当地，是被这么地造成了，也不能
合理地责怪他们的创造主，或是他们的
构造，或是他们的命运，好像宿命
批斥了他们的意志，被绝对的神敕
或是最高的预知所裁判；他们自己
敕令他们自己的背叛，不是我；
我若预知，预知不能影响他们的过错，
这过错不较少地显出一定不预知的，
所以没有命运的至微的冲动或阴影，
或为我不变地预见的什么，他们越犯，
在一切他们判断和他们选取的里面，
他们自己是主动者；因为我这样地把
他们造得自由，他们定得保持自由
直到他们奴隶他们自己：不然我得要
改变他们的天性，和取消那敕赐自由

给他们的，不能变动的、永久的神敕；
他们自己命定他们的堕落。
第一个种族依他们自己的建议堕落，
自己诱惑，自己邪心：人受了另一个的
欺骗而堕落：所以人将要找到恩惠；
另一个，没有：所以我的光荣要在慈悲
和正义里面优越，通过天和地；但是
慈悲，最先和最终，会最赫灼地发光。"

当上帝这样说时，仙香充满了
全个天空，并且不能尽述的新的欢乐
的感觉在精选的幸福的精灵的
心里流布。上帝的儿子不能比拟地
被看见是最光荣；他父亲的一切的
神性在他里面实质地辉发；在他面上
神圣的哀怜，无限的爱，无量的恩惠，
能看到地显现；

显出了那些，他便这样对他的父亲说：

"哦，父亲，仁慈呀那结束你的尊贵的
言语的字句，人会找到恩惠；为了那个
天和地将要用颂歌和圣曲的无数的
声音高讴你的赞美，给这声音围住的
你的玉座将要影响永远幸福的你；
因为人，最近这么地被宠爱的你的
造物，你的最幼的儿子，这么地给奸计
完全陷落的，虽然由于他自己的愚蠢，
要最终地堕落？那会远离你的意旨，
那会很远地离开你的意旨，父亲，你是
一切造物的判断者，唯一正直的判断者！
或是那敌人将要这样地达到他的
目的，而挫败你呢？他将要完成他的

恶意，而使你的善意化成乌有，或是
骄傲地归去，虽然去到更重的责罚，
却是带着成就了的报复，并且带领
给他腐败了的全人类在他后面向着
地狱而去？或是你亲自消灭你的造物，
并且，为了他，灭亡你为了你的光荣
才创造的东西？这样你的善意和你的
伟大都要没有辩护地被疑问和诽谤。"

那伟大的造物主对他这样地回答：
"哦，儿子，在你里面我的灵魂有最大的
欢喜，我的亲儿，唯有你才是我的言语、
我的智慧，和有效的力量，你说的一切
都是和我所想的，都是和我的永久的
目的所命定的一样。人不会十分堕落，
但谁愿意的会得救；但是自由地允准的
不是他的意志，而是我的恩惠。再一次
我要恢复他的衰弱了的虽是放弃了的，
和由于犯罪而奴役于卑贱的奢望的
权力：被我支持着，他要再一次和他的
致命的敌人站在对等的地位上——
我支持他，所以他会知道他的堕落的
情形是怎么的脆弱，并且一切他的得救
都归功于我，仅仅是我。有些人，由于
特别的恩惠，我挑选了他们，超越余者；
我的意志是这样的：余者将要听到我
叫喊，和常被警告他们罪恶的状况，
和及早和缓发怒的神，当献上的恩惠
请求时；因为我要如能足够的那样
清除他们的黑暗的感觉，柔和石头的
心肠去祈祷、忏悔，和带来应得的顺从。

对于祈祷、忏悔，和应得的顺从，
虽然只是以诚恳的目的力行的，我的
耳朵不会迟缓，我的眼睛不会关闭。
并且我要把我的公判者良心安放
在他们里面做一个引导者；倘若他们
会听从他，他们将要得到善用的光明
和光明，并且，坚持着目的，将要安然
达到这个我的长久的受苦，和我的
恩惠的时日那些疏忽和讥嘲的
将绝不尝到；却是，顽固的会更顽固，盲
目的会更盲目，所以他们会颠仆向前，
更深地堕落；仅仅这些人我要摒除在
我的慈悲外。但是一切还未完成。
不顺从的、不忠的人，打破他的忠信，
而违反天的至尊的权力，倾望着神性，
并且，这样地失去着一切，没有留下
一些东西去赎回他的悖逆，却是他和他
的完全的后代定要死亡，去到神圣和
虔敬的毁灭——他死或是正义
定要死；除非其他的什么人能够，
和一样地愿意，偿付那严厉的满足，
死还死。说呀，天的诸权，何处我们将要
找到这种的爱？你们中谁会不死，去救人
的不死的罪恶，和公正的去救不公正的？
在完全的天上有这么高价的慈悲吗？"

　　他问，但是完全的天的乐队无声地
站着，沉默是在天上：没有一个走出来
代人做辩护者或是调停者，那敢把
必死的责罚，和定当的赔偿引在
他自己头上的是更少。现今全人类一定

没有拯救地堕落了，依照严厉的劫数
判决死罪和地狱，倘若上帝的儿子，
在他里面神圣的爱的盈溢居住着，
不这样地重新开始他的最重价的调停：

　　"父亲，你的话是必行了，人要
找到恩惠；你的生翼的使者中最敏捷的
'恩惠'，找到了她的路途，而不将要
找到方法去访问你的一切的造物，
和不被阻止地，不被恳求地，不被搜寻
地来到一切吗？在人是幸福的，
这么地来！死亡和坠落于罪恶里的他
绝不能追求她的帮助时——
没有人带来为他自己的赎罪，或是
欠着的和未完成的适当的献祭。那么，
看我：我把我奉献为了他，生命换生命，
让你的愤怒落在我身上；把我当作人：
我为他之故要离开你的胸怀，自愿地
放弃这个次于你的光荣，并且最后
为他要乐意地死去；让'死'把他所有的
怒恨雪在我身上。我不会长久地屈服
在他的昏暗的权力底下，你给予了我
去永远占据生命在我自己里面；
我依你生；虽然现在我屈服于死，
并且做他的战利品，我的一切都能死，
但是，那笔债偿付了，你不会把我留在
那可厌恶的坟墓里，做他的掠食品，
也不会眼看我的无瑕的灵魂永远和
腐烂居住在那里；但是我将要胜利地
升起，和克服我的征服者，被夺去了
他的矜夸的掠夺物。然后'死'将要

收到他的死的伤害，和羞辱地低头，
被解除了他的致命的武装：我呢，
将要在至高的凯旋里把不顾地狱的
地狱的俘虏引导过广阔的天空，并且
显示给困缚了的黑暗的权者们。看了
那个情形心里欢喜，你要从天上俯望
和微笑，而被你鼓励的我灭亡所有的
我的仇敌，'死'最后，并且以他的遗骸
使坟墓饱食；然后，率领着被我拯救的
群众走进久离的和现今回来的天堂，
父亲呀，来看你的容颜，没有愤怒的
云雾会残留在上面，却是确定了的
和平与和解：从此后再没有了愤怒，
却是在你的面前是完全的欢乐。"

他的话在这里停止；但是他的谦恭
的容貌静默却还说话，并且向必死的人
显示不死的爱，在它之上只有孝顺发光：
好像极愿奉献的一个祭品，他侍候他的
伟大的父亲的意旨。惊羡捉住了全个
天堂，奇讶着这可是什么意义，向何处
倾趋；但是不久万能者便这样回答：

"哦，你，你为在盛怒底下的人类
在天上和在地上找到了唯一的和平，
哦，你是我的唯一的满意！你十分知道
所有的我的造物对于我是多么的宝贵；
人也不是最不宝贵的，虽然最后地
被创造，为他我把你从我的胸怀和右手
割爱，失去你一刻，去拯救全个沦失的
人类！所以你，只有你，能拯救他们，
也要连合他们的本性在你的本性上；

你自己做世上的人类中的'人'，
当时间成熟时，由于神奇的生产从
处女的种子做成肉；代亚当的空位
你要做全类的首领，虽是亚当之子。
因为全人类在他里面灭亡，所以在你
里面，好像从第二个根，如被恢复了
那样地多的将要被恢复，没有你，
一个没有。他的罪恶使一切的他的子孙
蒙罪；你的代负的美德将要宽宥那些
丢弃他们自己的公正的和不公正的
事业，移居在你里面的，和从你接受
新生命的人们。所以"人"，
如最公正的，将要满足为人，被判决
和死亡，死亡时复活，而同他复活时
举起他的同胞，用他的自己的宝贵的
生命赎来的。所以上天的爱将要胜过
地狱的恨，由于放弃着给死，
和在死着时去拯救，这么重价地拯救
地狱的恶恨这么容易地毁灭了的，
并且继续去毁坏在那些，当他们
可能时，不接受恩惠的人们里面的
什么。由于下降而装起人的本性的
你也不要减少或降低你自己的。
因为你，虽然位于与上帝相等的最高的
幸福里，并且相等地享受神般的丰富，
离开了大家去拯救一个世界使它
不完全沦失，并且被找到，由于功绩
更甚于血统，是上帝的亲子——
由于是善，被找到最值得是这样，
比起伟大或高尊远甚；因为爱比起

光荣更甚地在你里面盈溢；所以你的
屈辱也会把你的俗身和你一同举到
这座皇位：你要化了肉身坐在这里，
上帝和人，上帝和人的儿子，受了膏礼的
万物之王要在这里主宰。一切的权力
我授予你；永远主宰，和占有你的功绩；
我把霸位、王权、威权、国土，都置放在
你独尊者的底下：一切住在天上、地上，
或是在地下的地狱里的膝头都要
向你弯曲。当你将要从天上显赫地
给拥护出来显现在天空，并且从你
遣出召唤的大天使们去宣示你的
可怖的天庭时，活人和一切古代的
被传讯的死者都要从四面八方急急来
赴与普遍的劫运；这样的角声会惊起
他们的睡眠。然后，你一切的圣者
聚合了，你要审判恶人和天使；
被审讯的他们要在你的判决底下沉落；
地狱，满了她的数目，此后要被永远地
关闭。不久世界要燃烧，新的天地
要从她的灰烬跳起，那里公正的
要居住，和在所有他们的长久的
灾难之后，要看见黄金的时日，充满着
黄金的事业，凯旋着快乐，
和爱，和美丽的真理。然后你要放开
你的王笏；因为王笏那时将不再需要；
上帝将是一切中的一切。但是你们诸神，
崇拜为要成就这一切而死的他，崇拜那
'儿子'，并且尊敬他如同尊敬我。"
　　万能者还没有说完，所有的天使

之群，以一个响亮得犹如从没有数目的
数目，甜蜜得犹如从说出快乐的祝福的
声音升出的欢呼，天堂震响着凯旋，
和高声的颂祷充满永久的国境。他们
屈膝卑躬地向两座皇位低他们的头，
和以尊严的礼赞把他们的用不凋花
和黄金编成的冠冕掷在地上——不死的
不凋花，一种以前在乐园里靠到生命树
开放的花；但不久为人的罪给移到天上，
在那里它最先生长，在那里生长，并且
高傲地开花，荫蔽着生命的源泉，
并且幸福的河流在那里穿过天空
把她的琥珀的流水卷过极乐的花野！
那些精选的天使用这些永不凋谢的
花朵束住他们交织着光芒的辉亮的
鬓发。如今掷满密而散的花冠的
阶沿，如同一座碧玉海一样地发光，
染红着天国的蔷薇花朵而微笑了。
然后，再加上了冠，他们拿起了他们的
黄金的竖琴——永远调整的竖琴，如同
箭袋般地闪着光挂在他们旁边的；
以迷惑的谐音的甜蜜的序曲他们
开始他们的圣歌，和唤醒至高的狂欢：
没有自由的声音，只有很好的声音能
加入谐和的乐部；这种的和谐是在天上。

　　你，父亲，他们最先歌唱，全能者、
不变者、不朽者、无限者，永久的
帝皇；你，万物的创造者，光明的
源泉，你不被看见地在光荣的辉煌中间
坐在不能侵入的玉座上，但是当你

天堂震响着凯旋，和高声的颂祷充满永久的国境。

阴暗你的万丈的光芒，和穿过像辉煌的
神龛围在你周身的一座云，你的因过分
的光亮而黑暗的衣裳显出，但是还使
天国眩目时，最是光辉的上天使
不敢走近，却用翅膀遮掩他们的眼睛。
接着他们歌唱你，万物的最初者，
亲生子，神圣的同形，在你的因没有
云雾而显著的高贵的颜容里万能的
父亲光辉，否则没有造物能看到他：
在他上面他的光辉的灿烂铭印地居住；
他的广大的精灵灌注地停息在你上面。
他由于你创造了天中之天，和那里面的
完全的天人；和由于你打倒了那班野心
的天使们那一日你不吝惜你的父亲的
可怕的雷击，也不停止那震摇永久的
天体的你的火轮，当你驱逐于溃乱的
天军的项背上时。追击回来后，
你的天使们只是用欢呼颂赞你，
你父亲的威权的儿子，在他的敌人上面
去执行严厉的责罚。对人不这样：
他，由于他们的仇恨而堕落，仁慈和
恩惠之父哟，你不这样严厉地科罚；却
是更甚地趋倾于怜悯。
你的亲爱和唯一的儿子觉察到你
不想这么严厉地科罚懦弱的人，却是
更甚地趋倾于怜悯，他，为要和暖你的
愤怒，和终结在你面上看出的仁慈
和正义的争斗，不顾他坐于次于你的
幸福，把他自己献身去了为人的叛逆
而死。哦，没有先例的爱哟！没有地方

能被找到次于神圣的爱！欢迎呀，
神子，人类的救主。从此后你的名字
将要做我的歌的丰富的题材，
我的竖琴不会忘却你的赞颂，
或是别于你父亲的赞颂！
　　这样他们在天堂中，在诸天之上，
消磨他们的幸福的时辰在快乐和讴颂中。
当其间，在这座圆的世界的坚实和
不透明的球体上，它的第一个凸面体
分开那些光辉和次等的星球，给围住了
以抵拒湮古的混沌和黑暗的侵犯的，
撒旦停下了走。它似乎是一个渺远的
圆球；现今像是一座无边的大洲，黑暗、
荒芜，和狂野，暴露在黑夜的蹙额底下
而没有星辰，和永远恐吓着的混沌的
风暴在四边怒吼，不仁的天空，除了
在那边，从天的城壁，虽然邈远，得到
一些稍少给凶烈的风暴所烦扰的
闪着微光的空气的小小的反照：这里
那魔王自由地在宽广的田野上行走。
好像一头在伊马司（它的积雪的山脊
为彷徨着的鞑靼人所围住）生长的
鸳鸟从食物稀少的地界驱逐出来
去到牧放羊群的小山上吞食绵羊
或小绵羊的肉，飞向甘其或是海达司比，
印度的圣流，但是在他的途上停歇
在萨利加那的不毛的平地上，那里
中国人驶行他们的帆船和推他们的
轻便的藤车；像这样，在这片陆地的
多风的海上，那魔王独自地来往行走，

留心食品：独自地，因为在这个地方
其他的生物，活的或是无生命的，一个
不能给找到：还没有；但是此后一切的
瞬刻的和空虚的事物的贮藏像轻雾地
从这地球飞起，当罪恶和虚荣充满了
人的工作：一切虚空的事情，和在虚空的
事情里建筑光荣或是万世的芳名，
或是在这个或是另外的生命里的
幸福的他们的愚蠢的希望的一切人们；
在地球上有他们的酬劳，痛苦的迷信
和盲目的热忱的结果，只求着人家的
奖语的一切人们，在这里找到适合的
奖赏，像他们的事业般地空虚；自然的
一切未完成的工作，无效的、怪形的，
或是不仁地混合的，在地球上给消融的，
从这里飞逃，和徒然地，在这里彷徨，
直到最后的消融：不是在邻近的月球里，
如有人梦到的：那些银色的地界住有
更适合的居民，现在升天的圣者，或是
中位的天人，在天使与人类之间的：
结合不良的男女所生的那些巨人
最初从古代的世界来到这里，怀着
许多的虚空的企图；虽然那时是著名的；
然后是撒那平原上倍倍尔塔的建造者，
并且仍旧怀着空虚的计划要建造
新的倍倍尔塔，倘若他们有钱；其他的
单独来；要被当作一个神而愚蠢地跳进
俟铁挪的火焰的爱比杜格尔；为要
享受柏拉图的极乐国而跳入海中的
克雷勒洛吐司；还有许多，太长了，胚胎

和白痴，白的、黑的，和灰色的隐遁者
和托钵僧，带着他们的一切的诈伪。
朝山进行者这里彷徨，他们游离了
这么地远在果尔果太去找寻现在
活在天上的死者。还有他们，为要确定
进乐园，在垂死时，穿上杜弥尼克派
或是法兰雪司派的僧衣，想化了装通过。
他们通过七星天，通过恒星天，它的
均势保持那常讲的震动的水晶天，
和原动天；现今圣彼得在天的小门前
似乎拿着他的钥匙在等候他们，现今
他们在天门脚下举起他们的脚，那时
看呀！一阵从左右的边岸来的凶烈的
横风劈面把他们吹到几万里外的
渺远的空气里：然后你们看到僧帽、
头巾和袈裟，同着它们的穿戴者，
飞翻成破布；那时候，遗物、念珠、
免罪状、特免书、赦罪状、救书，
变作风的玩物：这一切，旋卷到高处，
在世界的后背上远远地飞到大而广阔的，
此后叫作愚人的乐园的林婆狱；
长久后对于少数的人是不知道的，
现今没有人住，没有人踏。那魔王经过
时这黑球体他全看到；他彷徨了长久，
直到最后一线薄明把他的跋涉的双足
急急地转向那边。在渺远处他看到
一座高的建筑，宏丽地渐渐地上升到
天的城壁；在那顶上，但是更富丽，
显出像一座宫门的建筑，雕镂着钻石
和黄金的正面，拱门密满地光辉着闪烁的

胚胎和白痴，白的、黑的，和灰色的隐遁者和托钵僧，带着他们的一切的诈伪。

东方的宝玉，在地球上不能用模造品
比拟，也不能用浓的铅笔画出。阶梯是
这样的好像耶各看见天使们，光辉的
卫队，在上面升降着的，当他从以扫逃
到巴旦阿拉姆，
在鲁慈的田野里，晚上在阔空底下
做着梦，醒来时叫道，这是天门。每级
有神秘的意义，也不是一直竖在那里，
却是有时不被看见地引到天上；在底下
流动着一座碧玉或流质的珍珠的光海，
以后从地球来的给天使们用船载到
那上面，或是乘着一辆用火马拖拉的
四轮车飞越湖来。阶梯然后给放下了，
不知还是用容易的登临引诱那魔王
去尝试，或是增加他的从幸祸之门的
悲切的屏绝：直靠着它从底下开出的，
刚在乐园的幸福的地位上面，一条
下到地球去的通道，一条广阔的通道，
远为广阔比起以后越过西昂山的
通道，和越过那对于上帝是可爱的
"圣约之地"的通道，虽然那是大的，
他的天使们秉承高命不时地在
上面来往，常去访谒那幸福的民族，
而他的眼睛选择地从约旦的洪水的
源泉潘尼司看到比亚萨白，在那里
圣地毗连埃及和阿拉伯的海岸。那裂口
似乎这么的广阔，在那里界限是给加于
黑暗，如同界限海浪的。撒旦从这里，
现今在用黄金的级步直登天门的
较下的梯级上，带着惊讶一望无边地

俯望这全个世界的突现的景象。好像
一个哨卒，一夜地冒险经过黑暗的
和荒凉的路，终于依着欢欣的曙光
达到一些高山的悬崖，这给他的眼睛
不自觉地发现一些第一次看到的
异国的良好的景色，或是著名的都城，
点缀着闪光的尖塔和尖阁，上升的太阳
现今用他的光芒都把它们镀金；虽然
看到了天国之后，这样的惊讶捉住
那不良的天使，但是更多的妒恨捉住他，
看到这么美丽的这世界。他向四周观望
（这很可能，他这么高地站在"夜"的
扩荫的圆穹之上）从立勃拉的东点
到那把安特洛米达远远地载过大西洋
到地平线之外的冰星；然后他横观
南极和北极——并且，再不久待，
笔直地向那地球的第一界掷下他的火急的
飞翔，和安闲地曲折他的斜落的路程
在无数的星辰中间穿过纯净的云石的
天空，在渺远处星辰光辉，但是靠近
手边时好像另外的世界；或者它们
好像另外的世界，或幸福的岛屿，如同
那些古代著名的海丝丕令的花园，
吉祥的田野、森林、和花谷；三倍幸福的
岛屿！但是他不停下去问谁幸福地居住
在那边：在光辉上最和天相像的黄金的
太阳甚于它们一切地迷眩他的眼睛。
向那边他折他的进程，穿过宁静的苍穹
（但是向上还是向下，向中心还是离中
心，或是纵长，难以说出），在那里，

那伟大的太阳，远离密厚的、普通的
星辰，它们从他高贵的眼睛
保持一个适当的距离，从远处布散
光明。当它们依着计算日、月、年的数目
移动它们的星的舞蹈时，它们迅捷地
把它们的不同的行动转向他的使一切
欢欣的明灯，或是被他的磁力的光线
转过来，这光线温柔地使宇宙温暖，
并且以温柔的透入，虽然不可见，
对于每个内在的部分，把无形的力
即使射到深底；他的光明的地位是这么
神妙地给置定。那魔王停落在那边，
或许天文家还没有从他的望远镜
在太阳的光球上看到的像它那样的
一个黑点。他看到那地方说不出的光辉，
和世界上任何的东西，金或石，
比起来时——一切的部分不是相同的，
但是一切同样地浴于明光中，好像红铁
浴着火。若是五金，一半像黄金，
一半像洁银；若是玉石，多数是红宝石
或橄榄石，红玉或黄玉，那些镶在
亚伦的胸牌上的十二块宝石，以外还有
一块，宁说是常常被想象的，而不是
被看到的——这里下界的炼金家徒然地
搜求了这么长久的那块宝石；徒然地，
虽然用他们的强力的技术他们缚住
易去的水银神，并且把不同的形状的
年老的波洛多司从海里不给缚住地叫出，
把他从一具蒸馏器里还他的本形。
倘若这里的田野和地域散出

纯粹的仙药，并且河川流着流动的
黄金，那时大炼金家太阳，离开他们
这么地远的，灵光一触，混着地土的
潮湿，在这黑暗的地方生出这么多的
颜色鲜美，效能稀世的宝物，有甚奇怪？
这里新的事物那魔鬼不眩目地注视。
他的眼睛看到远而广：因为在这里
眼光找不到障碍，或阴影，却全是阳光，
好像他的光线在正午笔直地从赤道
射下，如它们现在仍然笔直向上射去的，
在那里四周没有阴影能从黑暗的
物体落下；没有地方有像这样明净的
空气锐利他的眼光对于极远的事物，
他因此不久后看见在他的眼光内
站着一个光荣的天使，就是约翰也在
太阳里看到的那个。他是背向着，
但是他的光辉不给隐去；一只辉煌的
日光的黄金冠围住了他的头，他的下垂
在后面的头发一样辉煌地在他的生翼的
双肩上向四面翻飞；他似有极大的任务，
或是作着深沉的考虑。那不净的精灵
是欢喜，因为如今有希望去找到一个人，
他能指导他的迷途的飞翔去到乐园，
人的快乐土，他的旅程的终点，我们的
哀苦的开始。但是他先设法改变他的
本来的形状，否则这会给他危险或耽搁：
现在他现像一个壮年的天使，虽然
不是最盛时代，但是他的面颊上微笑着
这样神圣的青春，他的四肢流布适当的
雅致；他这么神妙地假扮着，在头冠下

他的流动的头发卷卷地在左右的
面颊上飘动；他两肩生着洒着黄金的
彩羽的翅膀，他的羽衣便于疾飞，并且
在他的规矩的脚步前拿一根银杖。
他走近时不是不被听见的；那光辉的
天使，在他未走近前，转过他的神炬眼，
由他的耳朵听到的，并且立刻被知道是
大天使乌利尔——紧靠他的宝座立在神的
面前听命的，并且是通过全天，
下到地球，负他的使命越过干湿，越过
海陆的他的眼睛的七大天使之一。
撒旦这样对他开口："乌利尔！你是
异常光辉地站在上帝的高座前的
七大天使之一，把他的伟大的真确的
意旨解释和遍传于全天的第一人，
他的儿子们全倾听你的使命，由于至尊
的命令在这里一定要得到相同的荣誉，
并且，如同神的眼睛，来访谒这个圆的
新造物——说不出的欲望，要看到和
知道一切的这些神的神妙的造物，
但是主要的是人，他的主要的欢喜和
恩宠，为了他神才塑造了一切的这些
这么神妙的造物，把我从天人们
的乐队带来独自这样地彷徨着。最光辉
的大天使哟，请说人的固定的地位是
在一切的这些辉煌的天体的那一个里，
或是他没有固定的地位，却是随他的
选择去居住一切的这些辉煌的天体；
所以我能找到他，并且以秘密的窥视，
或是公然的惊羡，观望他，伟大的

造物主把许多世界施给他，并且把一切
的这些恩惠倒在他的身上的；所以在他
和在万物里我们可以赞颂伟大的
造物主，如应当的；他公正地逐出了
他的反叛的敌人到最深的地狱，并且，
为要补足那损失，创造这幸福的新民族，
能更佳地侍奉他：神道都是贤明的！"
　　那伪善者不被觉察地这样说；因为
没有人或天使能辨认虚伪——那唯一的
能不被看见地通过天地行走的罪恶，
只有除了上帝，由于他的有意的准许；
并且常常地，虽然智慧清醒，疑心睡在
智慧的门前，把她的任务交给单纯，
而没有恶的地方善不想到恶：这个
现在欺住了乌利尔，虽然是太阳的
支配者，和天上目光最锐利的精灵；
他在他的正直里答那卑贱的伪善者：
　　"美丽的天使，你的要知道上帝的
事物，因此赞颂伟大的造物主的欲望
不引到和谴责相近的过分，却是它愈像
过分愈应当得到赞美，这欲望把你
从你的天上的大邸独自地引到这里，
亲自用你的眼睛来看有些满足于
口传的或许仅在天上听到的：因为
他的一切的造物真的是神奇的，知道
是快活的，和最值得在记忆里常常地
带着欢喜被想起的！但是什么给创造的
心能懂得它们的数目，或是产生它们的，
却是深藏它们的原因的无限的智慧？
我看到那无形的巨块，这个世界的物型，

在他说话时变成一个堆积：
"混乱"听到他的声音，荒野的
"喧骚"顺从地立停，无限的"空间"
被规范地立停；直到，依遵他的第二次
的命令，"黑暗"飞逃，"光明"
发光，秩序从纷乱跳出。那些混乱的
元素，地、水、火、风，急急地赶到
它们的各自的地位；而赋有不同的
形状的和滚成圆体的这座天的第五元素
向上飞去，和变成无数的星，
如你看到的，和它们怎样行动；
每个有它的指定的地位，每个有它的
轨道；其余的环围这个宇宙。向下看
那球体，它的靠近这里的一边，
从这里得到光，虽然只是给反照了的，
照耀：那个地方是地球，人的住家；
那个光明是他的白昼，否则，

如另外的半球，黑夜要侵袭它；却是
那邻月（叫作对面的美丽的星）合时地
加入她的帮助，她的每月的回转，通过
半空，时而停止，时而重始，她的三相
以借来的光时而盈，时而虚地光辉地球，
和在她的苍白的国境里挟制黑夜。
我指的地方是乐园，亚当之家；
那些高荫，他的幽栖。
你的路你不能迷失；我得要走。

　　这样说了，他转过身去；撒旦，
深深地鞠着躬，如天上惯向高级的
精灵行的，适当的尊敬在天上
谁都不疏怠，辞了别，从黄道上
以有希望的成功向下边的地球疾飞，
他的笔削的飞翔旋了几转，
也不停止，直到他降在尼番底司巅上。

从黄道上以有希望的成功向下边的地球疾飞，他的笔削的飞翔旋了几转。

Volume IV

第四卷

撒旦，现今望到伊甸，并且靠近他现今定要实行他独自负起对于神和人的大胆的企图的地方，对于自己发生许多的怀疑，和许多的热情、惧怕、妒恨和绝望；但是最后固定他自己在恶里，向乐园前进，描写乐园的眺望和情景；跳过围墙；装着一只鸬鹚的样子坐在园中最高的生命之树上，以瞭望他的四周。描写乐园，撒旦第一次看到亚当和夏娃，他对于他们的优美的样式和幸福的状况的惊讶，但是决心设法使他们堕落；偷听到他们的谈话，从那里知道知识之树是被禁止给他们吃的，吃了有死罪；就在这上面根据他的诱惑，引诱他们去越犯，然后让他们暂时用其他的方法再远地知道他们的情形。同时，乌利尔，在一条太阳的光线上降下，警告看守乐园的门的加勃留尔，说有恶的精灵逃脱了地狱，在正午经过了他的地界，好像一个善的天使，向下到乐园去，以后因他在山上的凶恶的姿势而被发现了。加勃留尔约定在早晨之前找到他。夜来了，亚当和夏娃说起要去休息，描写他们的花亭；他们的晚祷。加勃留尔，叫出他的夜间的守卫队去巡行乐园，派定两个强壮的天使到亚当的花亭去，怕恶的精灵会在那边对睡着的亚当或是夏娃做什么伤害；他们在那里找到他在夏娃的耳边，在一个梦里诱惑着她，并且把他带到加勃留尔，虽然不愿意地；加勃留尔盘问他，他讥嘲地回答，预备抵抗，但是，被一个从天上来的象征所阻止，飞出乐园。

哦！倘若只要有看到神启的他听到
在天上高声地叫喊的那个警告的声音，
当那时遭到第二次的败北的恶龙
凶猛地降下来在人类的身上复仇，
"不幸呀地球上的居民。"所以现在，
当时间还来得及时，我们的始祖
给警告了他们的秘密的敌人的来临
并且逃脱，或许这么地逃脱他的
致命的陷阱！因为现在撒旦，
以前是人类的控告者，
现在是诱惑者，初次吓着怒火走下，
在无辜的懦弱的人身上宣泄他的
第一次战争的失败和他的逃到地狱：
还不在他的迅速里欣喜着，虽然在远处
大胆而无畏，也没有可夸的缘由，他开始
他的卑贱的企图；这现在靠到心
滚转着的企图在他骚乱的胸里汹涌
并且好像一座魔鬼的机器跳回到
他的自己身上；恐怖和疑惑迷住他的
纷乱的思想，和从底里鼓起他的心中的
地狱；因为他带来地狱在他的心中，
在他的四周，也不会因地方的变动
逃开地狱一步，好像从他自己逃开一样。
现今良心唤醒睡去的绝望；唤醒他的
以往的，现在的，和定要更坏的将来的
情境的记忆；在恶行后更恶的苦痛定会
跟来。有时他忧郁地固定他的哀切的
眼光向着现今欢欣地横在他的眼前的
伊甸园：有时向着天堂和高坐在他的
正午的塔上的光芒万丈的太阳；然后，

十分地转念着，这样地在叹息里开始：
"哦，你，加冠着超越的光荣，你从你的
唯一独尊的国境俯望，好像这个新的
世界的上帝——看见了你一切的星辰
隐藏它们的光明减少的头——
我对你叫喊，但是不用友善的声音，
和加喊你的名字，哦，太阳，以告诉你
我怎样恨你的光线，它们只是使我
记起我从什么样的地位堕落，以前
我怎样光荣地在你的天体之上，
直到骄傲和更坏的野心把我掷下，
在天上向天上无比的皇帝战争：唉，
为什么？他从我处不应得到这样的
报酬，他以前造了我在那个光辉的
优越中，并且良善的他不呵责谁；
他的事情也不艰难。还有什么能做的
除了给他赞美，最容易的报答，并且
致感谢于他，多么应当的！他的一切的
善在我里面却变成了恶，只是生出恶意；
被举到了这么的高，我鄙视服从。
并且想到再高一步会把我置得最高，
便在一刹那中抛弃了这么的重的，
永远偿付着，而永远负欠着的无限的
恩德的巨债；忘却我仍旧从他受到的，
并且不懂一个感恩的人负欠着时
不算负欠，却是仍旧在偿还，同时负欠
和同时偿清；那么什么重负？哦，倘若
他的有权的命运派了我做一些次级的
天使，那么我快乐地站住了；没有无止的
希望生出了野心。但是为什么不？一些

一样伟大的其他的权者可以希求，和我，
虽然微小，他把来拉到了他的一派；
但是其他的一样伟大的权者不堕落，
却是不动摇地站住，从内或是从外，
准备一切的诱惑！你有同样的自由意志
和力量去站住吗？你有。那么你有谁
或是什么要谴责的，除了平均地施给
一切的上天的自由的爱？那么愿他的爱
受到诅咒，既然，爱或憎，对于我它
同样地给予永久的悲苦。唉，愿你
受到诅咒；既然，违背神的意志，
你的意志自由地选取它现在公正地
在后悔的情形。可怜的我哟！我将要
向何处把我的无限的愤怒、
无限的绝望，摆脱？我飞去的
不论何处是地狱；我自己便是地狱；
并且，在最低的深渊里，一座更低的
深渊仍旧恐吓着广开大口要吞去我，
和它比来我受苦的地狱像一座天堂。
哦，那么，终于让步！没有地步给留下
为忏悔，没有地步给留下为宽宥？
没有地步给留下除了屈服；而那两个字
蔑视地禁阻我，和我的在底下的精灵们
中间的耻辱的惧怕，我用屈服以外的
约言或大言利诱了他们，夸语着我能
征服那全能者。唉我！他们哪里知道
我为那个徒然的夸语受了多大的苦，
我的内心在什么的责难底下呻吟：
当他们崇拜戴着王冠，拿着王笏，高坐
在地狱的宝座上的我时，我堕落得愈下，

只是在悲惨里造极：野心所找到的
是这么的快活！但是假说我能忏悔，
并且能由于乞求的行为重得我的
以前的境遇；高位会多么迅速地唤起
崇高的思想，会多么迅速地打破
假装的屈服所发的誓愿！安乐会取消
在痛苦里设下的誓言，当作强暴和无效；
因为真正的和解决不会产生在致命的
毒恨这么深地刺戮过的地方；这仅会
把我引到一个更坏的沉沦和更重的
堕落；所以我要以双重的伤痛购买
短促的休息。这个我的惩罚者知道；
所以他的不赐予和平好像和我的
不哀求和平是一样地邈远。一切的希望
这样地给屏绝了，看呀，代替被抛弃
和被流亡的我们，上帝创造了他的
新的欢喜，人类，并且为了他又创造了
这个世界！所以别了，希望，
而同着希望，别了惧怕，悔恨别了！
一切善的对于我是失去了；恶呀，
你做我的善：由于你至少我可以和天上
的帝王平分天下，由于你，或许我
可以宰治一半以上的国土；好像人
和这个新的世界不久会知道的。"

　　他这样说时，每个热情晦暗他的
面孔，三度变化着苍白的愤怒、妒恨，
和绝望；这损害了他的借来的容貌，
和暴露了假冒的他，倘若任何的眼睛
看到：因为上天的心永远没有这样
卑污的烦恼。于是他立时觉到了，

可怜的我哟！我将要向何处把我的无限的愤怒、无限的绝望，摆脱？

每种混乱粉饰着外观的宁静，诈欺的
专家；并且他是第一个人在圣者的
外貌底下使行奸诈，隐藏结着复仇心的
深的恶意：但习练得还不够欺骗被警告
了的乌利尔；他的眼睛向下追随他
走的路，并且看到他在亚叙利亚的
山上变形，比能临在幸福的天人
身上的更甚；他看出他的凶猛的姿势
和疯狂的神色，独自一人，
全然不被看见，如他设想的。

　　他这么地向前进行，来到伊甸的
边境，那里精妙的乐园，现今更近了，
用她的绿色的园地，犹如用田家的土屏
加冠，一个峻陡的荒野的高顶，它的
边腹业长着畸形的和狂野的茂树，
不许进去；而上面生长着不能超越地
高的树荫，松树、杉树、棕树，
和枝叶四叉的棕榈，一处森林的风景；
当森荫一级一级地上升时，又像一座
最堂皇的树林的剧场。
但是乐园的碧墙比树梢耸得更高；
这个使我们共同的父亲能更广地
看到围着在四周的他的下边的国土。
比这座碧墙更高显出一个好木的环列，
负载着最美丽的果实，金色的花朵
和果实，混合着辉煌的琺琅的颜色；
太阳更欢喜地在上面照射他的光
比起照射在美丽的晚霞，或虹霓上的，
当上帝淋漓了地球时：那处风景看来
是这么的美妙；现今比清净更清净的

空气迎接他的走近，并且在心里引起
春天的欢欣和快活，能驱除一切的悲郁
除了绝望。现今温柔的风，煽动着她们的
芳芬的翅膀，布散本质的馨香，和低语
她们从什么地方偷来那些香膏的胜利品。
好像对于驶过喜望峰，和如今过了
马闸别克的那些人，在海上东北风
从幸福的阿拉伯的薰香的岸上吹来
妙香，他们欣喜地以这样的延迟停滞
他们的航程，并且许多海里兴奋着
可感的薰香，湮古的海洋微笑；那走来
做它们的毒物的魔王欣赏那些芳芬的
甜蜜，虽然更喜欢它们，比起阿司莫丢司
欢喜把着了爱的他从托别脱的儿子的
妻子逐走，并且仇恨地从米地亚驿站
送到埃及而给幽禁在那里的鱼腥。

　　现今撒旦沉忧和迟缓地向那陡峻的
荒山的斜坡前进；但是找不到再前的路；
这么丛厚地交缠着，如同一个连续的
灌木，缭绕着的茂树的下生草扰乱了
经过那里的人或兽的一切的路径。
只有一扇门；而在另一面是向东的；
大魔王看到了那门时，他蔑视正式的
入口，却是讥嘲地只是轻轻地一跳便跳过
山丘和最高墙的一切的圈围，并且
完全地降立在里面。好像被饥饿驱使到
新的地方去找食品的一只巡行着的狼，
守望着牧羊者在夕暮把他们的羊群
安全地关在田野里的圈栏里的地方，
容易地跳过短栏到里面的圈围；或是

现今撒旦沉忧和迟缓地向那陡峻的荒山的斜坡前进。

好像一个盗贼，一心想要劫掠一些
有钱的市民的现金，他们的横闩着的
和紧锁着的坚实的门不怕侵入，从窗里
攀进，或爬越屋瓦；像这样地这第一个
大盗攀进神的禁围：此后邪恶的佣人
像这样地攀进神的教堂。他从那里
向上飞去，像海鹭鸶般地坐在生命树上，
在那里生长的中央的和最高的树；
但是不因此复得真正的生命，却是
坐在那里为那些生存的人设计着死亡；
也不根据美德去思想那株赐予生命的树，
但是被用作瞭望，倘若给善用了，
它便变成了不朽的保证。仅仅除了上帝，
任何的人这么微小地知道适当地
去估价在他前面的善，却是把最善的
事物变作最恶的滥用，或是它们的
最鄙卑的使用。现今他怀着新的惊讶
瞭望他底下的在狭窄的地方里的
大自然的整个的富源，显露给人类的
感官的一切的愉快；不，更多！——
一座在地上的天堂：因为那座花园是上帝
的幸福的乐园，他建在伊甸园之东的；
伊甸园从亚伦向东把她的境地伸张到
希腊诸王所建的大都西留西亚的王塔，
或长久前伊甸的子孙在弟拉萨住的地方。
在这快乐的地土上上帝敕建了他的
远更愉快的花园。从肥沃的土他造出
对于视觉、嗅觉、味觉最高贵的一切的
树木；而在它们中间竖立生命之树，
高高地突出，开着可食的黄金的仙果；

智慧之树，我们的死，靠到生命之树
生长——由于知道了恶重价地购来的
善的知识。向南穿过伊甸园有一条大川
流行，也不改变他的路程，却是在深底下
流过一座树木参差的山；因为上帝
把那座山造成了他的花园的模型，
高高地给举起在急流之上，这急流
通过多空的地土的筋脉因自然的
干渴给吸引上去，像一座新泉般上涌，
并且以许多的小川灌溉那座花园；
从那里合了起来，流下陡险的林路，
和遇到现今从它的黑暗的通道
显出的地底的水；并且，分成了四个
主流，现今向四方流去，流过许多的
有名的地方和国家，这里不用细细地
叙述；却要说出怎样，倘若艺术能
说出怎样，在东方的珍珠和金沙上
滚动着的荡漾的小川以曲折的迷误在
垂荫下从那碧玉的灵泉流出琼浆，访临着
每枝草本，和矮养值得乐园的花朵，
不是奇巧的园艺种在奇异的花床
和花坛上，却是自然错杂地倒在山上、
谷上、地上的，在晨曦第一次温暖地
照射旷野的地方，和不被刺碎的森荫
昏黄了中午的亭子的地方。这样的
地方，一处景色不同的幸福的园地：
丰富的树木流出芳汗和香膏的小林，
在其余的树上辉煌着金黄的外皮的
果实可爱地下悬——海司丕令的传说
倘若真实，仅仅地在这里是真实的——

一处景色不同的幸福的园地。

并且有美妙的滋味。在森林之间是隔着
平地，或平冈，和吃着嫩草的羊群，或是
棕榈的小山；或是一些潮润的山谷底
花膝铺开她的贮藏，一切颜色的花，
和没有刺的蔷薇。另外一面，阴凉的
和幽深的石屋和岩洞，遮盖着的蔓藤
在它们上面展开她的紫葡萄，并且
茂盛地轻爬；同时喁喁着的水流下
倾斜的山，分开，或是汇合它们的支流
在一条湖里，它向那装饰着番石榴的
边岸举起它的水晶的明镜。群鸟举行
它们的合唱；风，青春的风，散着田野
和森林的馨香，调弄震颤着的树叶，
当宇宙的牧羊神，同"优美"与
"季节"联合在跳舞里，向前领导
永久的春。恩娜的美丽的田野，在那里
采着花的丕绿瘦品，她自己是一朵更
媚丽的花，是给阴郁的狄司采去——
这给瘦底司寻遍全世界的一切的
痛苦；在莪冷旦司河和加司太灵
泉畔的黛弗尼的甜蜜的森林；四周
给环抱着屈列顿河的南西昂岛，在那里
异教徒叫作阿蒙的，和立朋人叫作虬夫的
年老的乞姆把阿墨尔西和她的华美的
儿子，年轻的白邱司，从他的继母利亚的
眼睛藏去；在赤道下和在尼罗河的
源头旁的阿玛拉山（虽然有人以为
这是真正的乐园），围着闪光的岩石，
有一天的行程的高，但是远离那魔王
不快乐地看到一切的快乐和一切的

看来新奇的造物的这座亚叙利亚的
花园，阿勃辛的诸王在那里看守他们的
子孙的地方；那些地方都不能和这座
伊甸的乐园竞比。两个远更高贵的样子，
挺直而修长：神一般地挺直，本有的荣光
给穿在裸体的威严里，好像万物的王，
并且看来值得这样；因为在他们的
神圣的容貌里辉煌着他们的光荣的
造物主的影像，真理、智慧、严正和
纯粹的圣辉——严正，却是给安置在
真正的孝顺的自由里；从这里生出
人里面的真正的威权：虽然两人
不平等，因为他们的性别似乎不相等的；
他是为冥想和勇气而造成，她是为温柔
和甜蜜的引人的优雅而造成；他仅是
为神，而她是为他里面的神而造的，
他的美而广的前额和高昂的眼睛宣示
出绝对的治权；风信子般的卷发
从他分开的前发雄起趣地下垂，
但是不垂到他的阔肩下：她让她的不加
装饰的金发披散到细腰，如同一条
面纱，却是卷成淫狂的发髻，好像葡萄
卷她的嫩藤，这意含服从，但是以温柔
的说服求得的，为她所献奉
而他至善地接受的，以含羞的顺从，
温文的骄傲，和甜蜜的、不愿的和含情的
延迟献奉的。那些神秘的部分那时
也不给藏起；那时不是有罪的耻辱：
自然物的不诚实的耻辱，不荣誉的荣誉，
罪恶生的，你怎么用外观，似乎纯洁的

仅仅的外观，烦恼一切的人类，并且
从人的生命夺去他的最幸福的生命，
单纯和无瑕的天真！他们裸着体这样地
向前走，也不躲避上帝或是天使的眼光；
因为他们不想到恶；他们手挽着手
这样地走过，结合在爱的拥抱里的
最可爱的一对——亚当，后生的他的儿
子们人类的最善的人；
夏娃，她的女儿们的最美的。在立于青
草原上柔语着的一团树荫底下，
靠到一支新鲜的泉水，他们坐了下来；
并且，在那么多的他们的快乐的园艺
的劳顿后，如需要凉爽的南风，
和使闲适愈加安闲，使健爽的口渴
和胃口更愉快，他们吃他们的晚餐的
果实——甘蜜的果实，柔弱的树枝
献给他们的，当他们斜倚织花的茸堤时。
他们咀嚼那芬芳的浆汁，又从皮里
汲取那盈满的水，因为他们仍旧干渴；
也不缺少温柔的美意，亲爱的微笑，
和青春的欢跃，如宜于联合在幸福的
婚姻里的美丽的新夫妇的，因为只有
他们两人。在他们的四周跳跃着地球的
一切的兽类，此后变野了的，和林地里、
荒野里、森林里，或是窟洞里的
一切的猎兽；猴子戏用后脚立起，
他的前脚抚抱小羊；熊、虎、山猫，
和豹在他们面前跳舞；笨重的象，
为使他们快活，用他的全力，
和卷起他的长鼻；近边狡猾的蛇，

徐行着，以戈狄亚的盘绕交织他的
旋卷的尾巴，和显出他的致命的
狡智的不被注意的证明。其他的蹲在
青草上，如今吃饱了草，坐了眺望着，
或是反刍着就寝；因为斜了的太阳现今
以倾斜的行程急急地向西海的岛屿去，
并且迎进夕暮的星辰在向上的"天秤"里
升起；那时撒旦照旧站在那里眺望着，
终于悲切地这样说
不成声地恢复失去了的言语：

　　"哦，地狱！我的眼睛悲伤地看到
什么？另一模型的生物——或许是地上
生的，不是天人，但是稍次于光辉的
天人——我的思想怀着惊奇追寻
并且能够爱他们的，深入了我们幸福的
地方；神圣的相像在他们里面这么活泼地
辉发，和创造他们的手灌注这样的优雅
在他们的样子上。唉！温柔的一对，你们
不大想到你们的变化怎样近地来临，
那时一切的这些欢乐都要消灭，并且
送你们到忧愁——更多的忧愁，现在你们
尝到更多的快活：幸福，但是这么的幸福
难保长久地继续，并且这个高位，你们的
天堂，算它是天堂还防卫得不良以屏斥
现在进来了的这样的一个敌人；但是
对于你们不是存心的敌人，虽然不被
怜悯的我能够怜悯你们这么的孤零。
我追求和你们的联盟，和相互的友善，
这么的谨严，这么的亲切，所以此后
我得要和你们同住，或你们和我同住。

他们咀嚼那芬芳的浆汁，又从皮里汲取那盈满的水。

或许我的住所，不像这座美丽的乐园，
会使你们的感官欢喜；但是接受你们的
造物主的这种的作品；他把来给予我，
我一样大量地把来给予。地狱将打开
她的最广阔的门，和遣出所有的她的
帝王来招待你们两人；那里会有地方
不像这些狭窄的境界以容下你们的
无数的后嗣；倘若没有更佳的地方，
感谢使我不愿地在你们身上报复的神，
你们不错待我，为错待了我的他。倘若
我对于你们的无害的天真心软，如同
我现在这样的，但是大众的
公正的理由——因怀着仇恨地征服
这个新的世界而被扩大的荣誉
和帝权——现在逼迫我，虽然坠落，
去做否则我惧怕的事情。"

那魔王这么地说，并且必要地说出
暴君的辩解，原谅他的恶魔的行为。
然后从他站在那株高树上的高处
他跳下在那些嬉戏着的四足兽中间，
他自己忽而变成这一只，忽而变成
那一只，只要它们的样式最合他的目的
更近地去窥望他的掠食品，和不被
看见地去注意依照被注意到的言语
或行动他能更多地知道的他们的状况。
他现今变成目光炯炯地在他们俩的
四周阔步的一只猴子；然后变成了
一只老虎，似乎偶然看到了两只温柔的
小鹿在森林外嬉戏；立刻蹲近；
然后站起，时常变动他的蹲伏的守望，

如同一个选择他的立脚地的，从那里
冲出去他能最确定地攫住它们在
每只脚爪里：那时边走边向
第一个女人夏娃说话的第一个男子亚当
使他倾听新的言语：

"一切的这些快乐的唯一的共享者
和唯一的部分，你本身比一切更可爱，
创造我们和为我们创造这个丰饶的
世界的上帝定是无限地善，并且
他的善定是宽宏和博大，也是无限；
他把我们从尘土产生，并且把我们
安放在这里一切的这个幸福里，我们
在他的手里不应得到什么，也不能
做他需要的任何的事情；他从我们
不要求任何的服务除了保守这一个，
这个容易的命令——在生产这么不同的
美妙的果实的乐园里的所有的树木中，
不许去尝试种在生命之树旁边的
那株唯一的智慧之树；
'死'这么近地靠在'生'的旁边生长，
不论'死'是什么——无疑是一些
可怖的东西；因为你很知道
上帝宣称这是'死'去尝试那株树：
在赐加于我们上的权力和治理的，
和给予我们管辖占有海陆空的一切
其他的生物的权力的这么许多的
表征中，这是给留下的我们的服从的
唯一的表征。所以让我们不要深思
唯一的容易的禁令，一切其他的东西
我们这么自由地可以享受，并且可以

无限制地选择各种的欢愉；但是永远
让我们颂赞他，并且颂扬他的宽宏，
在我们的愉快的工作之后，去修剪
这些长大着的树木，和培养这些花草；
这虽然劳苦，但是同着你是甜蜜的。"

夏娃这么地向他回答："哦，你，为
了你，和从你，我由你的肉给做成了肉，
没有你我没有目的，我的手和头！
你所说的话是公正和合理的，
因为我们真地负欠他一切的
赞美和每日的感谢——
尤其是我，我至今享受更幸福的命运，
这么甚地优异地享受你，而你没有地方
能给你自己找到相似的配偶。那一天
我常记到，那时我从睡眠第一次醒来，
和找到我休息，在一个树荫底下，
花草上，十分地惊讶着我是什么
和在哪里，从什么地方和怎样地给
带到那里。离开那里不远的地方一个
喝喝着的水声从一座洞发出，布成流动
的湖面；然后一动不动地停止，
像天空般纯净。我带着没有经验的
思想走到那边，并且把我躺下在碧岸上，
去观望晶清光滑的湖，那在我看来似乎是
另一个天空。当我弯下身去观望时，
贴对面一个形状在水光里显现，弯身
看我。我惊退了后去，它也惊退了后去；
但是我立时欣喜地回去，它一样地立时
欣喜地回来带着同情和爱情的应答的
神气。我会至今固定我的眼光在那里，

和痛苦着徒然的欲望，倘若一个声音
不这样地警告我：'你看到的，你在那里
看到的，美丽的造物哟，是你自己；
它和你来往：但是跟我来，我要带你到
没有阴影阻止你的来临和你的温柔的
拥抱的地方——他，你是他的影形；
你将享受他好像不能分离地是你的；
你将给他生出像你自己的无数的女儿，
并且以后要被叫作人类的母亲。'
我能做什么，除了立刻跟去，
这样无形地被引导着？
直到我窥见了你，真的美丽而修长，
在一株枫树底下；但是我想不及那个
光滑的水影媚丽，迷惑地温柔，可爱地
和蔼。我转身回去；你跟着高声叫道：
'回来呀，美丽的夏娃；你逃避谁？
你逃避他的他，
你是他，他的肉，他的骨；
为要给予你的生命我借给我的最近我的
心的胁腹，实质的生命，把你靠近我的
旁边此后是一个私人的亲爱的安慰：
我追求你当作我的灵魂的一部，并且
请求你当作我的另一半。'说了这个
你的温柔的手捉住我的：我顺服了，
和从那时候悟到美是怎样地因男子的优雅
和智慧而超越，仅它是真的媚丽的。"

我们的共同的母亲这样地说，并且
以不被谴责的夫妻的迷惑的眼睛，
和温良的降服，一半拥抱着靠在我们
第一个父亲的身上；她的赤裸耸起的

胸膛一半碰着他的胸膛，给隐藏
在她的散发的流动的黄金里。他呢，
欢喜她的美和服从的蛊惑，带着超胜的
爱微笑了，好像虬比德向裘娜微笑，
当他生出那降下五月花的云，并且
以纯洁的接吻压她的主妇的嘴唇时。
那恶魔妒恨地转过身去，却带着妒忌的
狞笑斜睨他们，便这样对自己诉说：

"可恨的情景，恼人的情景！
这两人，沉醉在相互的怀抱，那更幸福
的乐园里，将要尽量地享受连续不断的
幸福；而我是被丢进地狱，那里没有快活
也没有爱，只有在我们其他的苦痛中
不是最小的，仍旧没有满足的，痛苦着
渴望的痛苦的凶烈的欲望！但是不要
让我忘却我从他们自己的嘴听到的话。
看来一切不是完全他们的；站在那里的
一株致命的树，叫作智识之树，被禁止
他们去尝试。智识被禁止？
可疑，没有理由！他们的主为何要
妒忌他们那个？智识能够是罪？
它能够是死？他们仅靠无知而生存么吗？
那是他们的幸福的情景，他们的顺从
和他们的忠心的证据？哦，设下的美丽的
根基，在上面建起他们的灭亡！
此后我要鼓动他们的心，
生出更多的求知的欲望，和违抗巧妙地
设计出来使他们低愚的妒忌的诫令，
不然知识会使他们和诸神相等。希求着
要做这样，他们尝试和死亡：还有什么

更确定的结果？但我先得要仔细地走遍
这花园，不让一角给漏去不看；
一个机会，只是机会，会引我到
我可以在泉畔或在幽深的林中遇到
一个遨游着的天使的地方，从他探到
我还要知道的。能活的时候你们活吧，
仍还快活的一对；尽量地享受短促的
欢乐，直到我回来；
因为永久的悲哀就要来临！"

这么说着，他傲慢地却是带着绵密的
谨慎转回他的骄傲的脚步，和开始
他的穿过森林、穿过荒野、越过山谷的
漫游。同时，在最极的西方，那里天和
海陆相接，沉着的太阳慢慢地下降，
和平射他的夕照向那乐园的东门。
这门是石膏的岩石，堆积到云际，
远远地可见，曲折着能从地上通达的
一条向上的路，一座高的入口。
余者是嶙峋的岩崖，它愈上升愈是悬出，
不能攀登上去。在这些岩柱之间加
勃留尔，天使卫队的首领，坐了，
守候着夜。天国的不武装的天使在
他的四周练习英雄的武艺；但是近处
高悬起天上的铠、盾、甲、和枪，
发出钻石和黄金的光芒。乌利尔来到
那里，在一线阳光上滑着穿过暮空，
像秋天横穿过黑夜的流星般地迅速，
当烽火升到天空，和指点航海者从他的
罗盘的那一点留心猛风时。他急急说道：

"加勃留尔，你的地界由于签定

给予你管理和严厉的守望，所以没有恶的
东西能走近或是走进这块幸福地。
今天在正午一个天使来到我的地界，
看他好像热心要更多地知道上帝的
造物，尤其是人，上帝的最新的影像。
我认出他全速地进行他的路程，并且
注意他的轻快的飞行，但是他第一次
停在伊甸之北的山上时，他的容貌
立时被看出和天使的不同，遮暗着
卑贱的热情。我的眼睛仍旧追随他，
但是在林荫底下不见了他。
我怕他是被逐的一群的一个，
从深渊冒险出来以兴起新的骚动；
你得要去找他。"

那有翅膀的战士这样地向他回答：
"乌利尔，没有惊讶，倘若你的完美的
眼光，在你坐在那里的太阳的光轮中，
看得远而且广。在这座门里没有人通过
被安置在这里的卫兵，除了从天上来的
有名的人物；自从正午没有人到那边去。
倘若异类的天使怀了这意思故意地
飞越了这些土围，你难能用物质的障碍
去屏绝精灵的体质。但是倘若在我的
巡行的范围内，你所说的他不论用
什么样式潜居，明天早晨我将知道。"

他这样地约定；乌利尔乘着那个
光线回到他的任务，光线现在被举起的
一端把他向下倾斜地带到太阳去，
现在降落在西岛之下；还是不知怎样地
迅速的第一天体向那边转动了他的

每日的行程，或是这个较慢的地球，
由于向东方的较短的飞翔，留下了他
在那里以反照的紫红和黄金装饰着
侍候他的西方的宝座的云。静寂的黄昏
现今临近，和灰色的暮光把万物穿在
她的严肃的衣服里；沉默伴合；因为
兽与鸟，前者去到它们的草床，后者去到
它们的巢穴，全去了除了不眠的夜莺；
她整夜地歌唱她的爱的啭歌；沉默
是欢喜了；现今苍穹辉煌着鲜活的碧玉；
那引导群星的金星最光辉地行动，
直到在云掩的堂皇里上升着的月，
明显的皇后，终于揭开了她的无比的
光芒，并且把她的银袍投在黑暗之上。

那时亚当这样地对夏娃说："美丽
的妻子，夜的时辰和现在都去休息的万物
提醒我们同样的休息，因为上帝相续地
把劳动和休息，好像昼与夜，给予人类，
并且睡眠的合时的甘露，现今以柔软
而倦怠的重量降着的，使我们的眼皮
下垂。其余的生物整天无事地闲荡，
并且不大需要休息；人有他的被派定的
每天的身心的工作，这宣示他的威严，
和在一切他的行为上上帝的顾念；
而其他的动物不想作为地游荡，
上帝不计算他们的行为。明天，
在清新的早晨还没有把东方染上
一条条的曙光前，我们得要起身
做我们的愉快的工作，
去剪改那边的花亭，那边的绿径，

他这样地约定；乌利尔乘着那个光线回到他的任务。

我们的正午散步的小路，丛生着树枝，
那讥嘲我们的吝啬的肥料，和需要
比我们的更多的手去剪除它们的
放荡的生长。还有那些花朵，和那些
点滴着的树胶，杂乱地散着的，
不雅观并且不光滑，也需要扫除，
倘若我们要适意地踏过。同时，如自然
命令的，黑夜请我们安息。"

装饰着完全的美的夏娃这样对他说：
"我的生养者和处理者，你所吩咐的
我不辩论地服从；上帝这样地命令；
上帝是你的法律，你是我的：不求多知
是女人的最幸福的知识，和她的赞美。
同你谈着话，我忘却一切的时间、一切的
季候和它们的变化；一切同样使我欢喜。
早晨的气息是甜蜜，她的上升是甜蜜，
同着最早的群鸟的魅惑；太阳是甜蜜，
当他第一次铺开他的东方的光芒在这
可爱的地上、草上、树上、果上、花上，
闪烁着露珠时；软雨后的沃土是芳芬；
甜蜜呀那怡悦而和蔼的黄昏的渐临；
然后静寂的夜，同着这个她的尊严的鸟，
和这个美丽的月，和这些天空的宝石，
她的星的扈从；但是同着最早的群鸟的
魅惑起来的晨息；在这可爱的地上的
上升着的太阳；闪烁着露珠的草、
果、花；雨后的芳芬；
怡悦而和蔼的黄昏；同着这个她尊严的
鸟的静寂的夜；依着月光，或是闪烁着
的星光的散步，如果没有你都是

不甜蜜的。但是星和月为什么整夜地
发光？这个辉煌的景象是为谁的，
当睡眠闭上了一切的眼睛时？"

我们的共同的先祖向她这样地回答：
"上帝和人的女儿，十全十美的夏娃，
星月要绕着地球在明天傍晚时分
走完她们的行程，挨次地从一地，
到一地，虽然为还没有创造的
国家预备了必需的光明，她们升和沉；
怕完全的黑暗在夜间重得她的
古时的占有，和熄灭自然界里的
生命和万物；这些柔软的火不但使
它们光明，并且用效力不同的
天然的热酝酿和温暖，锻炼或滋养
它们，或是部分地把她们的星的灵质
降下在地球上生长的万物之上，使它们
因此更宜于从太阳的更烈的光线接受
完美。所以她们虽然在深夜不被看到，
不徒然地发光。也不要想，虽然人
是没有，天会没有观望者，上帝会
没有赞颂。几百万的灵物不被看见
地在地上走，在我们醒时，也在我们
睡时：一切这些日夜以不停的
赞美观望神的造物。多么常常地，
从回响的峻山或丛木，
我们听到上天的声音单独地或是
互相酬答地向午夜的天空唱着他们的
伟大的创造主！当他们结着队守望或是
作每夜的巡视，以完满谐和的韵节
伴着弦声的上天的挥动，他们的歌唱

分开黑夜，和把我们的思想举到天上。"

这样谈话着，他们独自两人地携着手走到他们的幸福的花亭。这是尊严造物主所选的一个地方，当他为人的愉快的使用创造万物时；屋顶是最深的交织的树荫，月桂树和番石榴，和有坚实而芬芳的叶的更高的树木；在两边是莨苔花，和每种薰香的灌木，围起那碧墙；每种美丽的花，一切颜色的杜若、蔷薇和素馨，在中间高举它们的茂盛的头，和砌成颜色的镶工；在脚下紫罗兰、番红花，和风信子以华丽的镶嵌把地土绣上边缘，比起最高贵的宝石的镶嵌还更色彩丰富：这里其他生物，鸟、兽、昆虫、地虫，没有一个敢进来；这样的是它们对于人的敬惧。在更荫深、更神圣和更超绝的，虽然仅仅虚构的花亭里，牧羊神或林野神绝没有睡过，山林神或牧畜神也绝没有到过。这里，在幽居里，新嫁的夏娃，用花、花圈，和芳草第一次装饰她的新婚的床；天上的乐队歌唱婚礼的颂歌，那天快乐的天使把夏娃带给我们的先父，她在裸体美里更装饰，更可爱比起诸神把他们的所有的天赋赐给她的潘杜拉；哦！在可悲的结果里太像了，当对着欧媚司带来的杰弗脱的更不聪明的儿子，她以她的美貌陷害人类，以报复偷盗虬夫的秘火的人时。

这样走到了他们的多荫的住处，他们站定，他们转身，和在开旷的天空底下崇拜创造他们所看到的空、风、地、天、月球和星极的上帝："你也创造夜，万能的造物主；你也创造在从事于我们的被派定的工作里我们已把来过完的白日，快乐地在我们的互助和相爱里，你救赐的一切我们的幸福的绝顶；这所美妙的地方在我们是太大，在那里你的丰饶需要分享者，和不被采摘地落在地上。但是你答应从我们两人生出一个民族以充满地球，他们要同我们一起颂扬你的无限的宽宏，在我们醒时，也在我们像现在一样地追寻你的睡眠的恩赐时。"

这个他们同声地说了，不做其他的礼仪，除了上帝最欢喜的纯洁的礼赞，他们携着手走进最奥秘的花亭；无需脱去我们所穿的这些讨厌的遮掩，他们立时并排地躺下；我想，亚当不会把他的背向着他的美丽的妻子，夏娃也不会拒绝夫妇爱的神秘的礼仪：不论虚伪的人们庄严地谈论清净、场所，和无瑕，并且贬损上帝称作清净；和警诫有些人，让一切的人自由地使用的事情。我们的造物主命令繁殖；什么人命令节制除了我们的破坏者，上帝和人的敌人？欢迎呀，结婚的爱，神秘的法律，人类子孙的真正的源泉，乐园里的唯一的礼仪，否则在一切的

事情里共通！由于你，奸淫的贪婪从人
被驱逐到兽群中间去彷徨；由于根据
忠顺的公正的和纯洁的理性的你，
亲爱的关系，父子和兄弟的一切的慈爱
是最初地被知道。别妄想我会把你写作
罪恶或谴谪，或想你是和最神圣的地方
不相称合，家庭的甜蜜的永远的源泉，
它的床是不被玷污的和明显地贞洁的，
现在，或是过去，如圣人和长者所用的。
在这里"爱"使用他的金箭，在这里燃起
他的不灭的明灯，和振动他的紫色的
翅膀，在这里主宰和欢宴；不是在淫妇的
买来的接吻里，无爱情的、无快乐的、
不亲切的、偶然的享用；也不在宫中的
艳事里，混杂的跳舞里，淫荡的假面剧里
午夜的舞会里，或是饥饿的情人向他的
骄傲的美人唱的，最好轻蔑地不理的
夜曲里。被夜莺催眠的他们拥抱着
睡去，花的屋顶把被清晨滋养过的
蔷薇沥在他们的赤裸的四肢上。
再睡吧，幸福的一双！哦！还要顶幸福，
倘若你们不追求更幸福的情境，
和知道不求多知！

现今黑夜用她的阴影的圆锥形
一半地爬上了这个广渺的月下的圆穹，
并且在惯常的时辰从他们的象牙门出来的
上天使以备战的排列武装着站定了
他们的守夜的岗位；那时加勃留尔
这样地对那权位次于他的天使说：

"乌徐尔，调开这一半，以最严正的

守望布防南方；这些其余的飞向北方；
我们的圈围在西方会合。"如同火焰
他们离开，一半和着盾牌旋转，
一半和着长枪。从这些天使，
他叫出那靠近他站着的两个强壮
和精细的天使，这样命令他们：

"伊索利尔和徐丰，以生翼的速率
搜遍这座花园；一角都不要漏了；
但是最要紧那两个美丽的造物住
的地方，或许现在睡着躺卧，
没有危险地。今天傍晚从太阳的斜坡
来人说他看见什么地狱的天使向这里来
（谁能够想到），逃脱了地狱的监禁，
无疑负着恶的使命；你们找到这样的
天使，捉牢带来这里。"

这么说时，他向前领导他的光辉的
行列，使月亮迷眩；他们直向那花亭飞去
搜寻他们要搜寻的。他们找到他在那里
像蟾蜍地蹲踞着，紧靠夏娃的耳边，
以他的恶魔的伎俩试着要达到她的
幻想的器官，并且随他欢喜地用以
假造幻觉、幻象和幻梦；
或是，吹着毒气，他能否玷污如同
温柔的微风从清净的河升起地从清净的
血升起的那动物的精神，至少从那里
生出烦乱的、不满的思想，徒然的希望，
徒然的目的，法外的欲望，因产生骄傲
的高度的虚想而被煽起。
伊索利尔这样用她的长枪轻轻地
触动专心的他；因为没有虚伪能忍受

他们直向那花亭飞去搜寻他们要搜寻的。

天人的事物的触动，却是不由自主地
归到它的原形。他惊跳起来，被发现
和被突袭。好像一粒火星，
燃在堆着装桶，去藏在火药库内
预防谣传的战争的硝粉堆上，那黑粒，
蔓延成突然的燃烧，
使空气发焰；那恶魔这样地在他的
原形里惊跳。那两个美丽的天使后退，
一半惊讶着这么突然地看到那丑恶的
魔王不为惧怕所动，立时这样地问他：

　　"逃出了你的监禁的你是那些被
判定在地狱里的背叛的天使们的哪一个？
变了样，你为何坐得像一个伺候的敌人，
在这里睡去的他们的头边守候着？"

　　"那么你们不知道，"撒旦满是
讥嘲地说，"你们不知道我吗？
以前你们曾知道我不是你们的同辈，
坐着在你们不敢飞的地方：不认识我
证明你们自己不被知道，你们的一群
的最低的；或者，倘若你们知道，
你们为什么问，并且冗余地开始你们的
使命，定得一样甚地没有结束的？"

　　徐丰讥嘲还讥嘲地这样对他回答：
"不要想，反叛的天使，你的样子不变，
或是被知道光辉不灭，好像当你以前
正直和纯洁地站在天上时。那个光荣，
当你不再善的时候，从你离开；现在
你像你的昏暗和卑贱的罪恶和刑场。
但是来吧；因为你，一定的，
将要在差遣我们来的他面前细述原委，

他的责任是保这地方不被侵犯，
这两人不受到伤害。"

　　那上天使这么地说；在年轻的美里
严厉的，他的严重的斥责增加了无敌的
优雅。那魔鬼羞赧地站定，和感到善是
怎样地可畏，和看到美德的形状是
怎样地可爱——看到，和痛心他的损失；
但是尤其找到可见地减少的他的光辉
在这里被看到；但是假装不怕他说：
"倘若我定要争斗，定要敌手和敌手，
定要和那使者不是那被使者；或是
同时和两者：更多的光荣会被得到，
或则更少的光荣会被失去。"
"你的恐惧，"徐丰大胆地说，
"会省去我们去试验单独对恶的因此是
弱的你最少只要做什么。"

　　怒不可遏的魔王不作回答；
但是，好像一头被勒的骄傲的马，
傲慢地向前行走，嚼着他的嚼铁，
挣扎或逃走他以为是徒然的；
上帝的畏惧征服了否则
不会惊愕的他的心。现在他们靠近了
西方的天空，在那里飞了半圈的卫兵
刚才会合，并且，排紧着，立成联队，
等着第二个命令。他们的首领加勃留尔
从前面这样地高声向他们叫喊：

　　"朋友们哟，我听到轻快的脚声
匆忙地向这里来，和现在从树荫里
偶然地看到伊索利尔和徐丰；
而同着他们来的有一个第三者，

有王者的仪态，却是消衰和苍白的
光辉，依他的步容和凶烈的容貌像
是地狱的王子——恐怕不会从这里
离开，倘若不发生争斗；站得稳固，
因为他的态度里有轻慢的神色。"

他还没有说完，那两个天使走近了，
简单地说明他们带来了谁，在哪里找到
的，忙着做什么，蹲伏在什么形状里。

加勃留尔以严厉的眼光这样对他说：
"撒旦，你为什么突破了规定给你的
越犯的禁地，和扰乱其他者的权限，
他们不赞成依你的榜样越犯，却是
有力量和权力来质问你的大胆地
走进这处地方；你似乎存心来侵犯睡眠，
和上帝把来安居在这里幸福中的他们？"

撒旦带着侮慢的眉宇这样地对他说：
"加勃留尔，你在天上有聪明的尊敬；
我以前也这样想你；但是你现在问的话
使我疑惑了。有欢喜他的痛苦的人吗？
找到了路，谁不会从地狱逃出，
虽然被判定在那里？你自己也会这样，
无疑地，和大胆地冒险到不论什么地方，
只要离开痛苦最远，那里你能希望把磨难
去调安闲，和最快地以欢乐去报答悲哀；
这个我在这地方找：只知道善的你，
没有理由不试过了你，除了恶。要反抗
束缚我们的他的意志吗？让他更牢靠地
闩住他的铁门，倘若他要我们居留在
那个永远的黑暗中。所问的是这么多：
余者是实在的；他们找到我在他们说的

地方；但是那个不意含强暴或伤害。"

他这样讥嘲地说。被触动了善战的
天使，轻蔑地一半地微笑着，这样回答：

"哦，天上缺少了一个判断聪明的人，
自从愚蠢把他推翻的撒旦堕落了，
而现在从他的监狱逃出了回来，严重地
疑惑着还是把他们当作聪明或是不，
他们问什么的大胆把他不被允准地
从他的被派定在地狱里的监禁带到这里！
虽然，他这么聪明地决定从痛苦逃走，
和逃避他的责罚，你不能这样地臆断，
直到因你的逃走而起的天怒七重地
遇到你的飞逃，和鞭笞那个聪明回到
地狱，这个不能再妙地教训你，就是
没有痛苦能和惹起的无限的天怒相比。
但是你为什么一人？为什么全地狱
不逃脱了和你同来？痛苦对于他们
是不甚痛苦，不甚需要逃走？或是你
不像他们那样能耐苦？勇敢的首领，
从痛苦逃走的第一个，你一定对那些
被丢弃的一群伴为说明这个逃走的
理由，你一定不一个人到这里来逃避。"

那魔王严厉地皱着眉这样回答那个：
"不是我不能忍受，或是从痛苦退缩，
侮人的天使！你很知道我以前是
你的最凶烈的敌手，当时在战场里
连珠炮似的雷电尽量迅速地飞来，
和援助你的否则是不被惧怕的长枪。
但是你的话仍旧像以前一样地随处
证明你对于实在的事情的没有经验，

由于过去的艰险的试验和凶恶的成功
我是一个忠顺的首领——不肯把大家
冒险去经过他自己没有试过的险路。
所以我，我独自地第一个担任去飞翔
那荒芜的深渊，和窥探这个新创的世界，
这个新世界在地狱里不是不知道的，
在这里希望找到较好的住处，和我的
艰苦的同胞安顿在这地球上，
或在半空中；虽然，为了占据，
再来试验你和你的快乐的天使们敢做的
抵抗；他们的更容易的职务是去
侍奉他们的高高地在天上的主，
用歌去颂扬他的宝座，
和屈守惯常的距离，不是战争。"

那战士的天使不久这样地回答他：
"说了话马上收回，起先推托着说逃避
痛苦是聪明的，以后说是做间谍，显出
不是首领，却是一个明显的说谎者，
撒旦；你还能说'忠心'吗？哦，名
字，忠心的神圣的名字被亵渎了！
对什么人忠心？对你的反叛的一群？
魔鬼的军队，合式的身配合式的头！
这是你的主义，你的信心，
你的军事的服从，去解除
和那公认的至高的权力的联盟？你，
狡猾的虚伪者，你现在好像是自由的
保护者，以前谁比你更谄媚、更屈服、
更卑躬地崇拜天国的敬畏的帝王？
为了什么，只是希望去篡夺他，并且
你自己治理？但是看我现在要你变什么：

去！飞回到你从那里逃出的地方。倘若
从这个时辰你在这些神圣的界限里
显现，我把你锁起来拖回到地狱，
并且把你封锁起来，所以此后你不会
讥讽地狱的柔弱的门关得太不紧。"

他这样恐吓；但是撒旦不把什么
恐吓放在心上，却是因愤怒更苍白，
回答："到我是你的俘虏的时候，
再链条，骄傲而有限的天使！但是在那
时候之前，从我的能操纵的兵器你自己
要希望感到远更沉重的分量，虽然天帝
乘在你的翅膀上，并且惯习于那驾驭的
你和你的同伴们拖他的胜利的车轮向前
通过砌着群星的天国的路途。"

当他这样说时，光辉的天使的军队
变成了火般的红，把他们的方阵变成
月钩形，开始用放平的长枪围逼他起来，
密厚得好像波动着的，成熟得能收获的
西莱司底一个田野随着风的方向弯下
她的须耳底小林；谨慎的刈割者疑惑地
站着，怕他的有希望的麦捆在打麦场上
证明秕糠。在另一边，惊起的撒旦，
聚集着一切的他的力量，伸展地站定，
好像不移动的旦尼列夫或是亚脱拉司：
他的躯干摩到了天，他的头盔上竖起
"恐怖"的羽毛；他的手中也不缺少
像枪也像盾的武器。现在可怕的事情
能够发生了；在这大混乱里，
不单乐园，或许天的星体，或是至少
一切的元行，会变成了浮云，被这个

冲突的暴烈所扰乱和撕碎，倘若永久者
为要阻止这种可怖的纷争，不立刻
在天上挂出他的金秤，现在还能在
处女宫和天蝎宫之间被看到，在那里面
他先把一切的造物称过，那锤摆式的
圆的地球以平衡的空气现在称量
一切的事情，战役和国土。他把两个
重量放进在它们里面，每个是分开
和战争的结果；后者迅速地飞上，
和就到光芒；加勃留尔看见了
那个对那魔王说："撒旦，
我知道你的力量，你也知道我的，

都不是我们自己的，而是被赐给的；
那么骄矜兵器能做的是什么的愚蠢！
既然你的不能比起天准许的更多，
我们也不能，虽然现在被加倍了能够
把你像泥一样践踏。要证据抬头看，
在那边上天的象征里读你的命运，
你在那里被称衡，和被显出多么轻，
多么弱，倘若你反抗。"
那魔王抬头望，知道他的高挂起的
天秤；没有别的；只能讷讷着逃走；
和他同逃的是夜的黑影。

那魔王抬头望，知道他的高挂起的天秤；没有别的；只能讷讷着逃走；和他同逃的是夜的黑影。

Volume V

第五卷

解
题

　　早晨临近，夏娃向亚当讲她的烦扰的梦，他不欢喜这个梦，但是安慰她，他们出来去做他们的白昼的工作，在他们的花亭门前的晨礼。上帝，为要使人无可宽恕，差遣拉飞尔去训诲他关于他的服从、他的自由的状况，他的近在手边的敌人，那敌人是谁，并且为什么他的敌人，和不论其他的什么能使亚当有用地知道的。拉飞尔降下乐园，描述他的显现；他的来临为坐在他花亭门前的亚当所远远地看到；他出去迎接他，把他带到他的住屋去，以夏娃采集的乐园的精选的果实款待他；他们在席上的谈话；拉飞尔完成他的使命，向亚当提醒他的状况和他的敌人；由于亚当的要求，讲述那个敌人是谁，和怎样会变成敌人，从天上的第一次的反叛和此后的事情讲起；他怎样把他的天使们引到北方的部分，并且在那里煽动他们同他反叛，说服了一切的天使除了阿勃狄尔，一个大天使，他用辩论劝阻和反对他，然后抛弃他。

现今早晨，在东方的天空里前进着
她的玫瑰红的脚步，以东方的珍珠布散大
地，当亚当如惯常一样地醒来的时候；
因为他的睡眠像空气里的轻清，生自
健全的消化和温柔的烟雾，只有树叶
和蒸腾着的溪流的声音，和每根树枝上
群鸟的尖锐的晨歌，震旦神的扇子，
把烟雾轻轻散去。他是更惊讶了看到
还没有醒的夏娃，带着散乱的头发，
和发红的面颊，好像经过不安的休息。
他，斜倚着身体，一半地撑起，
带着切爱的神色弯在可爱的她的身上，
看到不论是醒着或是睡着的美射出特异的
优雅；然后，用西风神吹在司春女神
身上时的那样温柔的声音，柔软地
摸着她的手，这样低语："醒呀，
我的最美的，我的妻子，我的最近
找到的，天的最后和最善的礼物，
我的永远新鲜的欢欣！醒呀！
早晨发光，并且新鲜的田野在召唤我们；
我们失却良辰去看我们培养的
树木怎样生长，枸橼树林怎样盛开，
没药和香草滴着什么样的香汁，
自然怎样地渲染她的颜色，
并且蜜蜂怎样坐在花上汲取着蜜汁"。
　　这种的低语弄醒了她，但是夏娃以
惊讶的眼光看亚当；抱了他，这样说：
　　"哦，我的思想在你里面找到一切
憩息的唯一的人，我的光荣，我的完美！
我欢喜看到你的面孔和早晨回来；

因我今夜（这种的夜直到这一夜我从未
经到过）不像我惯常那样地梦到，
倘若是梦，你，过去的白日的工作，
或是明天的计划；却梦到犯罪和骚乱，
直到厌烦的一夜我的心从未知道过的。
似乎有一人紧靠我的耳边用温柔的
声音叫我出去走路；我以为是你的：
它说，'夏娃，为什么你睡觉？
现今是快乐的时候，那阴凉，那静寂，
除了那地方静寂屈服于现今醒来最甜蜜
地唱他的恋歌的夜唱鸟；现今月亮
满弦地发光，并且以更怡悦的光芒
影暗地修饰万物的面孔——都是徒然，
倘若没有人看。天同他所有的眼睛醒来；
去看谁呢除了你，自然的欲望？
万物乐于在你的眼光里，被你的美引诱
着的它们带着狂喜地还要看？'
我听到你的叫声起身，但是不看见你；
要去找你我便移动我的脚步，似乎我
独自经过许多条路，把我突然地带到
被禁止的智识之树。它看来似乎是
美丽，比我白天所幻想的美丽得多；
当我惊讶着看时，它旁边站着一个样子
和翅膀像我们常看到的从天上来的
天人：他的露湿的头发滴出仙香。
他也注视那棵树，说道，'哦，美丽的
树哟，过多地载着果实，没有人敢减轻
你的重负，尝你的甘蜜，上帝不能，
人也不能吗？智识这么被轻视？
或是妒忌，或是什么远虑禁尝试吗？

他，斜倚着身体，一半地撑起，带着切爱的神色弯在可爱的她的身上，看到不论是醒着或是睡着的美射出特异的优雅。

谁要禁止的禁止，但是没有人将要
把你的良善扣住不给我，否则为什么
放在这里？'说了这个，他不停顿，
却用大胆的手臂摘了，尝了。潮湿的
恐怖使我冷战，听了证以这么大胆的
行为的这么大胆的言语；但是过分快乐
的他说：'哦，神圣的果，你本身是
甜蜜，但这样摘了下来更甜蜜得多，
在这里似乎是被禁止的，因为只配给
上帝吃，却是能使人变成上帝！
但是为什么不把人做成上帝，
既是善的，愈加神通，生长得愈丰裕，
造物者毫无减损，却是愈被尊敬？
请拿，幸福的人儿，
美丽的天使般的夏娃！你也分吃些；
虽然你现在确是幸福，你还会更幸福，
没有更值得的事情了。尝这个，
此后你在诸神中间做女神；不被禁锢在
地上，却是有时在空中，像我们一样；
有时升到天上，由于你的身价是你的，
看诸神在那里过什么生活，
你也这样生活。'这么说着，
他靠近来，并且向我，即使向我的嘴，
拿上他摘的果实的一部：那愉快的
芳香这么打动我的食欲，甚至我想
我只能吃。我同他向上飞到云际，
并且看到下面的地球广阔地伸展着，
一个辽阔和多样的景色：
惊讶着我的飞翔和变动到这样的
高的地方，突然间我的引导者去了，

似乎我向下沉降，睡去；但是哟，醒来
找到这仅仅是一个梦，我是多么欢喜！"
　　夏娃这样叙述她的一夜，亚当忧郁
地答："我的最佳的模样，和更亲爱的
一半，今夜在睡中的你的思想的痛苦一样
地感动我；我也不能欢喜这古怪的梦——
从恶里生出的，我怕；但是恶从何来？
创造得纯洁的你里面不能容许有。
但是要知道在灵魂里有许多次等的
能力，奉理性为首领。在这些里面幻想
保持她第二的职务；她把勤敏的五官
代表的一切外界的事物做成想象、
空形，而理性都把来合或分地构成
一切我们承认或是否认的，并且叫作
我们的智识或是意见；然后退回她的
私室里，当自然休息时。在她不在时，
拟扮的幻想常常醒来模仿她；但是，
联错了形状，常常产生狂野的作品，
而尤其在梦里，不能联合的好久前的
或是新近过去的言行。在你这梦里的
我们昨晚的谈话里我想我找到一些
和这相像的地方，而加进了奇异的事情。
但是不要忧愁：恶会这么不被嘉许地
走进或是离开神或是人的心，并且
不留下污点或是谴责在后面；这个
给我以希望，你在睡眠中不敢梦到的
事情，在醒着时你绝不会答允去做。
不要丧气，那么，也不要阴暗那些容貌，
它们是惯比美丽的早晨第一次
对世界微笑的时候更愉快、更宁静的；

让我们起身去做我们新鲜的工作
在小林之中，在清泉之旁，在群花之间，
群花现今放开从夜保留的，为了你
贮藏起来的她们的最精选的飘香。"

　　他这样鼓励他的美丽的妻子；她是
被鼓励了，但是无声的一滴温柔的眼泪
从每只眼睛落下，用她的头发来
揩去：还有两滴珍贵的眼泪，盈盈地
含在它们的水晶槽里的，在它们没有
落下之前，他来吻去，当作甜蜜的懊悔
和诚敬的畏惧，怕犯了罪，
优雅的记号。所以一切是明白了，
他们急忙到田野去。他们不久从阴暗的
花亭顶下走出，看到白日的春天和
太阳——他，还没有十分升起，他的
车轮还在海边翱翔着，把他露湿的光线
平行地射到地上，发现着乐园和伊甸的
幸福的平原的东方的广阔的眺望——
他们先低低地鞠躬崇拜着，和开始他们
每天早晨以不同的形式举行的早祷；
因为他们不缺少不同的形式或是神圣的
狂欢去赞美他们的创造主，或是用适合
的音调申述，或是不先思索地歌唱；
这种的即兴的言语从他们的嘴唇上
流出，用散文或是无数的韵文，比起
要增加更多的甜蜜而必需的琵琶
或竖琴更为谐和：他们便这样开始：

　　"这些是你的光荣的造物，善的
父母，万能者！这么神奇的美妙的
这个宇宙是你的：那么你自己是多么
神奇呀！说不出的！坐在这些天体之上
的你在我们是不能见的，或是在这些你的
最低的造物里模糊地被看到；但是
这些显示你的想不出的善，和神圣的力。
说呀，最善于说的你们，你们光明之子，
天使——因为你们看到他，
并以歌曲和合唱，没有夜的永日地，
欢乐着围住他的宝座——你们在天上的，
你们一切的造物，在地上联合起来颂扬
他是最初、最终、最中，与无限，
群星中最美丽的，夜的扈从中最后的，
倘若你不属于黎明是更佳，白日的准确
的先驱者，以你的光轮加冠微笑的早晨
的，请在你的天体里赞美他，当白日，
那最高的甜蜜的时辰，上升时。
你太阳，这个世界的眼睛和灵魂，承认
他比你更伟大；唱出他的赞美在你的
永久的行程里，当你上升时，当你达到
最高的正午时，和当你沉落时。月亮哟，
你一刻迎合东方的太阳一刻逃避，
同着恒星，固定在飞行的它们的
天体里的；和你们其他的五个游星，
不是没有歌唱地移动神秘的舞的，
歌唱从黑暗唤起光明的他的赞美。
空气，和你们四种元行，自然的子宫的
初生者，你们奔跑形式繁复的永久的
轮回，混合和喂养万物，让你们不停的
变化对我们伟大的创造者化出更新的
赞美。你们烟雾和蒸气，现今从薄暗或是
灰色的山或是发出汽水的湖上升起的，

直到太阳用黄金渲染你们的羊毛的衣裙，
请升起来礼拜世界的伟大的造主；
不论用云去点缀没有颜色的天空，
或是用甘雨去潮润干渴的大地，上升
或是降落，仍旧向他献你的赞词。从四方
吹来的风哟，轻声或是高声地吹出
他的赞美；摇动你们的树顶，你们松树，
同着各种树木，摇动以示崇拜。泉水哟，
和一面流一面唱的你们，谐和的潺潺声，
请调奏他的赞美。联起声音来，你们
一切有生命的灵魂；你们唱着歌升到
天门的鸟，在你们的翅膀上和你们的
曲调里要负起他的颂词。
你们在水中流的，你们在地上行走，
堂皇地践踏，或是卑贱地匍行的，
请作证倘若我静默，早晨或是黄昏，
向山丘或是壑谷，泉水或是清新的
森荫，由我的歌唱而发出声音，
并且被教会他的颂词。欢迎呀，
宇宙之主！请更宽宏，仅仅把善
赐给我们；倘若夜集起或是藏起任何
恶的东西，散除它，
好像光明现在赶去黑暗一样。

他们这样天真地祷告，他们的思想
不久恢复坚稳的和平，与惯常的宁静。
他们急忙地去到他们的早晨的农作，
在甘蜜的露水和群花之间，那里任何
行列的过分茂密的果树太远地伸张
它们的饱足的树枝，和需要人手去牵制
不结果的拥抱：或者他们把葡萄藤
引去和她的榆树联婚；结了婚的她
把她的新婚的手绕住他，并且同着她
带来她的妆奁，那承继的串球，以装饰
他的枯叶。至尊的天帝怜悯地看到
这样工作着的他们，和召来那交际的
天人拉飞尔，他曾屈驾和吐皮司旅行，
和得到他的和七度嫁人的女郎结婚。

"拉飞尔"，他说，"你听到从地
狱经过黑渊逃出的撒旦在地球上的
乐园里举起了什么样的骚动，今夜那
一对人怎样地被扰乱；他怎样地在他们
里面计划立刻去毁灭全人类。
所以，去；今天半日，像朋友同朋友地
和亚当谈话，不论在花亭或是林荫里
你找到他退自正午的炎热以饮食或是
休息去消歇他的白昼的疲劳；进行这样
的谈话，如能忠告他关于他的幸福的
情状的——在他的权力里委给他自由
意志的幸福，委给他自己的自由意志，
他的意志虽然自由却是易变的。
从此警告他留心太安全的他不要迷邪：
告诉他他的危险是怎样的，
和从谁来的；什么敌人，最近
他自己从天上坠落，是现今在计划着
其他的人从同样的幸福的境遇坠落
用武力吗？不，因为那是要被防阻的；
却是用欺骗和谎语。这个让他知道，
恐怕，故意地违犯着，他推托说这个
是不被训诫，不预先被警告的突然事。"

永远的父亲这样说，和完成了一切

的正义。那生翼的圣者受到了他的任务后
也不延迟；却从千个光辉的天人中间，
他遮着他的华美的羽翼站在那里，
轻轻地跳起飞过天的中空。天使的乐队
左右分开，让他飞过所有的天的行道，
直到到了天门，那门自己大开，在黄金的
铰链上转着，因为那至尊的建筑师
用神圣的技巧构造的。从这里起——
没有云，或是星，不论怎样小，插入进来
妨碍他的眼光——他看到不是和其他的
发光的球体不同的地球，和上帝的花园，
一切的山顶上加冠香柏；好像在晚上
不大确定的加利留用望远镜瞭望
月亮里的想象的陆地和国境；或是
船长，从雪克莱地群岛中间地洛岛
或是萨玛岛最先显现着，看到一点云霞。
他向那边迅速地斜飞下去，在万千的
世界之间飞过广浪的灵空，有时
以稳妥的翼乘着天极的风；然后
以急速的箕扇动柔软的空气，直到
在旋空的鸳飞到的高空他被一切的
羽禽看到像是一只凤凰，好像那只
唯一的鸟，当他飞到埃及的西勃司，
为要把他的遗骸供在太阳的光明的
庙里时。他立刻降落在乐园的东崖，
并且恢复到他的本来的形状，一个
生翼的天使。他有六只翅膀，以隐起
他的神圣的外形：那蔽住他的广肩的
一对以王饰挂在他的胸前；中间的
一对像星带一样地束起他的腰，并且

以羽金和天溅的色彩围住他的腰和股；
第三对以天红的羽铠从脚踵起遮隐
他的双足。他站着好像媚亚的儿子，
振动他的羽尖，以上天的馨香充满广穹。
守望着的天使的全队立时认识他，
都站起来向他的威严和他的使命
表示至高的敬意；因为他们猜出他
是负着什么高的使命而来的。他经过
他们的灿烂的天幕，并且现在是来到
至福的田野，穿过没药林，
和盛放的香木、肉桂、甘松，和香树，
一处馥郁的荒野；因为在这里自然
像在她青春时代的放荡，任意使弄她的
处女的幻想，倒出更多的馥郁，
远超过规则或是技术，无量的幸福。
从香树林向前走来的他亚当窥见了，
当他坐在他的阴凉的花亭的门内时，
那时高挂在中空的太阳把他的炙热的
光线直接地射下，去温暖地球的最里面
的子宫，比亚当需要的更多的温暖；
夏娃在里面到了她的时候在预备午餐的
香果，它们的滋味使真的胃口欢喜，
并且不使其间从乳流，浆果或是葡萄
取饮仙果的琼浆的口渴嫌厌：
亚当便这样地向她叫喊：

　　"快到这里来，夏娃，请看值得
你看的，向东在那些树木间，什么光荣
的形状移动着在向这里来，好像另一个
早晨在正午升起了。他或许从天上带给
我们什么重大的谕令，并且会恩允今天

夏娃，请看值得你看的，向东在那些树木间，什么光荣的形状移动着在向这里来。

做我们的客。但是赶快去，把你的贮藏
所有的都拿出来，并且倒出配尊敬
和款待我们的天上的客人的丰裕；
我们很可以供给我们的施主以他们的
自己的施物，从宽大地被赐给的宽大地
奉给他们，在那里自然繁殖她的
肥沃的生长，并且由于释去着重负
长得更丰富，这教训我们不要吝惜。"

夏娃这样对他说："亚当，地球的
被尊敬的感受圣灵的模型，在完全的
季节贮藏物成熟可用地悬在枝上，地方
少的贮藏会够用了；除了由于俭约的
贮置稳健所省下来滋养的，和过多的
湿气所消耗的。但我要赶快去，并且
从每根枝和蕨上，每株木和每只汁水
最多的爪上，要摘下这种的精品以款待
我们的天使的客人，因为看着的他
将要承认，就是在这里地球上的上帝
曾散布他的宽宏好像在天上一样。"

这么说着，她以匆忙的颜容急急地
转过身来，专心于好客的思想，选取
什么样的最好的精品，设计什么样的
秩序所以不致混合不很调和的
和不优雅的滋味，却要一种一种地
拿出和着最自然的变化的滋味：然后
她走动了，从每根嫩枝采下不论什么
地球，产生一切的母亲，在东印度或是
西印度，或是在庞多司的中岸或是
波尼克的沿岸，或是阿尔西拿治理的
地方产生的；她采集一切种类的果实，

粗皮的、滑皮的、毛壳的，或是硬壳的，
丰多的贡物，并且用不吝惜的手把来
堆在桌上。他压榨葡萄当酒，定是不烈的
从许多的浆果取出蜜汁，并且从压过的
甜核她炼出甘乳——她也不缺少适合的
清洁的器皿去容下这些；然后她以蔷薇
和取自未蒸过的香木的香料撒满地上。
同时我们古代的先父走出去，不随带着
更多的扈从比起他自己的完全的完美，
迎接他的神般的客人；他的一切的威严
是在他自己里面，更庄严比起那侍候
王子们的厌烦的显赫，当他们华丽的
长列的马在前开导和涂污着黄金的
马伙使群众眩目并且使他们都惊呆。
更近他的面前，亚当，虽然不害怕，
却是带着服从的走近和谦恭的尊敬，
如同对地位优越的人那样地，
深深鞠着躬，这样说道："天国的人民
（因为除了天国外没有其他的地方能容
有这样光荣的形体）既然，由于从天上
的宝座下降，你暂时离开那些幸福的
地方而来光降这些地方，请恩准同着
我们，只有两人，由于上帝的赐给
仍还占据着这处广地的，
到那边多荫的花亭里去休息，坐下来去
吃那花园所结的最精选的果实，
直到正午的热过了，太阳阴凉些。"

那美德的天使这样和善地回答他：
"亚当，我所以来了；
你不是被这样造的，也不是居住在这样

的地方，而不能常常邀请虽是天上的
天人来拜访你。那么，引导到你的
花亭遮阴的地方；因为这些中午的
时辰，直到黄昏上升，是为我所有的。"
这样他们来到荫森的住处，像波麻娜的
花亭般地微笑，装饰着小花和
馥郁的芳息。但是夏娃，一些儿
不事装饰，除了她自己，更可爱地美妙
比起树林女神，或是在埃达山上裸着体
竞争的三个中最美的女神，立在那里
款待她的天上来的客人；她不需要面纱，
她的美德有保障；没有不稳的思想改变
她的面颊。那天使赐她一声
"欢迎"——长久后用于有福的玛丽亚，
第二个夏娃，的神体；"欢迎！人类
的母亲，你的多产的子宫要充满这个
世界以更多的你的儿子，比起上帝的
树用以堆在这桌子上的这些不同的
果实！"他们的桌子是用草泥做成的，
四边有苔绒的座位，在她的丰裕的
方桌上，从一边到一边，堆了所有的
秋天的收获，虽然春天和秋天在这里
连着手跳舞。他们谈了一刻话；
不用怕饭餐会冷；那时我们的父亲
这样开始说："天上的客人，请你尝试
这些丰裕，那是一切的完美无量地
所自来的我们的'营养者'为了我们的
饮食和欢喜使大地生出来的：对于天上
的仙人或许是不甘芳的食物；我只知道
这个，就是一个天父赐给大家。"

天使对他说："所以他（他的颂辞
要永远地被歌唱）赐给人的，部分地
是精灵的，对于最纯粹的天灵不会被
找出是不感恩的食物：并且同样地需要
那些纯粹是智慧的性质的食物，
好像你们需要理性的；而两者里面都
含有每种感官的次等能力，
他们以此听、看、嗅、触、尝，试尝着
时烹调、消化、融和，把有形的
变成无形的。因为要知道，不论那个
被创造的需要维持和饲养。更粗大的
元行饲养那更纯粹的，地饲养海，
地和海饲养空气；空气饲养那些灵火，
如最低的，最先饲养那月；在她的圆面上
因此有那些斑点，不纯净的蒸气还没有
变成她的本质。月也不是不从她的
潮湿的大地把营养吹到更高的星球。
把光赐予一切的太阳在潮湿的蒸气里
接受他的一切滋养的报酬，在晚上
和海洋同餐。虽然在天上生命之树
结生仙果，葡萄生出浆——虽然每天
早晨我们从树枝拭去蜜露，并且看到
地上散满着粒粒的珍珠——但是上帝
在这里这么地用新的欢喜变动他的
宽宏如可以和天国比较；不要想我吃起来
将要是细巧的。"这样他们坐下，
吃他们的食物；那天使也不多礼，
也不在迷雾中——
神学家的普通的曲解——却是以真正的
饥饿的尖锐的迅速，和要圣化的调制的

热烈：盈流的东西容易地通过精灵
蒸散；也不用奇怪，倘若实验的炼金家
用煤火能够，说是能够，把最不纯净的
五金变成完美的黄金，如同从镀里。
同时夏娃赤裸着身体在席上款待，
用美酒加冠他们的流溢着的酒杯。
哦，应进乐园的天真！倘若上帝的儿子
被准许有看到那个情景的艳福。但是
在那些心里爱情不是淫佚地主宰着。
妒忌，受伤的情人的地狱，也不被知道。
当他们这样吃够了饮食，而不使身体
累重时，突然的念头从亚当升起，不要
让由于这个伟大的会见给予他的
机会错过，要知道在他的世界之上的
事情，和那些住在天上的人的生活，
他看到他们的优美，这么地远超过
他的自己的，他们的灿烂的样式，
神圣的光辉，他们的尊高的权力这么地
远超过人类所有的；这样地他向
天的使者构成他的勇敢的言辞：

　　"和上帝同住者，现在我十分地
知道你的恩宠，在对人所做的这个荣誉
里；你肯屈驾走进他的低贱的屋顶下；
并且肯吃这些地上的果品，不是天使的
食物，却是这样地接受，恐怕你在天上
盛大的筵席上也不能显出这样吃得更愿
意：但是什么样的比较！"

　　那生翼的天使便对他这样地回答：
　　"哦，亚当，有一个万能者，
万物从他生出，并且归还到他，倘若不

染恶弃善，一切被创造得这样的完善；
万物最先是同质的，赋有种种的形式，
种种程度的体质，在生存的东西里种种
程度的生命；但是更净化、更灵化和
更纯化，依照被置得离他更近或是在
他们各个被指定的活动的范围里向他
趋得更近，直到身体努力着达到灵，
在和每个种类相比例的限制里。所以
绿茎更轻地从根发出，绿叶更浮空地
从茎发出，最后那光辉的圆满的花
放出芳香的清气：花和果，人的滋养料，
以渐进的程序超绝，希求达到生命的、
动物的、智识的精力；给予生命和感觉，
幻想和了解；从那里灵魂受到理性，
理性是她的生命，推理的或是直觉的：
谈论最常常是你们的，直觉最多数
是我们的，仅在程度上差异，种类相同。
所以不要奇怪，倘若我不拒绝上帝
赐给你们的食物，却是像你们一样地
我把来变成我的本质。时候会来，那时
人类和天使可以同食，而不会找到
不便的食物，或是太轻的食品；或许
从这些有形的滋养料你们的身体
经过了时间的锻炼最后会把一切
变成精灵，生了翼像我们一样升到灵天，
或是能够随意住在这里，或是天上的
乐园里，倘若你们是被找到服从的，
并且不变动地稳固地保持他的
完全的爱，你们是他的子孙。同时
尽量地享受这个幸福的情景能够

哦，亚当，有一个万能者，万物从他生出，并且归还到他。

包含的，不能再多的任何的幸福。"

人类的家长对他这样地回答道：
"哦，惠好的天人，仁爱的客人，你很好地
教了那可以指导我们的知识的路径，
并且从中心到周边设下自然的阶梯，
在那上面，当默想创造的万物时，我们
可以一步一步地升到上帝那里。但是
请说，那句附带的警告，倘若你们是
被找到服从的，是什么意思？那么，我们
能够对于他没有服从，或是丢弃他的
爱，他把我们从灰尘里创造出来，
并且把我们安放在这里尽量地享受
人类的欲望能够要求或是理解的幸福？"

那天使对他说："天和地的儿子，
听着！你是幸福，那是由于上帝；
你继续幸福，那是由于你自己，
就是说，由于你的服从；站在那里面。
这是以前给你的警戒；要听从。上帝
把你造得完美，但是不是不变的；他也
把你造得良善；但是他把坚忍留在你
自己的权力里，命令你的意志依性质
是自由的，不被不能解开的命运或是
严厉的必需所驳斥。他需要我们的自动
的供奉，不要我们的勉强。后者从他
那里找不到接受，也不能找到；因为
不自由的心怎能被试验它们的供奉出于
自愿还是不自愿，它们所要的只是由于
命运他们必须要的，而不能选择其他
的？我自己，和站在坐着宝座的上帝前
的所有的天使们保持我们幸福的境遇，

好像你保持你的，当我们的服从继续时。
没有其他的保证：我们自由地侍奉，
因为我们自由地爱，爱或是不爱是
在我们的意志里；在这个里面我们
站立或是堕落；而有些是堕落了，
由于不服从而堕落了，从天国堕落到
最深的地狱。哦，从什么样的幸福的
高境堕落到什么样的痛苦里面！"

我们的大父对他说："神圣的
训导者，你的言语我谨慎地并且用
更欣喜的耳朵听了，比起在夜里天使
的歌唱从邻山传来天上的仙音：
我也不是不知道意志和行为是
被创造得自由。但是我们绝不会忘却
去爱戴我们的造物主，和服从他，
他的唯一的命令还是这么的公正，
那是我的时常的思想保证我的，
并且还要保证的；虽然你所说的天上的
情形在我心里引起一些怀疑，但是更
希望要听，你若允准，完全的叙述，
那定会是奇异的，值得用圣洁的静寂
来聆听。况且我们还有好多的时候，
因为太阳还没有十分地走完他的
一半的途程，还没有在天的
大道里开始他的另外的一半。"

亚当这样地请求；拉飞尔在短促的
停顿后允准了，这样地开始说道：
"忧郁而艰难的工作！因为我将要怎样
对人类的感觉述说战争的天人的
看不到的战事？怎样会没有痛恨地

叙述这么许多天人的衰亡，当他们
没有堕落时曾是光荣并且完美的？
最后，怎样说出另一世界的秘密，或许
暴露是不合法的？但是为了你的好处
这是被特准的；我将要这样地描叙
人类的感觉达不到的事情，把精神的
和大体的形式相比，如可以最佳地
表现它们的——虽然有什么呢，倘若
地球仅仅是天国的影子，并且里面的
事情互相类同，比地球上所想的更甚？"

　　当这个世界还未存在，和狂野的
混沌主宰这些天体现今在那里转动，
地球现今在那里平歇在她中心上的
地方时，那时有一天（因为时间，
虽在永久里，应用于行动时，以过去，
现在和将来计算能历久的万物），
在天的大年生出的那样的一天，由帝命
召集的天使之群从天的四方无数地显现
在万能者的宝座前，依照光辉的次序
在他们的诸首领之下。高高升起的
千万万面旗帜，在前队和后队之间的
军旗和小旗，在空中流动，并且用以
辨别首领、秩序，和阶级；或是向它们
的灿烂的质料里光彩夺目地写上神圣的
纪念，显著地记录下的热忱和
爱情的功业。当他们这样地站定在
不能描述的层层叠叠的圆圈里时，
那无限的父亲，紧靠着他那神子幸福地
坐着，在中间，好像从一座喷火的
高山上，它的顶由于火光而看不到了，

这样地说道：

　　"听着，你们一切的天使，
光明之子、王者、权者、公侯、德者、强
者，听我的谕旨，它要不被收回地施行！
今天我产生了我宣称是我的唯一的儿子
的他，并且在这座山上以膏油涂抹他，
你们现在看见他在我的右手。我委派他
做你们的首领，并且我自己向他发誓
天上所有的天人要向他屈膝，并且承认
他是主：承合地约束在他的伟大的
摄政底下，好像一个单独的灵魂，
永远地幸福：不服从他的不服从我，
破坏联合，并且在那一天，从上帝和
幸福的神视逐出，坠落到绝对的
黑暗中，深深地在渊里，监禁在那里
没有拯救和终局。"

　　那全能者这么地说，他的言语大家
都似乎很欢喜；大家都似乎，而不是
大家都是。那一天，像其他尊严的日子，
他们消磨在圣山的四周歌唱和跳舞——
神秘的舞，最和他近似的是那边行星
和恒星的转动；复杂的、离中的、
牵连的，似乎在最不整齐时是
最整齐的旋舞；并且在它们的行动里
神圣的谐和这样地流滑她的魅惑的
音调甚至神的耳朵也怡悦地听。
现今黄昏渐近（因为我们也有我们的
黄昏和早晨，我们有我们的是为愉快的
变化，不是必须），他们欲望地
从跳舞转出，去赴甘美的饮食：

桌子是给张开了，像他们站时
那样地排成圆圈，并且突然间堆满了
天使的食物；红宝石色的琼浆流动
在珍珠杯、钻石杯，和巨块的黄金杯里，
精妙的蔓藤的果实，天的产品。在花上
休息，并且加冠着鲜美的小花，他们吃，
他们饮，并且在甜蜜的神交里呷饮
不朽和欢乐，没有过饱的忧虑，在那里
足量只是限制过分，当着用宽宏的手
施给的和他们同乐的大量的上帝面前。
现在当仙香的夜，用从光明和阴影
所自来的上帝底高山上蒸起的云雾，
把天的最光辉的面孔变成可感的黄昏
（因为夜来到那里不遮着更暗的面幕），
并且玫瑰红的露水分派一切人的眼睛
除了上帝的不睡的眼睛去休息时，
在那广阔的平原上，远比这圆的地球
全伸展成平地时更广阔（这样的是
上帝的朝廷），那天使之群散成许多的
队伍和排列，靠到在生命之林中的
灵泉张开他们的行营，营帐无数地
和突然地竖起，天人的幕屋，在那里
他们睡去，被凉风扇着；除了那些围着
至尊的宝座整夜更迭地唱他们的
谐和的颂歌的。但是撒旦——现在这么地
称呼他——不这样地醒着；他的以前的
名字不再在天上被听到：他，倘若
不是第一个大天使，却是在权力里，
恩宠里和优越里伟大的第一个，
却是对于那天被他伟大的父亲所尊敬

和被称作受膏的帝王弥撒亚的神子
怀着妒恨，由于骄傲受不住那种情形，
并且以为他自己被损伤了。因此生出
深的恶意和轻蔑，在午夜带来了对于
睡眠和沉默最友善的薄明不久后，
他便决定同他的所有的天使去驱逐，
并且使那至尊的宝座不被崇拜，
不被服从，傲慢地，他叫醒了次于
他的天人，这样秘密地对他说道：

　　"你睡觉吗，亲爱的同伴？
什么睡眠能够闭上你的眼皮？
你记得昨天的是什么命令，这么不久
地从天的万能者的嘴唇说出的？
你惯把你的思想告知我，我惯把我的
告知你，在大家都醒的时候，我们两人
是一人；那么现在你的睡眠怎么能使
我们分离？你看到新的法令是颁布了；
从主宰的他颁布的新的法令会在服役的
我们的心里引起新的思想——
新的建议，去辩论什么可疑的事情
可以随来。在这地方说出再多的话是
不安全的。你去集合我们所引导的
无数的天使；告诉他们，依照命令，
在昏暗的夜还没有收去他的阴云前，
我要加紧去，并且在我底下的众人
要飘动他们的旗帜，以如飞的前进
向家归去，那里我们要占据北方的
地土，在那地方预备适当的款待以迎接
我们的皇帝，那伟大的弥撒亚，和他的
新的指挥，他预备要赶快得胜地

经过一切的天人们，并且颁赐法律。"

那虚伪的大天使这样地说，
把不良的影响搀入于他的同伴的不好战的
心中：他完全地或是几个几个地召唤
在他底下摄政的有权者；如他被指授地
那样说，那至高者下令在夜，在黑夜
未把天国解脱以前，那主政的大军旗
要飘动；说出那指示的原因，并且在其间
杂进模糊的言语和妒忌，以粉饰或玷污
结合。但大家都服从他们的大帝的
惯常的表征和威严的声音；因为在天上
他的名字真的是伟大的，他的阶级
真的是崇高的：他的颜容，好像引导
星粒般的羊群的晨星，引诱他们，并且
用谎语把三分之一的天使领在他后面。
同时，那"永久之眼"，他的眼光能洞烛
最隐秘的思想，从他的圣山上，从每夜
在他面前点燃的金灯里，不用这些灯光
看到叛变开始了；看出在谁的里面，
怎样地蔓延在早晨之子的中间，怎样
众多的人数联合起来去反抗他的
至高的谕命；微笑着，对他的独子说：

"儿子呀！在你里面我看到我的
光荣是灿烂辉煌，我的一切权力的后嗣，
现在我们差不多要关心去确证我们的
全能，并且我们要用什么样的武力
去保持我们湮古地宣称的神祀和皇国：
这样的一个敌人是在起来了，他想要
去建起和我们的相等的他的宝座，
在那完全的辽阔的地方：也不这样地

满足了，在他的思想里他还要在战役里
试验我们的力量是什么，或是我们的
权力是什么。让我们注意，并且赶快
把所有存下的力量用作我们的防御，
去赴这危难，怕我们会不知不觉地
失去我们这个高位，
我们的神庙，我们的江山。"

那儿子用镇静的态度和清净的、
神圣的、不能描述的、宁静的辉光
回答道："万能的父亲，你合理地讥诮
你的敌人，并且安稳地嘲笑他们的
徒然的计划和徒然的变乱——
对于我是光荣的事业，他们的恶恨
把来证明，当他们看到给予我去压灭
他们的骄傲的一切的王权，而最后知道
去征服你的叛抗者我是巧妙，或是被
找到在天上最拙劣。"

那儿子这样地说；但是撒旦同他的
权位者已用生翼的速率前进得很远，
一群天使无数得如同夜星，如同晨星，
如同太阳在每张叶、每朵花上缀上的
露珠。他们经过几个国境，三级的天人，
有权者和王者的万能的治权——你的
完全的领土，亚当，和这些国境比起来
正好像这座花园的对于完全的陆
和完全的海，从全个球形广伸到经度；
经过了这些国境后他们最后来到
北方的极限，撒旦来到高高地在一座
山上的他的皇座，远远地辉煌着，好像
一座山升起在一座山上，有着从钻石

和金岩凿出来的金字塔和塔楼——
伟火的路雪弗底皇宫（用人类的语言
所解释的这样命名那座建筑）他，
不久后假装着一切和上帝相等，
模仿弥撒亚在上面当着全天人面前
被宣称的那座山，把它叫作会集之山；
因为他把他完全的军队召集到那边去，
佯说着他这么地被命令去会议便要
来到那里的他们的帝王的伟大的欢迎，
并以假的真理的狡技，捉住他们的耳朵：

　　"王者、有权者、公侯、有力者，
强者；倘若这些庄严的称呼不仅仅是
称呼，因为由于神敕另外一人现在独占
了一切的权力，并且把我们都蒙蔽在
涂膏王的名字底下；为了他才有这一切的
半夜进行的匆忙，和这里的匆忙的会合，
只是要商量，怎样我们可以最佳地，
用什么可以被设计的新的尊敬，去迎接
那来到我们接受还没有偿付的屈膝和
卑贱的俯伏的他！对于一人是太多！
但是加了倍怎堪忍受——对于一人和对于
现在被宣称的他的影子？但是怎样呢，
倘若更佳的建议能够振起我们的思想，
和教我们抛弃这个羁束？你们情愿低下
你们的头颈，和弯曲衰求的双膝吗？
你们不肯的，倘若我相信不误地认识
你们，或是倘若你们自己知道你们是
以前没有被人占据的天国的人民
和子孙，倘若一切不是平等，却是自由，
平等地自由；因为秩序和阶级不妨碍

自由，却很和谐。
那么，在理性或权力上
谁能施行专政于那些依照权力是他的
同等者之上——倘若权力和光辉消失，
在自由上是同等；
或是谁能在没有法律而不犯错误
的我们之上颁行法律与敕旨？
因此更不能做我们的主，
更不能希望崇敬，
侮辱那些至尊的名称，
这些名称表示我们受命去治理，
而不侍候。"

　　他的放纵的大胆的言语被听到
这里，那时阿勃狄尔在大天使中间站起，
没有比他用更多的热诚崇拜上帝，
和服从神圣的命令的，在一灶严厉的
热诚的火焰里他的怒流这样地反对：

　　"哦，亵渎的，虚伪的和骄矜的
理由！在天上永远不曾希望听到的言语；
尤其不希望从你的嘴说出，忘恩负义的，
在地位上你这么地高超出你的同位者！
你能用不诚敬的诽谤去谴谪上帝
所宣布和发誓的公正的神敕，
就是天上的每个天人将要向他的独子，
由于权力执持王笏的，弯曲他的双膝，
和在那尊敬里承认他是合法的帝王？
你说是不公正的，绝对不公正的，
以法律去约束自由者，
让同等者去治理同等者，
一人以不被承继的权力在众人之上！

你要把法律给予上帝吗?

你要和他争辩自由的要点,

他把你造成现在的你!

并且如他欢喜的那样形成天上的天人,

和羁范他们的生活?但是,由于得到的

经验,我们知道他是怎样地善,怎样地

计及我们的良善和我们的庄严;怎样

地使我们稍次地离开思想;却要提高

我们的幸福的境况,更接近地联合

在一个首领之下。但是——姑认你所说的

同等者专政同政者是不公正的——是否

你把你自己,虽然伟大而且光荣,或是

把联合为一的全体的天人当作和他,

上帝的儿子,相等?由于他,好像由于

他的言语,那万能的父亲创造万物,

即使是你;并且天上所有的天人依着

他们光辉的阶级被造成,加冠着光荣,

并且依照他们的光荣被称作王者、权者、

公侯、力者、强者——天生的强者;

也不因他的宰治而晦暗,却显得更灿烂;

既然他,那首领,这样地降低为我们中的

一员;他的法律便是我们的法律;对于

他的一切的尊敬便是对我们自己的。

所以,停止这个不敬的愤怒,不要引诱

这些;但是赶快去恳求那被激怒的父亲

和儿子,当宽恕还可以被找到的时候。"

那热烈的天使这样地说;但是他
的热忱没有人附议,却是被当作不合时
宜的,或是怪特和粗鲁的:因此那魔王
欢喜了,并且,更傲慢了,这样地回答:

"那么,你说我们是被造成的?

并且是副手的作品,由于责任从父亲转到

他的儿子?奇异而新鲜的观点!这种道理

我们要知道是从哪里学来的!谁曾看到

创造时候的情形?你记不记得你的造成,

当那造物主给你生命的时候?

我们不知道有一个时候那时我们不像

现在这样;不知道有人在我们之前,

自己产生自己,用我们自己加速的力量

培养自己,当命运的行程走完了他的

全圈时,这个我们原有的天的成熟的

生产,灵气的儿子。我们的威权是

自己的;我们自己的右手要教给我们

至高的事业,用实证去试验谁是我们的

同等者:那时你会看到我们会不会用

恳求说话,用哀求还是用围攻去环绕

万能者的宝座。这个报告、这些消息,

带到受膏之王;飞逃吧,

趁凶恶还没有阻断你的飞翔时。"

他说了;并且,好像深渊的声音
一般,粗暴的喝喝声应响他的言语,通过
全个无数的天使军队,那发焰的大天使,
大无畏地,虽然一人,四边围着敌人,
却不因此稍杀勇气地这样回答:

"哦,上帝的离异者,哦,被诅咒的
天人,一切善良的丢弃者!我看出你的
堕落是定了,和牵涉在这罪恶的欺诈里的
你的不幸的同伴,传染地布散你的
犯罪和责罚:此后不用去担心怎样
摆脱上帝的弥撒亚的羁束:那些宽大的

法律不要被准行了；另外的谕旨要
不被收回地颁布行出来责罚你，你真地
拒绝的金笏现在是要擦伤和捣碎你的
不服从的铁杖。你忠告得很好；但是
不是为了你的忠告或是恐吓我逃避
这些被专诚的可恶的天幕，怕迫切的
天怒，怒发成突然的火焰，不会熄灭：
因为不久预备去感到他的雷电在你
头上吞噬着的火焰。
那时你悲悼着将要知道那创造
你的也能毁灭你的他。"

　　那大天使阿勃狄尔这样说，被找到

忠心，在不忠心者的中间，只有他忠心；
在无数的虚伪者的中间不受感动、
不被摇动、不被诱惑、不被恐吓，
他保持他的忠心、他的爱心、
他的热忱；没有数目，
没有前例，使他从真理离开，
或是改变他的不变的心，虽然单独。
从他们中间他走出去，长久的路程
通过怀有敌意的讥嘲，他把来超然地
忍受，也不惧怕任何的暴动；并且用
回报的讥嘲，他把他的背转过来向着
那些被命定要迅速地灭亡的骄傲的塔。

Volume VI

第六卷

解题

　　拉飞尔继续叙述密乞尔和加勃留尔是怎样地被遣出去同撒旦和他的天使们作战。描述第一次的战役：撒旦和他的权者们在黑夜底下后退，他召集一个会议；发明魔鬼的机器，在第二日的战争里，这些机器使密乞尔和他的天使们有些纷乱；但是他们终于拔起着群山，征服撒旦的兵队和机器。但是，那纷乱不这样便终结，上帝在第三日遣出他的儿子弥撒亚，他为他保留了那个胜利的光荣；他，在他的父亲的权力里，来到那地方，和命令所有的他的军队静立在两边，以他的兵车和雷电驱逐到他的敌人们的中心，追赶不能抵抗的他们，向着天国的城壁。那个时候，他们带着恐怖和混乱跳下为他们在深渊里预备好的责罚的地方；弥撒亚凯旋返回到他的父亲。

整夜地那大胆的天使不被追赶地
走过天国为广阔的平原，直到"早晨"，
被旋转着的"时辰"叫醒了，用蔷薇的手
打开"光明"的门户。在上帝之山里，
靠到他的宝座，有一山洞，
那里"光明"和"黑暗"
永远地轮流着居住和离开，这使天国
生出可感谢的更迭，好像白昼和黑夜；
"光明"出来时，
谄媚的"黑暗"走进另一扇门，
直到她把天国遮暗时，虽然那边的
黑暗很可以和这里的夕照相似。
现今装饰着天的金色的"早晨"走出，
如同在最高天里；从在她之前消失的
"黑夜"射出东方的光芒；
那时他才最初看到平原上全布满着光辉
的备战的密集队，兵车，光焰的军器，
和如火的战马，互相映辉着。
他认出战争，在积极的整备中的战争，
并且找到他以前当作是传报的
消息现在已被明晓了。然后他欢喜地
混合在那些可亲的天人中间，他们
以欢乐和高声的喝彩迎接他，因为
这么许多的堕落的天人中还有一人
不堕落地回来。他们引导他到圣山上，
高声喝彩，并且把他带到至尊的宝座前；
一个声音，从一座金霞中，
和蔼地被听到：

"上帝的仆人，善哉！你很好地
经过了更佳的战争，你只身向叛抗的

群众维持真理之道，用比他们的武器更
强的言辞，并且为了真理的证验你忍受
了普遍的责备，比忍受暴力难得多；
因为你所关心的一切是这个——
被嘉许地站在上帝的面前，
虽然世人说你顽固。
现在留下给你的是更容易的征服，
被这许多朋友们相助着，更光荣地
回到你的敌人那边去，比起你被讥嘲地
离开他们，用武力去克服那些拒绝
理性做他们的法律的，拒绝正当的理性
做他们的法律，拒绝由于功绩的权利
而治理的弥撒亚做他们的王帝。去吧，
密乞尔，天军之王，还有你，
加勃利尔，在军权上是第二个；
引导我的这些无敌的儿子去作战；
引导我的武装的天人，
几千几万地排列着预备去作战的，
数目和那些没有神的叛反的军队相等。
以火和对敌的兵刃无畏地攻打他们；
追击他们到天边时，
把他们从上帝和幸福
驱逐到他们受罚的地方，地狱的深渊，
它广张它的火的混沌收受他们的堕落。"

那至尊的声音这样说；黑云开始
荫暗一切的山，烟雾以昏暗的花圈滚动，
冲冒的火焰，天怒被触醒的记号；
高声的天的号角也不用
稍少的恐怖开始吹动。这命令一下，
不可抵抗地结成强力的方阵，并且为

天国而立的天使军队在静默中向前移动
他们的光辉的队伍，依着乐具的谐音，
这谐音吹出为了上帝和他的弥撒亚的
正义在他们神般的首领底下驰赴
冒险事业的英雄的热情。
他们向前移动，不能溶解地坚固；
也没有遮断的山，也没有狭窄的谷，
也没有树林，也没有河流，分开他们的
完美的列队；因为远在地面之上是
他们的进行，容忍的空气支起他们的
轻灵的脚步；好像鸟类的全群，
张开翅翼整齐地排列着，
被召来到伊甸从你接受它们的名字；
像这样他们在许多天道上进行，
并且进行了许多广阔的境界，
十倍于这个地球的长度。
最后，远远在北方的地平线上，
显出一片从端到端显出一片火的地土，
以备战的形状伸展着；再近些看时，
耸起着劲挺的长枪的无数的直立的光芒，
密集的盔甲，和描绘着夸矜的题目的
各样的盾牌，撒旦的军队匆忙着凶猛的
远征：因为他们猜度就在那一天，
或是用战争，或是用奇袭，
去夺得那上帝之山，并且把他的威光的
妒羡者，那个骄傲的野心家，
安放在他的宝座上；但是他们的
猜想在半途上显出愚蠢而且徒然；
虽然最近这似乎使我们觉得奇怪，
天使会和天使战争，并且在凶猛的

争斗里相遇，他们惯这么常常和谐地
在欢乐和仁爱的筵宴里相会，
好像一个大父的儿子，
颂歌着"永久的父亲"。
但是战声现今开始了，和冲锋的声音
立时停止了各种更柔和的思想。
高高地在中间，像一位神般被加荣着，
那背叛者坐在他的像太阳般
光辉的兵车里，神圣的威严的偶像，
四周围着光焰的天使和黄金的盾牌，
然后从他的伟丽的宝座走下——
因为现在两军之间只存下狭窄的空地，
一个可怖的间隔，并且面对面站在
可憎的长度的可怖的列队前。
在如云的先锋队前，在没有接战前的
粗暴的边缘上，以巨大的和傲慢的
脚步前进的撒旦像高塔般
耸着地走来了，武装着金刚石和黄金。
阿勃狄尔忍受不住那个情形，在那里他
站在致力于最高的使命的最强者的中间，
和这样地爆发他自己的无畏的心：
　　"哦，天呀！和至高者这样相像的
东西还会存留在忠信一些不存留的地方，
在美德失败的地方势力和强力为什么
不应该失败，
或是在最大胆的地方证明出最软弱的，
虽然看起来是不能征服的？
信托着全能者的帮助，
我意思要试验他的强力、他的推理
我已试验出是不健全和虚伪的；

谁在真理的辩论里得胜的只应该
在战争里得胜，
在两种争论里一样地是胜利者。
虽然那种争斗是兽性而且卑污，
当理性要和强力周旋的时候，
但是多数能克胜理性的理性是这样的。"

这么考虑着，并且从他的武装的
同辈走到对方，他在半途遇到他的大胆
的敌人，对于这个妨碍更愤怒，他这样
稳当地挑战：

"傲慢者，你是被遇到了吗？
你的希望是要不被抵抗地达到你的野心的
高点——上帝的宝座不被卫护，看到你的
势力或是强舌的恐怖放弃他的地位。
痴愚者！不想到向全能者兴起
干戈是怎样地徒然的；
他能从最小的东西无止境地
举起不绝的军队以战败你的愚蠢；
或是用达到一切限制以外的双手
不被帮助地能够一击把你结果，
并且把你的兵队葬在黑暗底下！
但是你看到大家不是完全跟从你的；
有的宁愿选取忠信，和对上帝的诚敬，
虽然那时在你是看不到的，
当只有我一人在你的世界里看起来
似乎是谬误的从大家离开的时候，
你看到我的教派；
现在太晚地知道有的时候明知的人
是怎样地稀少当几千个人错误时。"

那大敌人，以斜睨的讥嘲的

眼光，这样回答他："在你是倒霉了，
在我的复仇的希愿的时候，
最初被追寻的，你从你的
逃走回来，作梗的天使，
来收受你的应得的报酬，
这只被激怒的右手的最初的试验，
自从那感动着矛盾的舌头
胆敢反对三分之一的神，
会合在宗教的议会里以重申他们的神性：
当他们在心里觉到神圣的勇气时，
他们不能把全能让给谁。
在你的同辈之前你来是很好，
怀着野心要从我夺得一些奖赏，
所以你的成功会显出毁灭对于其余的。
这中间的停顿（不被回答，怕你骄矜）
要让你知道——起先我以为自由和天国
对于天人的灵魂是二而一的；
但是现在我明白大多数服役都是不出于
衷心的，在宴会和歌唱中训练起来的
侍候着的天人们：你是武装着这些，
天国的乐人——奴役和自由争斗，如今天
将要被比较地证明出他们的行为。"

阿勃狄尔严厉地向他简单地回答：
"叛教者！你仍旧错误，也不会找到错
误的结局，远离真理之道。
你不公正地以奴役的名字败坏它，
去侍奉上帝或是自然命令的：
上帝和自然命令同样的侍奉，
当那治理者是最高贵的，
并且超越被他治理的他们。

这才是奴役：去侍奉不聪明的，
或是那个违叛比起他更高贵的，
好像你的人现在侍奉你，
你自己是不自由，却是奴役于你自己；
而且还敢荒谬地谴谪我们的侍奉。
你在你的王国地狱里治理吧；
让我在天国里侍奉永远有福的上帝，
并且服从最值得被服从的他的圣谕。
但是在地狱里期盼链索，
不要期盼国土：
同时，从如你所说的逃走回来的我，
在你的不敬的盔饰上接受这个敬意。"

这么说着时，他高举起高贵的
一击，毫不虚悬，却像雷电般这么迅速地
落在撒旦的骄傲的盔饰上，甚至什么
眼光，什么思想的疾动，都不能挡住
这种的灭亡，他的盾牌是更不能了。
他向后退了十大步；
第十步时跪在膝上挡住他的巨枪；
好像，在地球上，地底的风，
或是冲激的水，
把一座山从他的原位推在一旁，
同他所有的松树一半地沉没。
惊讶捉住背叛的天人，但是更大的愤怒，
看到他们的最强者这样地被挫败；
我们的天人们充满了快活，和欢呼，
胜利的预兆，和战争的凶烈的欲望：
这时密乞尔要大天使的战角吹起。
角声吹过天国的广阔，和忠顺的军队
向那至高者震响颂歌。叛逆的军队

也不立了注视，也不稍少憎恶地联合
可怖的震动。现在狂怒，和直到现今
在天上决没有听到过的骚扰升起了；
在盔甲上撞着的兵器发出可怖的
失谐的暴声，和黄铜的兵车的癫狂的
车轮怒叫；那冲突的声音是可怕的；
头上火箭的惨烈的嘶声在发焰的
迸发中飞射，并且在飞时，
把两方的军队用火罩住。
这样在火的圆穹下两方的大军冲在一起，
以毁灭的攻击和不能熄灭的暴怒。
全个天国震响；倘若那时地球已存在了，
全个地球会震动到她的中心。
有什么可怪，当几千万的凶烈的
接触着的天使在两方战争时，
他们中最渺小的也能指挥这些元行，
并且以一切它们的境界的力量武装
他自己？要怎样更多的力量，无数的
军队向军队举起可怖的敌对的焚烧，
并且扰乱，虽然不是毁灭，
他们的幸福的固有的地位；
倘若永久的全能的帝王从他的天国
的坚固的根据地至高地统理和
限制他们的权力；虽然像这样的数目，
如每个分开的队伍，可以算作
人数众多的军队了！在战争里被领导，
但是每个单独的战士好像在领导；
熟谙什么时候前进，什么时候站住，
什么时候转变战锋，什么时候展开
和什么时候集合狰狞的战争的列阵。

同时，从如你所说的逃走回来的我，在你的不敬的盔饰上接受这个敬意。

现在狂怒，和直到现今在天上决没有听到过的骚扰升起了。

没有逃走或是退后的思想，没有显露
惧怕的不光荣的行动；每个人信托他自己
因为胜利的时候仅是在他的兵器里。
永久的名誉的事业是做成了，但是无限；
因为那个战争是广阔而不同地传布：
有时在坚地上一个立定的战争；有时，
翱翔着大翼，重累一切的空气；那时
一切的空气像是冲突着的火。那战役
好久不分胜负；直到撒旦，那日他显示了
神奇的力量，并且在军事里遇不到劲敌，
在纷乱的作战的大天使的可怖的
攻击里奔驰着，最后看到密乞尔的宝剑
刺戮和立时使阵队溃败的地方：
由于高高地舞动了巨大的左右的挥杀，
恐怖的军队一败涂地了。他赶紧抵拒
这种的败亡，和反抗十重的金刚石的
岩球，他的大盾牌，一个广阔的圆周。
在他走近时那伟大的大天使从他的
战事的劳顿休息，并且欢喜，因为希望
着在这里终止在天国里的内战，那大敌
被征服的，或是被俘了用链索拖曳，
全焰发着敌对的皱眉和目光，这样先说：

"恶的创造者，直到你的叛逆
不被知道，在天上没有名字，
现在如你看到的这些可恨的争斗的行为
一样的富裕——对大家是可恨的，
虽然最沉重，依公正的处置，
在你自己和你的附和者身上——
你怎样地扰乱了天国的幸福的和平，
并且把在你的叛逆的罪恶之前未被

创造的悲惨带到自然里！你怎样地
把你的恶意渗进了几千人，曾是正直
和忠心，现今显出虚伪了！但是不要想
在这里扰乱神圣的安息；天国把你
从她的一切的境地掷出；天国，幸福的
住处，不能容忍暴力和战争的事业。
那么，去吧，你的儿子恶和你同去，
去到恶的地方，地狱——
你和你的邪恶的部下！
到那里去纷争！在这报复的剑未开始
你的劫运，或是从神飞来的一些更加
突然的报复未用加多的痛苦沦没以前。"

天使的王这样说；大敌这样对
他说："也不要想你用空洞的胁迫的风
去威吓你还不能用事实来威吓他的他你
已使那些最微小的逃走——或是，
倘若堕落，他们仅仅不被克服地升
起——所以你希望和我周旋是更容易，专
横地，并且用胁迫把我从这里赶走吗？
不要错想这样地将要终结你叫作恶的
争斗，但是我们称作光荣的争斗；
这光荣我们想要夺得，
或是把这个天国本身变成你所说的地狱；
虽然在这里自由地居住，倘若不主宰；
同时你的至终的力量——
并且把叫作万能者的他联合起来帮助你
——我不逃避，但是远近在找你。"

他们终止争辩，大家整备不可
言说的战争；因为，虽然有天使的舌
头，谁能叙述，或是和地球上什么显明

的事情相比，所以能把人类的想象举到
神般的力量的这种的高处？
因为他们最和神相似，
不论他们立或是动，在身材，行动，
和军器里，配决定大天国的王权。
现在挥动他们的火剑，
并且在空中做出可怖的圆轮；
他们的盾牌相对辉映，好像两轮大日，
同时期待恐怖地立定；
天使之群从以前战事最烈的地方速退，
并且离开在这种的骚动的区域内的
不安全的广场：
好像是（以小事比大事），倘若，
自然的和谐破了，战争在星宿间起了，
两个游星，从最凶烈的反对的
不祥的状态突进，在半空中争斗，
并且碎裂它们的相碰的球体。
两人一同，高举起次于全能者的臂腕，
他们瞄准立分胜负的，而无须重复的，
好像权力无须这样的，一击；
在力量或是迅疾的挡架里也不见差违。
但是从上帝的兵库给出的
密乞尔的剑是这样地锻炼成的，
没有锐利或是坚固的能抵抗那个锋芒；
它和撒旦的剑会合，带着笔削的力量
降着刺戮，并且用半切的姿势；
也不停止，却用迅速的倒旋，深入着，
割破他的完全的右腹。
然后撒旦初次知道痛苦，并且前后盘绕；
那戮着的剑这样剧痛地以不连续的伤害

通过他；但是天的灵质闭合了，
不会长久地分开；并且从伤口一流
神仙的体液红红地流出，
好像天人能流血的那样地，
并且他完全的盔甲给玷污了，
不久前这样地光辉的。
许多强壮的天使从四面跑出来救助他，
他们加入了防御，而其他的把他放在
他们的盾牌上扛回到他的兵车，
它离开战争的列阵退立在那里：
他们把他放在那里咬着牙为了伤痛，
为了毒恨，
为了找到他自己不是无敌的羞愤，
和被这种的惩傲打击的他的骄傲，
这么甚地在权力里和神相等的他的
自信之下。但是不久他痊愈了，
因为天人，他们在每部分里整个有生命
地生活的——不像人那样地在脏腑里，
心或是头里，肝或是肾里——
除了由于绝灭不能死亡；
在他们的流质的组织里也不能
受到致命的伤害，正好像流动的空气
不能一样，他们整个心、整个头、
整个眼睛、整个耳朵、整个智力、
整个感觉地活；他们欢喜时他们联起
自己，和装出颜色、形状或大小，如最
使他们喜欢的，浓或薄。

　　同时，在其他的部分，好像值得
纪念的事业，加勒留尔的威权在那里作
战，并且用凶烈的旗帜突破马乐克的深

然后撒旦初次知道痛苦，并且前后盘绕。

阵，那恶狠的王挑惹他，并且恐吓要把
他缚在他的车轮上拖曳，向那天的圣者
也不约束他的诽谤的舌头，却是立时
地，深深地戳到胸中，带着破碎的兵器
和丑俗的痛苦狂吼着逃走。张着两翼
乌利尔和拉飞尔追赶他的大言的敌人，
虽然巨大而且武装着金刚钻的岩石，
克灭了阿特拉米里乞和阿司曼台，
两个有力的王侯，他们蔑视次于上帝，
但是在他们的逃走里学到更鄙贱的
思想，通过铠和甲受到致命的郁伤。
阿勃狄尔也不站在那里不关心去烦恼
那无神论的一群，却是用加倍的打击
打倒阿利尔、阿利恶克、
和拉米尔的横暴，炙伤和炸裂。
我能叙述几千个，并且把他们的名字
永存在这里世上；
但是那些精选的天使，
满足于他们的在天上的名誉，
不追求人的赞颂：另一类，
在强力和战事上虽然神奇，
对于名誉也不稍少渴望，
但是由于劫运从天国和神圣的
记忆除去，
让他们无名地居留在黑暗的遗忘中。
因为从真理
和正义分离的强力，无可称赞的，
只能得到咒骂和不齿，
但是它还要希求光荣，虚空的光荣，
并且从不名誉里追寻名誉：

所以让永久的静默做他们的劫运！

现在，他们的最强者被征服的，那
战争离散了，刺穿着许多的侵入；
丑恶的溃败和卑污的纷乱走进；
全地上散满着闪动的军铠，并且倾覆的
兵车，驾车者和火烈而起沫的战马堆成
大堆；还有过分疲倦地退缩地立着的，
经过没有防御的软弱的魔鬼的军队，
或是惊讶着苍白的恐惧——那时最初地
惊讶着恐惧和痛苦的感觉
——卑贱地逃走，因违逆的罪
带到这种的恶，直到那时不会恐惧，
不会逃走，或是不会痛苦的。远不同地，
那些不能侵犯的圣者排着坚固的立方阵
全体前进，不能伤害地，不能破地
武装着；他们的无辜给予他们超出
他们的敌人上的这样地高的优势——
不曾犯罪，不曾背叛；他们不倦地作战，
不被伤痕所苦，虽被暴力从原位移开。

现在夜开始她的行程，并且，
把黑暗引导着在天上，以愉快的休战和
静寂安放在战争的憎厌的骚音之上。
两方，战胜者和战败者，
休息在她的云雾的遮阴下，
在作战的田野上密乞尔
和他的天使们密布地扎着营，
四周安布他们的卫队守望着，
天使摇动着火焰：在另一面，
撒旦和他的背叛的众徒隐去了，
被逐到远处的黑暗中，并且，

现在夜开始她的行程。

休息在她的云雾的遮阴下，在作战的田野上密乞尔和他的天使们密布地扎着营，四周安布他们的卫队守望着。

没有休息，在夜里召他的王侯会议，
并且在众人之中这样不惊惧地说：

"哦，现今在危险中被试验过，
现今被知道在武力上不会被克服，
亲爱的弟兄们，被找到不但值得自由，
太卑贱的遁词！并且，我们更爱的，
荣誉、主权、光荣，和声名；我们在
难分胜负的战争里支持一日。（并且倘
若一日，为什么不是永远的时日？）
天主从他宝座的四周最强力地遣出
来抵抗我们的，并且确断足够把我们
征服在他的意志下的，但是证明出
不这样：那么我们可以想他对于将来
似乎是错误，虽然到现在被想作是全知！
确实的，稍少稳固地武装着，我们忍受
一些不利，和直到现在不被知道的
痛苦，但是被知道了，不久便被藐视；
既然现在我们找到这个我们的灵体
不能受到致命的伤害，不能灭亡；
并且，虽然刺着伤痕，立时闭合着，
并且由于本体的力量被医治。
所以这么微小的恶能容易地想出治疗：
当我们下次会合时，或许更充实的兵力，
更锐利的武器，能使我们更好，
使我们的敌人更坏，
或是均等的，我们之间试看谁有幸运，
在自然里没有的。
倘若别的隐秘的原因使他们优越，
而我们能够保持我们的思想不伤，
和保持我们的理解健全，

适当的探讨和会议将要揭破出来。"

他坐了；随后在议会里站起臬
司洛克，王侯的首领：他站着像一个
从残酷的战争逃出的，剧痛地劳顿，
他的折裂的手臂全斫断了，形容模糊，
这样地回答：

"从新的主的拯救者，自由地
享受我们做神的权利的领袖！但是对于诸
神是艰难，并且我们找到是太不均等的
工作，在痛苦里去战不均等的兵力，
去战受不到痛苦的，不动情感的；
由于这不利灭亡定会继来。
因为勇气和力量有什么用呢，
虽然无比，因痛苦而被消灭，
这征服一切，并且使最强者的手退回的
痛苦？或许我们很可以从生命里省去
快乐的感觉，而不要抱怨，却要满足地
生活，那是最宁静的性命；但是痛苦是
绝对的悲惨，万恶的最坏的，
并且，过分了，推翻一切的忍耐。
所以，谁能发明我们可以用什么更强有
力的去侵犯我们的还没有受伤的敌人，
或是以同样的防御武装我们自己的，
对于我应受到好像我们对于得救所负的
同样的感谢。"

撒旦以稳定的容貌对他这样地
回答："你无讹地相信对于我们的成功这
样地主要的那个，我不是不发明了带来。
我们的那一个看到我们站在上面的这个
天型的光辉的面积——这个阔空的

大陆，装饰着树木，

果实、仙花、宝石和黄金——

他的眼睛这么浮面地观察这些东西，

以致不想到它们从什么深的地底生出：

黑暗和粗糙的材料，气和火的泡沫，

直到，被天的光芒所触到和锻炼了，

它们这么美丽地射出，

向着环绕的光明开放？

深渊将要把这些在它们的黑暗的

产生里给予我们，怀孕着地狱的火焰；

这些东西挤塞在长而圆的空机器里，

在另外的口径上因火的触动暴涨着，

将要从远处，带着雷声，送出在我们的

敌人中间这种的危害的器械，以致

会把任何抵抗的东西击成粉碎和覆没，

他们会怕我们把雷神解除了他的

唯一可怕的闪雷。我们的劳苦也不会

长久；在黎明前效果将要终结我们的

愿望。同时复醒吧；抛弃恐惧；

连合力量和商议，不要想事情艰难，

尤其不要绝望。"

　　他终结了；他的言语振起他们的

垂落的勇气，复活他们的怠倦的希望。

那发明大家羡慕，并且每个人不懂他自己

怎么不做那发明者；一被发现了它似乎

是这么容易，但是不被发现多数的人还会

想是不可能的！但是，或许，在将来，

倘若恶意要充塞你的民族，有的人，

专心于危害和被魔鬼的机械所感动，

会设计同样的器械以灾殃人类的子孙

为了犯罪，专心于战争和互杀。他们

从议会飞出去工作；没有人站着争辩；

没有数目的手都预备好了；在一瞬中

他们把天土广大地掘开，和看到底下

自然的原质在它们的粗糙的胚胎的

形状中；他们找到硫黄和硝石的泡沫，

他们混合，并且，以精妙的焙烧的技术，

他们把来凝结最黑的颗粒，然后运到

仓库。有的掘起矿石的隐藏的脉络

（这个地球也不是没有相同的脏腑），

用来铸造他们的射放的破坏的机器

和他们的炮弹；有的预备一触就会

着火的危险的芦箭。

所以一切在黎明前，在明知的黑夜下，

他们秘密地做完，和安放整齐，

以无声的谨慎，不被窥见地。

　　现在，当美丽的早晨在东方的天空

显现时，战胜的天使们起身了；晨角吹

出整装的号声。他们穿起全副黄金的铠

甲站着，光辉灿烂的军队，立时集合了；

其他的在微明的山上向四周瞭望，

轻装的卫兵搜查每个边岸、每个区域，

视察远方的敌人，驻扎在什么地方，

逃退到什么地方，或是倘若备战的，

在进行或是停止。他们立时遇见他

在张开的军旗下走近着，

迟缓而坚固的列阵；邵飞尔，

天使中最敏捷的，用最快的速率飞回，

在半空中这样高声叫道：

　　"备战，战士们，备战呀，

那敌人近在手边，我们以为他逃走了，
会省去我们长久的追求；
今天，不要怕他的逃走；
他来好像这么浓厚的一座云，我看见
忧郁的和坚稳的决心刻在他的面孔上。
让每人好好地束住他的金刚石的铠甲，
每人好好地戴起他的盔胄，紧紧地握住
他的圆球的盾牌，拿平或是拿高；
因为今天要下降，倘若我猜到什么，
不是细雨，
却是火箭的急响着的暴雨。”

　　他这样警告他们，提醒他们自己，
和不久排齐，没有一切的阻滞，
立刻地，没有纷乱，他们告警，
并且向前进行备战。那时候，看呀，
在不远的地方，那敌人用沉重的
脚步整个地和巨大地走近着，
在空管里试着他的恶魔的器械，
四面围竖着遮阴的深阵，
以隐藏那欺诈。两方站定了互视一刻；
但是突然间撒旦显出在阵前，
并且这样地被听到高声地指挥着：

　　“先锋队，把前线向左向右展开，
所以那些恨我们的都可以看到
我们怎样地追求和平与安宁，
并且以祖开的胸膛立着接受他们，
倘若他们欢喜我们的提议，
并且不要刚愎地折回去：
但是那个我怀疑。
虽然，上天你作证！上天，你再作证！

当我们任意地放出我们的才能时。
你们被指派立着的，做你们所命令的，
和爽捷地触到我们建议的，
并且高声地所以大家都可以听到。”

　　这样用模糊的言语嘲笑着，
他还未说完时，前锋的队伍已向左右
分开，并且向左右两翼倒退；
这使我们的眼睛发现，新鲜而且奇异，
横在许多的车轮上的三根三根的
柱石（因为它们最像柱石，
或是椆树或是枞树做成的空洞的身体，
砍去了枝权，倒在林中或是山上的），
黄铜、铁、石型，倘若它们的
口不用可憎的孔洞向我们大张着，
预示着虚空的休战。在每一个后面，
立了一个天人，并且在他的手中一根
尖头上有火的芦箭竖起了摇动着；
而悬疑的我们立在一起怡悦在我们的
思想中；不久！因为立时他们的芦箭
一齐射发出来，并且最精妙地触动
小的火门。全天立时显出在一个火焰里，
但是不久便被从那些深喉的机器
喷出的黑烟遮暗，它们的怒吼以狂暴的
声音剟出和拉断空气的肚肠，
秽亵地偿足着它们的恶魔的贪欲，
铁球的锁住的雷电和冰雹；
这些瞄准在战胜的军队上，
以这种的凶猛的狂怒杀戮，
被它们击到的没有一个能站住，
虽然在别的时候，像岩山一样地站着，

他们成千地倒下，天使滚在大天使上，
因为他们有兵器倒得更快；没有兵器，
他们可以像精灵一样容易地以迅速的
缩紧或是撤除赶快逃避；但是现在
纷乱的瓦解和被迫的溃散随来了；
松动他们的紧密的阵列也没有用。
他们应怎么办？倘若他们向前冲，
重复的击退和加倍的卑贱的倾覆
会使他们更被鄙视，
和对于他们的敌人一个笑话；
因为天使们排列了另一阵形，他们的
姿势预备要爆发他们的第二个雷圈；
他们更恐怖被打败了再回去。
撒旦看到了他们的情形，
这样嬉笑地叫他的同伴们：

"哦，朋友们，为什么这些骄傲的
战胜者不前进？不久前他们是气势汹汹
地来着；并且当我们以正面和胸膛（我
们还能做什么呢？）
公正地对他们提出和睦的条件时，
他们立时变了他们的心思，逃去了，
和陷入于奇异的怪想，好像他们要跳舞，
却是他们似乎要跳一种有些过分的和
狂野的舞；或许因奉献的和平而快活。
但是我想，倘若我们的提案再被听到，
我们要逼他们到一迅速的结果。"
倍利尔用同样嬉笑的状态这样
回答他："首领，我们送出的条件是
沉重的条件，有强硬的内容，
和充满着要达到的力量，

如同我们可以看到使他们大家欢喜，
而使许多倾覆的。谁准确地受到它们的
从头到脚一定是很明白的；不明白，
他们还有这件礼物，它们显示给我们看
我们的敌人什么时候不挺直地走路。"

这样他们在他们自己中间用愉快的
性质中立了嘲笑着，在他们的无疑地
会胜利的思想中高兴着；他们假想
用他们的发明容易地和"永久的权力"
相较，把他的神雷当作一个讥嘲，
并且嘲笑他的全军，当他们困扰地立了
一刻时。但是他们不立得长久；
愤怒最后使他们活动，并且找到他们
配抵抗这种地狱的恶戏的兵器。
他们立刻（看上帝安置在他的强力的天
使里的那卓越、那权力！）他们丢去了
他们的兵器，并且向着山（因为地球把
这和天不同的怡乐安置在山和谷里），
轻得如同闪电，他们跑去，飞去；
从它们的根基，前后松动着，
他们把稳定的山连着他的一切的重负，
岩山、流水、森林，全都摘起，并且，
提着多木的巅，把它们拿在手里。
当然的，惊讶和恐怖捉住叛逆的军队，
当他们看到根基向上翻起的山这么
可怖地向他们走来时，直到他们看见
它们压溃那些恶魔的机器的三列，
和他们的一切的深信深深葬在山的
重量下；然后他们自己被袭击，
并且巨大的山峰投在他们的头上，

它们在空中投着阴影而来，
和压倒武装的全军。
他们的铠甲增加他们的伤害，
陷进和碎裂在他们的紧闭的本质里，
这使他们生出不能赦免的痛苦，
和不止一个悲苦的呻吟，
在底下长久挣扎着，
在他们能从这种的囚禁逃脱以前，
虽然是最纯净的光明的精灵，
最初是纯净的，
现今由于犯罪而变得晦暗。
其余的，模仿着自己取用同样的武器，
和拔起邻近的山；
这样山在空中遇到山，
以凶猛的投射掷来掷去，在地底，
他们在幽凄的黑阴里战争：
地狱的嘈杂！
对于这个骚乱战争似乎是一个平常的
游戏。可怖的混乱堆起在混乱上。
现今全天都会变成了粉碎，
布满着毁灭，倘若安全地坐在被供奉
在那里的天的圣庙里，熟等着万物的
"全能之父"不预先看到这个纷乱，
并且倘若不故意准许一切，
所以他可以这么地完成他的伟大的
意旨，以尊敬他的受膏的儿子，
报复了他的敌人们，
并且宣称一切的权力转移在他身上：
他便这样地向他的儿子，
他的皇位的平分者，说道：

"我的光荣的辉照，可爱的儿子，
在你的不能见的面孔里依神性我是什么
是能见地看着看到了，并且在你的手里
我依救命所做的也能见地被看到了，
第二个全能者！两天是过去了，两天，
如我们计算天的时日，自从密乞尔
和他的权者们出去驯服这些逆徒。
他们的战争是凶烈的，如应当这样的，
当这样的两队敌人武装着相逢时：
因为我让他们依靠他们自己；
并且你知道他们在创造时被造得均等，
除了罪恶所损害的——罪恶还在愚钝地
做着，因为我延长他们的刑罚：从此他
们必定无终局地延持在永远的争斗里，
并且没有解决会被找到。
疲倦的战争完成了战争能做的，
并且武装着山。好像武装着武器，
把缰绳松放到了纷乱的愤怒，
这个在天上做出狂野的工作，
并且对于天的大陆是危险的。
所以两天是过去了；第三天是你的：
为你我命令这个，
并且忍痛到这种的地步，所以终结
这次大战的光荣能够为你所有，
因为除去你没有人能终结它。
我把这样无量的权能和力量注给于你，
所以天国和地狱里的全体能够知道
你的威权是无可比拟的，并且这样地
锁住了这个邪恶的骚乱，显出你最配
做万物的世嗣，依神圣的涂膏礼做世嗣，

做王帝，你的应得的权力。那么，去吧，

你全能者，在你的父亲的全能里；

登上我的宝车；

领导那震撼天的基础的疾飞的车轮；

带出我的全数的武备；

我的弓和雷，我的全能的武器，束起，

并且把剑挂在你的强壮的腰上；

追赶这些黑暗之子，把他们从天国的

境界驱逐到绝对的深渊去，

在那里让他们学习去轻视，

如他们欢喜的，

上帝，和他的膏王弥撒亚。"

他说，并且把直接的光线满射在

他的儿子身上，完满地表现他的整个的

父亲的他不能言说地收受在他的

面孔上；那孝顺的神这样回答着说道：

"哦，父亲，哦，天王的至尊者、

最初者、至高者、至圣者、至善者，

你时常设法光荣你的儿子；

我时常设法光荣你，如最正当的。

我把这个当作我的光荣、我的盛誉，

和我的整个的愉快，就是很欢喜我的你

宣称你的意志在我里面完成了，

完成它是我的一切的幸福。

我承受你的赐物、皇笏和权力，

并且将更欢喜地辞退，

当在结局时你将要一切中的一切，

我永远地在你里面，并且一切你所爱的

在我里面。但是你所恨的我也恨，

并且能载上你的恐怖，

如同我载上你的和蔼，

在一切事情里你的影子：

并且不久将要，武装着你的权力，

把这些叛徒从天国逐出，

被赶下到他们的预备了的恶府，

到黑暗的链索和不死的蛆虫，

他们能够从你的公正的服从背叛，

服从你是完全的幸福。

然后你的不相混合的，

远离不洁的圣者，围着你的圣山，

将要向你唱真诚的哈利路亚，

高的赞美的颂歌，

我在他们中是首领。"

这么说了，在他的王笏上鞠着躬，

从他坐在那里的"光荣"的右手站起；

第三个神圣的早晨开始照耀，

从天空破着晓。

"父神"的兵车带着旋风的声音冲出，

闪亮着浓厚的火焰，

车轮在车轮中旋转，

轮的本身便赋有精灵，

却是由四个天使拖曳。

每个神怪地有四个面孔；

好像星，他们的全身和翅膀具有眼睛；

车轮有碧玉的眼睛，并且中间有飞火；

在它们的上面一个水晶的苍穹，

上面是青玉的宝座，

镂镂着纯粹的琥珀和雨虹的颜色。

他，武装着光辉的鸟陵的上天的盔甲，

神圣地做成的工作，登上宝车；

有鹫翼的"胜利"坐在他的右手；
他旁边悬起他的弓和藏有三鞭雷的箭袋；
并且从他四周滚出烟雾，
和光焰和可怖的火星的凶烈的喷发。
随从着千万的圣者他向前进行；
他的来势从远处辉煌；
并且上帝的两万兵车（我听到它们的数
目），左右一半，是被看到。
他至尊地趁着天使的翼在水晶的天空上
驶行，坐着青玉的宝座。
远而广地辉耀，但是由于他自己的最先
被看到，意料不到的快活惊讶他们，
当天使们举起的弥撒亚的大军旗高高地
灿烂，在天空中的他的表征；
密乞尔立时把他的军队隶在他的指挥下，
两翼散布，全军统一在他们的领袖下。
在他前面"神力"预备他的路程；
依他的命令每座拔起的山退到他的
原位；他们听到他的声音，而服从地
去了；天国恢复他的惯常的面孔，
山谷微笑着新鲜的小花。
这个他的不幸的敌人看到，
但是顽强地立着，
他们的有力者重整起来去作叛逆
的战争，愚蠢地，从绝望生出的希望。
这种的邪曲能盘踞在天的精灵里面？
但是要使骄傲者相信什么表征有效
或是什么奇迹能感动顽强者软化？
被最能得回的变得更强硬，
悲切着看到他的光荣，

他们对那情景生起妒恨，
并且，希求着他的高超，
重整着军容凶烈地立定，
想用武力或是诡计以繁荣，
和终于战胜上帝和弥撒亚，
或是堕落在最终的普遍的灭亡里；
现今去到最后的一战，轻视着逃走，
或是懦弱的退却：
那时伟大的神子向他左右的全军说：
　　"静静地立在光辉的阵列里，
你们圣者；立在这里，你们武装的天使；
今天从战争休息。
你们的战事曾是忠心的，为上帝所嘉纳，
无畏地在他的正义里；并且，
如同你们接受，你们不能抵御地做事；
但是关于这班被诅咒的逆徒
责罚属于另一只手；讨伐是他的，
或是他唯一地指派的他的。
做这天的工作数目或是人数是不被敕定；
只要站着看由我倒在这些
无神者上面的神怒，他们藐视的，
却是妒恨的，不是你们，而是我；
一切的他们的狂暴是对着我，
因为在天上无上的王权、权力和光荣
全归于他的父亲依他的意旨奖誉了我。
因此他们的责罚他委给了我，
所以他们可以达到他们的愿望，
在战争里和我试验谁显出更强，
他们全体地，或是我一人对他们；
既然他们用强力来估量一切，关于其他

的优点不作竞比，

也不把比他们优胜的人放在心上；

我也不允准问他们作其他的争斗。"

　　那儿子这么地说，他的面容变成

恐怖，太严厉了不能被正视，并且充满

着准对他的敌人的愤怒。

突然间四天使张开他们的星翼带着比连

的可怕的黑荫，和转动他的凶烈的兵车

的圆轮，好像有急流或是群众的声音。

他向他的不敬的敌人往前直冲，

昏暗得像夜。

在他的燃烧着的车轮底下，坚稳的最高天

通彻地震动，一切除去上帝的宝座本身。

他立刻到了他们中间，右手里握着万雷，

他把来送在他前面，这样的

如把恐怖树植在他们的灵魂里。

他们，惊呆了，失去了一切的抵抗，

一切的勇气；他们的无用的兵器落下；

他驶过伏倒的王权者

和强壮的天使的盾牌，胄甲，

和戴胄的头上，他们但愿出现在能够

再被抛掷在他们上面，遮去他的愤怒。

他的箭也不消少狂暴地在两面射

自生有四只眼睛的四位天使，和同样的

生有无数的眼睛的活动车轮；

一贯的精神在他们里面主宰，

每只眼睛如同闪电般发光，

和射出毒火在罪人中间，

它凋衰一切他们的力量，

和使他们的惯常的生气涸干，疲竭，

萎垂，困恼，颓唐。

但是他还没有用出他的一半的力量，

却是在半射时止住他的雷轰；

因为他意思不要灭亡，

却是要把他们从天国拔除出去。

他扶起跌倒者，并且，好像拥在一起的

一群山羊或是懦怯的羊群，

驱逐惊呆了的他们在他面前，

以恐怖和暴怒被赶到天的境界

和水晶的城壁；它广开着向内卷进，

和露出到荒芜的深渊里去的一个广口。

那魔怪的景象以恐怖把他们向后击退；

但是远更坏的在后面催迫他们：从天国

的边缘他们把他们自己笔直地掷下：

永久的愤怒在他们后面

燃烧到那无底的深坑。

　　地狱听到那难堪的嘈杂，地狱看到

天国从天国崩颓着，并且会惊慌地逃走；

但是严酷的"命运"太深地打下了她的

黑暗的基础，和太紧地束住了。

他们坠落了九天；混乱的混沌怒吼，

和混到十重的纷乱在他们的坠落里，

通过他的荒野的扰乱；

这么巨大的一个溃退以灭亡使他累重。

地狱终于大张着口收受他们全体，

和关合在他们后面——地狱，

他们的适合的住所，充满着火，

不灭的，悲惨和痛苦的居屋。

释去重负的天国欢喜了，

和不久修复她的破壁，

他们坠落了九天。

地狱终于大张着口收受他们全体。

回到它从那里卷来的地方。

弥撒亚，唯一的胜利者，

从他的敌人的追逐转回他的凯旋的兵车。

沉默地站着目睹他的全能的行为的

所有他的圣者以欢呼向前走去迎接他；

当他们去时，遮阴着张枝的棕榈，

各个光辉的天位凯旋地歌唱，

和歌唱他胜利的王，儿子，世嗣，

和君主，主权被给予他，最配治宰。

被尊敬的他凯旋地驰过半空，

到他的高坐于宝座上的全能的

父亲的宫殿和神庙里去；

他把他的儿子迎到他的光荣里，

在那里他现今坐在幸福的右手。

　　"这样，用地上的事情计算天上的
事情，依你的请求，并且你可以用过去
的事情惊醒你自己，对你我已启示了不
然对于人类的民族是被隐藏的事情——
发生的不和，

和在天使军中间的天上的战争，

和那些太高地希求着的同撒旦背叛的

深的堕落：现在妒恨你的景况的撒旦，

他现今是在计划着他怎样能引诱你也不

顺从，所以，同着被剥夺了幸福的他，

你可以分受他的责罚，永久的悲惨；

这个会是一切的他的安慰和报复，

一度把你得到了做他的哀苦的同伴，

便好像对于至高者所做的一个侮辱。

但是不要听他的诱惑；

警告你的较弱者；

让你听了有利于你，

由于可怕的榜样，不顺从的结果：

你们可以坚稳地站住，但是也可以堕落：

记着，并且怕犯罪。"

Volume VII

第七卷

解
题

　　拉飞尔，应亚当之请，讲述世界最初是怎样和为什么被创造的；讲述上帝，把撒旦和他的天使们从天国逐出后，宣布他的要创造另一个世界的意思，和其他的造物去住在那里面；差遣他的儿子带着光荣和天使们的随从，在六天中完成创造的工作：天使们以颂歌庆祝那完成，和他的重登天国。

请从天上降下，欧莱尼，

倘若你是不误地被叫作那个名字，

你的神圣的声音跟从着超过我所

翱翔的奥令丕山，

在天马的翅翼的飞翔之上！

我叫的是那意义，不是那名字；

因为你既不是九个诗神的一个，

又不住在古奥令丕的山巅上；

但是，天上生的，

在山丘显现或是泉水流动以前，

你曾和永久的智慧，你的姊姊智慧，

谈话，和在全能的父亲前同她嬉戏，

他欢喜你的上天的歌唱。

由你引上，我踏入诸天的天，

一个地上的客人，

和吸进最高天的空气，你的调和。

用同样的安全引导下来，

把我归返到我的本来的住所；恐怕，

从这只飞马上松了缰绳跌落下来（好像

以前倍洛风曾这样的，虽然从一个低

处），我坠落在亚莱安的田野上，错误

地和孤寂地在那里彷徨。

一半还没有被歌唱，但是比较狭窄地被

限于可见的白日的世界里。

站着在地球上，不高扬过极顶，

我更安全地用人的声音歌唱，

不会变成哑默，虽然遭到恶日，

虽然遭到恶日和恶舌；在黑暗里，

危险和孤独围在四周；但是不独自地，

当你每夜访临我的睡眠，

或是当早晨染红东方时。

你仍旧指点我的歌唱，欧莱尼，

和找寻适当的听众，虽然不多。

但是远远地驱开酒神和他的

纵饮者的野蛮的杂音，那狂徒的民族，

他们在罗杜泼撕裂叙莱茜亚的歌人，

在那地方森林和岩石有耳朵听闻狂宴，

直到野蛮的嘈杂淹没琴声和歌声；

诗神也不能辩护她的儿子。

所以不要使那祈求你的人失望；

因为你是上天的，她是一个空梦。

　　说呀，女神，什么事情跟随当

拉飞尔，那和蔼的上天使，

以可怖的榜样，以加于在天上的那些背

教者上面的责罚，

预先警告亚当留心背教，

怕同样的责罚在乐园里加于被命令

不许动那禁树的亚当或是他的子孙上面，

倘若他们违犯，和轻视那唯一的命令，

这么容易地被服从的，

在使他们的胃口愉快的一切其他的

滋味的选择里，虽然彷徨着。

他，同着他的配偶夏娃，注意地听

那故事，并且充满着惊羡和深思，

听到这么地崇高和奇异的事情——

对于他们的思想这么地想象不到的事情，

如天上的憎恶，

和战争这么地靠近幸福的上帝的和平，

有这种的混乱；

但是不久被逐回的恶好像潮水似的倒流

在生出它来的那些人的身上，
不能和祝福混合。
亚当不久释去在他的心里升起的怀疑；
现在，但是无罪的，想要知道更切近地
能够和他相关的事情——
这个眼见的天和地的世界最初怎样开始，
什么时候，和用什么创造的；
为什么原因；在他的记忆之前伊甸园的
里面或是外面什么是被做成了——
好像一个口渴还没有十分消止的人仍旧
眺望那流水，
它的被听到的流动的潺潺声引起新的
口渴，这样继续问他的天上的客人：

"伟大的和在我们的耳朵里充满着
神奇的，远和这个世界不同的事情，
你启示了，神圣的解释者！由于恩惠
从最高天降下来预先警告我们否则会是
我们的损失的，不知道的，人类的智识
不能及到的；
为那个我们对无限的善负欠永恒的感谢，
并且以尊严的心意接受他的训诫，
永恒地遵守他的神圣的意志，
我们生存的目的。但是，
既然你和善地降临，为我们的教训，
来传授超越人类的思想的，
但是值得我们知道的事情，
如最高的智慧应有的，
现在讲准许降得再低些，并且叙述或许
我们知道了不是没有用的事情——
我们在远处看到这么高的，

和装饰着无数的动着的火的这座天，
和这产生或是充满全空间的，
广阔地散布的，
围抱着这多花的地球的围绕的空气，
最初怎样开始；什么原因感动永久地
在他神圣的休息里的创造者这么晚地
在混沌里建筑；并且，那工作开始了，
多么迅速地被终结：
倘若不被禁止你可以讲述我们不能探听
的他的永久的王国的秘密，
但是我们愈知道他的工作，愈显赫它们。
并且白天的大光还要跑他的赛跑的许多，
虽然笔直。悬在天空，被你的声音，
你的有力的声音，所捉住，他听，
并且要迟留得更长久，
听你讲述他的发行，
和自然从模糊的深渊的产生：或者，
倘若晚星和月亮赶来听你，
黑夜会随着她带来静默
并且睡眠倾听着你会不睡；
或是我们能够命令他的不来，
直到你的歌唱终结，
并且在早晨发光以前放你去。"

亚当这样地请求他的光辉的客人；
神一般的天使这样和蔼地回答：

"也取得你的这个以谨慎恳问的
请求；虽然什么天使义言语或是
舌头能足够去叙述，或是人的心能
足够去了解，万能者的作品？
但是能最善地用以光耀造物主，

并且能使你更幸福的，
你能悟解的事情不会使你不听到，
这种的使命我从天上受到，
在范围里应答你的求知的欲望；
越出范围的不要问，
也不要让你自己的空想希望
没有被启示的事情，
那唯一全知的见不到的帝王
把来压迫在黑夜里，
不让天上或地上的任何人知道的。
此外留着的尽够去搜求和知道；
但是知识是和食物相像，
并且同样的需要她在食欲上的节制，
要知道心花分寸上能良好地包容的
是什么；不然便有过饱的痛苦，
并且不久把智慧变成愚蠢，
好像营养变成风。

　　"现在听吧，在罗锡弗从天上
（这样的称呼他，以前在天使们中间比
那颗群星间的星更光辉）同他的炎熊
着的军队坠落过深渊到他的住所，
伟大的神子和他的圣者们得胜地归去后，
全能的永久的父亲从他的宝座看到
他们的众多，并且对他的儿子这样说：

　　"'至少我们的妒恨的敌人失败了，
他以为大家都像他一样地背叛；
用他们的帮助，他深信能够篡夺这个
不能上登的高权，至尊的神的宝座，
如果赶走我们，
并且把许多他们在这里的位置不再知道

他们的天使们引进诈术里面。
但是我看到远更大的部分
仍旧保持他们的地位；
人数还是众多的天国
保持足够的数目去占据她的国土，
虽然广阔，并以适当的侍奉和庄严的
礼仪常临这座崇高的圣庙。
但是，恐怕他的心使他在
已经做成的伤害里高昂起来，
为了使天国没有了人民——
愚蠢地计算我的损害——
我能修补那个损失，
倘若这样损失自己算是损失，
并且在一瞬刻中要创造另一个世界；
从一个人产生无数的人民，住在那里，
不在这里，直到，依功绩升举起来，
他们最后自己开出到这上面来的路，
经过了长久的服从的试验；
然后地球要变成天国，天国要变成
地球，一个王国，无底的快活和融洽。
同时宽松地居住，你们天的有权者；
而你，我的'言语'，亲生的儿子：
我用你完成这个；
你说话，并且做成这个！
我遣我的笼罩的精神和权力和你同去；
驰骋出去，吩咐深渊在被指定的
限制内变成天和地；深渊是无边，
因为我存在，我充满无限，
空间也不真空，虽然我自己不被限止，
我退休，并且不显出我的良善，

它行动或是不是自由的，必需和机会
不走近我，我意志的便是命运。'

　　"全能者这么说；为他说的知他的
'言语'，那'孝顺的神性'，
给出效果。上帝的行动是立刻的，
比时间或是运动更迅速，但是对于人类
的耳朵不用言语的程序不能被讲出，
这么地讲如人间的概念能悟解的。
伟大的凯旋和欢欣是在天上，
当全能者的意志是被听到这样的
宣布时。他们歌唱光荣归于到高者，
善意归于将来的人，
和平在他们的住所中——光荣归于他，
他的公正的报复的愤怒把非神
从他的眼光和公正者的居处赶走；
光荣和颂赞归于他，
他的智慧命令从恶创造善——
代替恶意的精灵，
把一个更佳的民族带进他们空出的地位，
然后把他的善布给世界和无限的年代。

　　"圣政者这么地歌唱，同时神子现今
出来赴登他的伟大的远征，围着全能，
加冠着神圣的威赫的光辉：
无限的贤智和仁爱，
和他的父亲的一切在他里面辉发。
在他的兵车四周无数地到来二天使和
正天使，权者和王者，力者，
生翼的天灵，和从上帝的兵库来的
生翼的战车，在那里，古时有几万辆
停在两座铜山之间，备在手边，作祭日的

使用，天的军装；而现在自动地出来了，
因为在他们里面有精灵活着，待他们主的
命令。天国广开她的永远不朽的门，
谐和的声音在黄金的铰链上移动着，
让光荣之王出去，在他的有力的'言语'
和'精神'里，来创造新的世界。
他们站在天的地土上，
从岸边瞭望广渺无际的深渊，
像海般狂暴，黑暗，荒野，
给凶烈的风和汹涌的浪从底翻起，
好像群山一样，攻击天的高空，
把天极和中心混合。

　　"'静默，你们不安的波浪，
和平，你深渊！'造物主的'言语'
这样说：'终结你们的不睦！'
也不停留，却是，被举起在天使的翼上，
在父亲的光荣里常常地驰进混沌
和没有生出的世界；因为混沌听到
他的声音。一切他的扈从跟在他后面
排着光辉的行列，去看创造，和他的
权能的神奇。火烈的车辆然后停止，
并且他手里拿了在上帝永久的仓库里
预备好的黄金的两脚规以规划这宇宙，
和一切被创造的万物。
他把一脚放在中心，
把另一脚旋转过广渺黑暗的深玄，
说道，'扩到这么远，这么远是你的界限；
这将是你的正当的圆周，哦，世界！'
这样上帝创造了天，这样创造了地，
无形和空虚的物质。深玄的黑暗罩住

深渊；但是上帝的精灵张开他的
伏着的翅翼在水的宁静上，
并且散布生命的力，和生命的温暖，
透过那流质的大块，
但是把有害于生命的黑色的，黄泉的，
寒冷的，地狱的渣滓沉淀下去：
然后创造，然后把相类的东西结成球体，
其余的分到不同的地方，而在中间织出
空气而自己平衡的地球悬在她的中心。

"'要有光！'上帝说：然后灵光，
万物的最初者纯粹的精髓，
便从深渊跳出，并且从她本土的
'东方'开始行过空气的黑暗，成一
光辉的云球——因为太阳还没有存在；
她在云幔里暂时旅行。
上帝看光是善的；光和暗各分半个宇宙：
光是昼，暗是夜，他命名。
这样第一天是黄昏和早晨；
当他们看到东方的光最初升自黑暗时，
天地的生日，天的歌队不让它不被庆祝，
不被歌唱地过去。他们以快活和欢呼
充满空洞的宇宙的球体，并且拨动
他们的黄金的竖琴和颂歌着赞美
上帝和他的造物；
他们歌唱他是创造主，
在第一个黄昏和第一个早晨的时候。

"上帝又说，'让水中有苍穹，
并且让它把水从水分开！'上帝便造成
了苍穹，纯粹的流质的广渺，透明的，
圆形的空气，成圈形地散布到这大圆形

的极外的凸体——坚固而稳当的分界，
底下的水和上面的水分开；
因为像造地球一样，
他把世界建造在周流的宁静的水上，
在广阔的水晶的大洋里，
并且远离混沌的乱治，恐怕凶烈的极端
会连续地扰乱整个的结构：
他把天命名作苍穹。
这样黄昏和早晨的合唱歌唱第二日。

"地球是被形成了，但是，在还是
水的子宫里，不成熟的包紧的胚胎没有
显出；在地球的全个面积上主要的
海洋流动，不是无用地，但是，
以温暖的能生产的潮气柔软着她的全球，
酝酿那大母亲受孕，过饱着助产的潮润；
那时上帝说：'你们天底下的水，
现在是聚在一个地方，并且让旱地显出！'
立即大山浮现出来，
并且他们的广阔的赤露的背耸到云中；
他们的巅升到天空。
隆起的山耸得这样高，
一个阔而深的空底便沉得这样低，
能容的水床：好像水点在灰尘上
结成圆珠，被卷起了的它们从干处
用欢欣的匆忙赶到那边去：
为了匆忙，一部升成水晶的墙壁，
或是笔直的山脊；
那伟大的命令在急流上印上这种的飞遁。
好像兵队在角声起时（因为你听到过
兵队）聚集到他们的军旗下，

像这样水的群，一波一波地滚着，
它们找到能找到的路——
倘若峻险，以狂湍的急流，
倘若经过平原柔静地退落；
岩石或是山丘也不能阻止它们：
但是它们，或是在地下，
或是广阔的迂回以蛇的错误彷徨着，
找到它们的路途，
并且在稀薄的湿泥上穿过深沟：
在上帝命令地土干燥以前是容易的，
一切除去在江河现今在流动，
和永远地吸引它们的潮湿的扈从的
堤岸里。他称旱地为地，汇集的诸水
的大汇为海；看到这是善的，
他说，'让地生出青草，草本生出种子，
并且果树依她的种类结出果，
果的种子是在地上她自己里面！'
他还没有说完，光秃的大地，
直到那时是荒芜，光秃，不雅观，
不装饰的，生出柔嫩的草，
草的青碧以愉快的绿穿戴起地的全面；
然后各种的草本突然间开花，
开着她们的种种的颜色，
并且使大地的胸膛欢欣，喷着芳香；
这些还没有全开，簇簇的葡萄
便密厚地茂盛，芳芬的葫芦爬出，
谷苇立起来在她的田野里布起战阵：
还有，谦卑的灌木，和隐着卷毛的茂树：
最后高巍的树像在跳舞地升起，
张开它们的树枝，悬着繁多的果，

或是结着宝石般的花：田野加冠着高林，
谷和每个泉畔带着花球，
江河饰着长缘；地现在和天相像，
一处诸神可以居住，或是乐于彷徨，
并且欢喜探寻她的神圣的树荫的地方；
虽然上帝还没有降雨在地上，
耕种土地还没有人，
但是露湿的雾从地升起并且灌溉全地，
没有生它在地里面以前上帝就造了它的
每株田野的树木，和还没有生长在
绿茎上的每根草。上帝看这是善的；
黄昏和早晨记下第三天。
"万能者又说道，'高高地在天的
广阔里要有光体把昼从夜分开；
让它们做定节令，定时日，
定年岁的象征；并且让它们做给予光在
地球上的光体，如同我派定在天的苍穹
里的它们的职务！'事情是这样了。
上帝造成两个伟大的光体，
为它们对于人的有用而伟大，
大些的要在白昼主宰，
小些的在黑夜，轮流地；还造了众星，
并且安放它们在天的苍穹里以照亮地球，
在它们的交替里主宰昼，和主宰夜，
并且把光从暗分开。
视察着他的伟大的工作，
上帝看到这是善的：
因为在天体中他最先构成太阳，
一座有力的星球，最初无光，虽然是
天的灵质；然后形成圆月和各等的星，

像这样水的群，一波一波地滚着，它们找到能找到的路——倘若峻险，以狂湍的急流。

并且把星密密地布散在天上好像在田上。
他取去了极大部分的光，
从她的云氅移植来的，把来置在日轮里，
造成了多空的以接受和吸饮流光，
坚稳地保持她的收集的光芒，
现在是光的大宫。好像到她们的源泉，
其他的星向这里走来，
把光吸引在她们的金瓶里，
所以晨星从这里把她的角镀金；
她们用吸收或反射增加她们的小的特点，
虽然，这样远地离开人的目光，
看来是减小的。
最初那光荣的灯是在他的东方被看到，
白昼的摄政者，
四周的地平线全披着明辉的光线，
穿过天的高路欣喜地奔跑他的经线；
灰色的黎明和昂星在他面前跳舞，
沥落着芳芬的灵气。月亮较次地光辉，
但是被安置在对面平齐的西方，
他的明镜，以正面从他借着她的光；
因为在那个形势里她不需要其他的光，
并且仍旧保持那个距离直到夜；然后在
东方轮着她发光，在天的大轴上轮回，
并且同着那时琳琅地显现在半球的
千座较小的光体和几千几千的星座
平分她的统治权；
然后第一次装饰着她的升沉的光球，
欢欣的黄昏和早晨加冠了第四日。

　　"然后上帝说道，'让水产生多卵的有
生命的匍匐动物；让飞禽把翼展开在天的

开旷的苍穹上，在地的上面飞翔！'
然后上帝创造了大鲸，和诸水依它们的
种类繁多地产生的一切的生物，
一切的爬物，和依照他的种类的
每只有异的鸟，并且看到这是善的，
便祝福它们，说道，'要多产，
要繁殖，并且，在海里，
在湖里，在流溪里，充满诸水，
让飞禽在地上繁殖！'
此后海峡和海，每个曲江和海湾，
拥挤着无数的小鱼和带着它们的鳍
和光辉的鳞在绿波下游泳，
成群结队地屡次在半海筑起堤岸的鱼队。
一部分，单独或是成对地，饲食海草，
它们的牧地，和游过珊瑚的树林，
或是，嬉戏着迅疾的闪瞥，
把它们的装饰着黄金的浪衣显给太阳看，
或是，安闲地在它们的珠壳里，
吃食潮湿的营养，或是在岩山底下
以连接的武装看守它们的食物；
海狗和弯曲的闪色鱼在光面上游戏：
一部分，身体巨大，笨重地滚转着，
它们的步容奇大，翻弄大洋。
在那里鲸鱼，生物底最巨大的，
像海岬地伸展在深渊上，
睡觉或是游泳，
并且像是一座行动着的陆地，
在他的腮边汲进，而在他的躯干喷出，
一座海洋。
同时温暖的洞，沼，和岸，

上帝说道，"让水产生多卵的有生命的匍匐动物；让飞禽把翼展开在天的开旷的苍穹上，在地的上面飞翔！"

睡觉或是游泳，并且像是一座行动着的陆地，在他的腮边汲进，而在他的躯干喷出，一座海洋。

卵出它们的一样繁多的雏物，

从以自然的折裂爆破着不久

露出它们羽毛未生的幼雏的蛋；

但是不久生出羽翮，它们集起内甲，

并且，翱翔着高空，

以铿锵的声音蔑视地土，

在一座期盼的云底下。

鸷和食鹳在山岩和杉树顶上建起

它们的高巢：一部分舒松地飞翔空中；

一部分，更聪明的，共同列成图形，

裂开它们的路程，知道节令，

并且出发它们空中的旅行队，

高高地在海上和在陆上飞着，

以相辅的翅翼舒适着它们的飞行：

谨慎的鹤鸟这么地乘着风导引

她的每年的行程：当它们经过时空气

被无数的羽毛扇着浮动。小些的鸟从

一枝到一枝地以歌唱安慰树林，

并且张开它们的染色的翅膀，直到黄昏；

那时尊严的夜莺也不停止鸣声，

但是整夜地调弄她的柔软的歌曲。

其他的，在银色的湖和江上，

沐浴它们的多毛的胸腔；

白鹅，骄傲地披着衣服，

弓形的颈在她的白翅膀之间，

用她的桨般的脚划动她的庄严；

但是她们屡次离开水面，并且，

竖立着坚强的羽毛，向半空直上。

其他的在地上稳健地行走——

鸟冠的雄鸡，他的啼声突破静寂的时辰；

其他的，他的华尾装饰他，

染有彩虹和星眼的美丽的颜色。

水便这样充满了鱼，空中充满了飞禽。

黄昏和早晨典礼了第五日。

　　"创造的第六日，也是最后的一日，

以黄昏和早晨的竖琴升起；那时上帝说，

'让地球生出活物来各依她的种类，

地上的牲畜，爬虫，和走兽，

各依它们的种类！'地球服从，

并且，立刻张开她的肥沃的子宫，

一产生出无数的生物，完美的形状，

四肢全备并且完全长成。

野兽从地里升起，好像从他的巢穴，

他在野林，茂薮，或是洞穴里取得的——

他们成对地在树木间站起，他们行走；

畜生在田野和绿原里行走：

前者稀少而孤独，后者成群地一起牧饲，

并且大群地跳起。现在草泥生产；

现在黄褐色的狮子显出一半，

抓着以解脱他的后部——然后跳起，

好像从羁绊破出，

无约束地振动他的斑驳的鬃毛，

山猫，虎豹，好像田鼠般地升着，

把在他们上面的崩土掷成山丘；

疾步的牡鹿从地底下抬起他的分叉的头；

还没有十分成形的河马，

地球的最大的生儿，耸起他的巨体；

羊群生毛并且叫着升起，好像草木；

模糊地在海陆之间，河马和多鳞的鳄鱼，

不论什么在地上爬行的，

同时温暖的洞，沼，和岸，卵出它们的一样繁多的雏物。

昆虫或是地虫，立刻走出来。
前者摇动它们的柔软的扇子当作翅膀，
并且最小的外体准确地装饰着夏天的
骄傲的一切的衣服，带着黄金，紫红，
天青和碧绿的斑点；
后者牵扯引它们的长身像一条线，
以筋的痕迹划着土地：
不完全是自然的细物；
有一些蛇类，奇怪地长而肥，
盘绕他们的蛇的涡卷，并且加上翅膀。
最初爬的是悭吝的蚁，准备着未来，
大心包在小胸里——或许此后公平的
模型——结合在她的共和的民族里。
然后雌蜂拥簇着显出，
美妙地倭着她的丈夫雄蜂，
并且建造储蜜的她的蜜蜡的蜂房。
其余的是无数的，
你知道它们的性质并且给予它们名字，
无须对你重述；不是不被知道的，
那蛇，全田野的最狡猾的野兽，
有时面积巨大，
带着黄铜的眼睛和可怖的鬣毛，
虽然无害于你，却是服从你的呼唤。

　　"现在天国在她的一切光荣中灿烂，
并且滚转她的行动，当伟大的第一个
'推动者'的手第一次旋转它们的行程；
穿着富丽完满的衣服的地球可爱的微笑；
天空，水，和陆飞着鸟，
游着鱼，走着兽，常常地；
第六日还没有完。还缺少那杰作，

一切的结束还要造成——个不像其他的
生物一样地俯伏和野蛮的生物，
但是赋有理性的神圣，
能够挺起他的躯干，
并且以正直的诚静的相貌治理余者，
自己认识着，
并且因此崇高地和天国相同，
但是感恩地承认他的善降自什么地方，
用心，声音和眼睛虔敬地向那边，颂赞和
崇拜把他造成万物之灵的至尊的上帝。
因此全能的永久的父亲（因为有什么地
方他不在）这样明晰地向他的儿子说：

　　"'现在让我们依照我们的形象
造人，和我们相像的人，并且让他们
主宰海和空的鱼和鸟，田野的走兽，
全个地球，和在地土上爬行的每个
爬行生物。'这说了，他造你，
亚当，你，哦，人，地的灰尘。
并且在你的鼻孔里呼吸生命的气息；
依照他自己的形象他创造你，
明显地上帝的形象，
你便变成一个活的生命。
他把你造成雄的，
但是你的配偶造成雌的为了传种；
然后祝福人类说：

　　'要多产，繁殖，并且充满地球！
降服她，并且全盘地主宰海的鱼，天空
的鸟，和在地球上行动的一切生物！'
不论在什么地方这样被造成——
因为地方还没有题名——如你知道的，

他把你从那里带进这座美妙的树林，
这座花园，种着上帝的树木，
看起来和吃起来都是愉快的，
并且把它们所有的美味的果实多量地
给予你做食物：全地球产生的一切的
种类都在这里，无限的类别；
但是吃了生出善和恶的智识的树
你不能吃；在那天你吃你死。
死是科加的刑罚；留神，
并且擅自控制你的食欲，恐怕'罪'
和她的黑的从者'死'袭击你。

　　"他这里停止了，并且瞭望他所造
的一切，看呀！一切是完全善的。
这样黄昏和早晨完成了第六日；
但是还没有完成直到创造主，
停止着他的工作，虽然不倦，
回到上面去，回到诸天之天的上面，
他的高居，从那里瞭望这座新造的世界，
他的王国的增加，它怎样从他的宝座
在远处显现，怎样善，怎样美，
符合着他的伟大的理想。他乘风而上，
跟随着喝彩声，
和一万只调弄天使的谐调的竖琴的谐音：
大地和空气应响（你记得，因为你听
到），众天体和众星宿全震响，
行星立了听，当光辉的堂皇欢然升时。
'开，你们永远的门！'
他们唱；'开，你们诸天，
开你们的灵门！放进那伟大的造物主
威风地从他的工作回来，六日的工作，

一个世界！开哟，此后要时常，因为
上帝要时常驾临公正的欢欣的人的住处，
并且要时常差遣他的生翼的天使
负着天的恩惠的使命到那边去。"
上升着的光荣的扈从这样歌唱：
他经过广开灿烂的门户的天国直上神的
永久的家室——一条广阔而宽大的路，
它的灰尘是金，砌石是星，如同在银河里
被看到的显给你看的星，你每夜看到
像一条圆带一样散着星的银河，现今在
地球上第七个黄昏在伊甸里升起——
因为太阳是落了，暮光从东方来临，
夜的先驱——那时孝顺的有权者到了
天的高位的圣山，永远坚稳和安全地
给固定了的上帝的皇座，
便同他的伟大的父坐在一起；
因为他也无形地去，
却是停留（'无处不在'有这种的权利）
并且命令工作，万物的作者和目标，
而现在从工作休息着，
祝福和圣典第七日，
在那一日从一切的他的工作休息着；
但是不保持在神圣的沉默里：
竖琴有工作，不事休息；
尊严的风笛和琵琶，一切悦耳的风琴，
一切在弦线或是金丝的横竖上的声音，
调弄柔和的音调，混合着合唱的歌声；
从黄金的炉鼎升着的烟雾隐去了圣山。
他们歌唱创造和六天的工作：

　　"'伟大呀你的工作，耶和华！

现今在地球上第七个黄昏在伊甸里升起。

无限呀你的权力！什么思想能占量你，

什么舌头能叙述你？现在你回来比你

从恶魔的天使回来更伟大：

那日你的雷电使你崇大；

但是创造是比毁灭造物更伟大。

谁能够损害你，万能的帝王，

或是限制你的王国？

背信的天灵的骄傲的企图，

和他们的空想的计划，

你容易地破坏了；

当他们不敬地计算要衰弱你的权威，

并且从你灭夺你的崇拜者的数目时。

谁追求要贬损你的，

恰和他的目的相违，

反足显出你的权力；

你利用他的恶，

并且从里面创造更多的善。

请看这新造的世界，

离开天门不远的另一个天，

可见地建在清晰的水晶天上，

玻璃的海；

广度差不多是无限的，有无数的星，

并且每颗星或许是将来的居民的

一个世界——但是你知道它们的节令；

在它们里面是人的座位，地球，

流布着她的下界的海洋，

他们的快乐的住家。

三度幸福的人，和人的子孙，

上帝这样升进他们，依他的形象造成，

住在那里和崇拜他，

他们的报酬是主宰地上，

海里或是空中的他的造物，

并且繁殖神圣和公正的崇拜者的民族！

三度幸福，倘若他们知道他们的幸福和

正直地坚忍！'

　　"他们这样地歌唱，并且最高天震响

着哈利路亚：安息日是这样地被遵守。

想来你的要求是满足了，你问最初这个

世界和万物的外形怎样开始，

并且在你的记忆之前最初什么

是被做成了，

所以后代由你讲述能知道；

倘若你还要追问什么

不超过人力的，说。"

Volume VIII

第八巻

解题

　　亚当询问关于天体的行动；模糊地被答复，并且被忠告去搜求更值得知道的事情；亚当准命；并且，仍旧要留住拉飞尔，对他讲述自从他自己的创造他记得的什么；他的位置在乐园；他的和上帝关于孤独和适当的社交的谈话；他的和夏娃的第一次的会见和婚礼；他的和天使的谈话；在重说了警诫之后，天使离别。

天使讲完了，并且在亚当的耳朵里
这么蛊惑地留下了他的声响，
以致他暂时想他仍旧说着，
仍旧固定地站了听；然后，
好像刚才醒来，这样感恩地回答：
　　"我有什么足够的感谢，
或是什么相等的报答给予你，
神圣的历史家，
你这么大大地减除了我对于知识的渴望，
并且准允这个友谊的屈降来讲述
否则在我是不能搜求的事情——
现今带着惊讶，却是喜悦，
并且带着，如应当的，
归于至高的创造主的感恩而被听到？
还有一些疑惑的事情存在，
只有你的判断可以解决。
当我看到这座善的结构，
这个世界，包含着天和地，
并且核算它们的大小时——这个地球
同苍穹和一切她的有数目的众星比起来
时好像是一粒黑点，一粒仓粟，
一个原子，而众星似乎转动不能悟解的
空间（她们的距离和她们的白昼的迅速
的回来证明这样），仅仅为要把光
一昼一夜地围绕这个不透明的地球，
这个准时的地点；此外她们的广渺的
巡视没有用处；推想着，
我时常奇讶聪明而俭省的自然怎么
能够做出这种的差异，以剩余的手
创造这么许多的更高贵的和这么

数倍地更伟大的天体为这个唯一的用处，
因为没有别的显出，并且在她们的
圆体上赋给这种的一天一天地重复的
不安的轮动，而当坐不动的地球，
她能更佳地用比较小得多的围绕行动，
给比她更高贵的侍候着，
不用一些动而达到她的目的，
并且接受，好像朝贡一般，
以这样无形的速率和无数的
行程带来的她的温暖和她的光明：
它的迅速不能用数目来形容的速率。"
　　我们的父亲这么地说，
并且依他的面容似乎踏进了艰深难解的
思想；看到了这个，坐在远离目光的地
方的夏娃，以端庄的谦逊和谁看到的
都希望她留住的优雅，从她的座位站起，
走到她所培养的花果中间，
去看它们怎样茂盛，花苞和花朵，
她的扶植；她走近时它们都跳跃起来，
并且，被她美丽的看护触动了，
更欢欣地生长，
但是她走开不是因为不喜欢这种谈话，
也不是因为她的耳朵听不懂高深的事情；
她保留了这种的愉快，亚当讲述着，
她唯一的听者；她欢喜她的丈夫讲述
甚于天使讲述，并且宁愿去询问他；
她知道他会混进可感的离题，
并且以夫妇的抚爱解决至高的纷争：
从他的嘴唇不仅仅言语使她欢喜。
哦，现今在什么时候遇到结合在爱和相

互的尊敬里的这样的一对？

她以女神的仪容走出，不是不被侍候着；

因为一个勾人的"优雅"

的堂皇侍候她，好像侍候王后，

并且从她的四周欲望的箭射到

一切的眼睛里，希望她仍旧被看到。

现在拉飞尔对于亚当提起的疑惑

这样慈善地并且温良地回答道：

　　"询问或是搜求，我不谴责你；

因为天是好像放在你前面的一本

上帝的书，从里面读到他的神奇的工作，

和学到他的节令，时辰，日子，

或是年月。这个要得到，

不论天动或是地动，不含重要的意义，

倘若你算得对；那伟大的'建筑家'

聪明地把其余的从人或是天使隐去，

并且不把他的秘密显露出来，

给那些却是应该要惊羡地看到。

或者，他们若要试行推测，

他把他的天的结构留给他们纷争——

或许只是使他好笑此后盛行的

他们的古怪的见解，当他们从事

铸造天的模型，和计算众星时；

他们会怎样地处置那万能的组织；

怎样地建筑，拆毁，设法，

以遮掩面子，怎样地以画满的中心圈

和离心圈，周道和外周道，

圈内的圈，把天体绕住。

由于你的推理我早已猜到这个，

你要引导你的子孙，并且假设光辉的和较

伟大的天体不应该侍候不光辉的较小的，

天也不应该跑这样的路程，

地球静静地坐着，

当她一人受到那利益时；先要想，

伟大或是光辉的不便是优越：

地球，虽然和天比较时这么地小，

又不灿烂，或许包含更多的块金

比起荒芜地发光的太阳，

他的力在他自己的上面不发生效力，

却是在多产的地球上；

那里最初受到否则是不活动的他的光芒，

找到它们的力量。

但是那些光辉的星座不是服务于地球，

而是服务于你，地球的居民。

至于天的广阔的圆周，让这个说出，

创造主的至高的伟丽，他造得这么

的辽阔，并且他的线伸展到这么远，

所以人能知道他不住在他自己里面——

一座大得他不能把它充塞的大厦，

居留在一座小屋里，而其余的

被命令做他的主自己最知道的用处。

那些圆圈的速度，虽然没有数字

可以计算，归属于他的万能，

它能够把差不多是精灵的速度

加于有形的物体上。你想我不慢，

晨间从上帝居住的天上动身，

不到中午到了伊甸园，

不能用有名字的数目表明的距离。

但是这个我坚持，姑承认天的行动，

要显出那使你疑惑的是不足信的；

我不这样地肯定那个，虽然她对于
居住在地球上的你看来像是这样。
上帝，为要把他的行为远离人类的感觉，
把天安置得离开地这么远，
所以人间的目光，倘若它擅自要这样，
能在太高的事情里错误，而得不到利益。
这将要怎样，倘若太阳做世界的中心，
而其他的星，被他的和她们自己的
吸力引起，在他四周跳跃各样的圆舞？
她们的彷徨着的行程，或高，或低，
或隐，或进，或退，或停，
你看到有六座星；这将要怎样，
倘若第七座，行星的地球，
虽然她看来这么的稳定，
无意义地行动三种不同的行动？
不然你定得把那个归于几座星体，
以斜切的不正相反地行动，
或是省去太阳的劳力，
并且假设那昼和夜的迅速的大圈，
不然在一切星体以上不能看见的，
昼和夜的车轮；这不需要你的相信，
倘若自己勤苦的地球旅行到东方
去取白日，她的一部分和太阳
的光芒相背而遇到黑夜，
她的另一部分仍旧由于他的光线而辉煌。
这将要怎样，倘若经过广阔透明的空气
从她射出的那种光对于月球像是一座星，
在日里使她光辉，
好像在夜里她使这地球光辉——
更迭地，倘若那边有陆地，

田野和居民？你看到她的斑点像云，
而云可以降雨，
而雨可以在她的软泥里产生果实，
给被派定在那边的一些人吃，其他的日，
和他们的侍从的月，你或许会看到，
互换着阴阳的光——
这伟大的两性使世界活动，
或许在每个球体里藏起什么活的东西。
在自然里这样广渺的地方不被活的东西
占据着，荒芜而空寂，仅仅发光，
却是难能捐给每个球体一闪的光，
这样远地降给这座可居的地球，而地球
把光回给它们，这是显然要争论的。
但是不论这些事情是这样，
或是不是这样——不论在天上统治的太阳
在地上升起，或是地球在太阳上升起；
他从东方开始他的发焰的路程，
或者她从西方前进她的静寂的行程，
用着把睡眠织在她的软轴上的
无害的脚步，当她平稳地步行，并且把
你轻轻地同着光滑的空气带走时——
你的思想不要追求隐秘的事情：
把它们留给天上的上帝；
侍奉和畏惧他。
让他去处置其他的生物，不论安置在
什么地方，只要最合他的意；
你享受他给予你的，这座乐园和
你的美丽的夏娃；天在你是太高，
你不能知道什么在那里经过。
要谦恭地聪明；

仅仅想对于你和你的生命有关的事情；
不要梦想其他的世界，
什么生物居住在那里，在什么状况，
情形，或是程度里——要满足，
因为不单地球并且最高的
天国已被启示到这样地远的地步。"

　　给清除了疑惑的亚当这样对他回答：
"你怎样十分地使我满足，天的纯智，
静穆的天使，并且摆脱了纠缠，
被教训去过最容易的生活，
也不要用恼人的思想间断生命的甜蜜，
上帝吩咐要远离一切的忧虑生活，
不使我们烦恼，除非我们自己用彷徨的
思想和空虚的念头去追寻它们！
心或幻想是容易不被控制地漂游，
并且她的漂游没有底限；直到，
被警告了，或是从经验得到教训，
她悟知不去漫无节制地知道远离实用，
模糊和精细的事情，而去知道
在日常生活里横在我们眼前的事情，
是最大的智慧；再多便是烟雾，
或是空虚，或是愚蠢的不切实际，并且，
使我们在最和我们有关的事情里
没有操练，没有预备并且还要追寻。
所以让我们从这个高度降到低些的飞翔，
谈论手边有用的事情；从这里或许会
提起一些不是不合适的询问的事情，
为你的容忍和惯有的热忱所允准。
我听过你讲述在我的记忆以前发生的
事情；现在你听我讲述我的故事，

你或许没有听过；白昼还没有完；直到
那时你看我怎样精妙地设法留住你，
邀你听当我讲述时——愚蠢的，
倘若不希望你的回答。因为，
当我和你一起坐时，我似乎在天上；
你的谈话对于我的耳朵是更甜蜜
比起从工作回来在甜蜜的小食的时辰，
对于饥渴最愉快的椰树的果实；
它们使过饱，并且不久使充塞，
虽然愉快；但是你的言语，赋有神圣的
优雅，不把过饱带给它们的甜蜜。"

　　拉飞尔这样上天地温良地对他说：
"人类的父亲，你的嘴唇又是优雅，
你的舌头又是流利；因为上帝丰多地
灌倒他的礼物在你上面，内心和外貌，
他的美丽的形象：说话或是沉默，
一切的美丽和优雅附加于你，
每句言语，每个动作，成形。
我们在天上想念在地上的你
不较少于想念我们的同辈的仆人，
并且欢喜地询问上帝对于人的行道；
因为我们看到上帝奖誉你，并且把他的
平等的爱施加于人。所以说下去；
因为那天我恰巧不在，
登上奇异而黑暗的旅程，
向地狱的门远征，全军排为方阵（我们
有这样的命令），要防守没有一个间谍，
或是敌人从那里走出，
当上帝在做他的工作时，恐怕他，
给这种大胆的突出激怒了，

会把毁灭和创造混在一起。
不是他们胆敢没有他的准许而企图；
但是他敕命差遣我们是为了至尊的
王帝的威严，并且练习我们的迅捷的
服从。我们找到阴惨的门紧紧锁住，
防备强固；但是，在我们的走近
好久以前，听到里面嘈杂的声音，
不是歌舞声——痛苦，高号和狂怒。
我们在安息日的黄昏以前欢喜地回到
光明的境界；我们有了这样的责务。
但是现在你讲；因为我要听，
欢喜你的言语像你欢喜我的。"

神般的天使这样说了，
我们的远祖便说："要人讲人类的生命
怎样开始是困难的；
因为谁知道他自己的开始？
跟你再作更久的谈话的欲望引诱了我。
好像刚从最熟的睡眠醒来，
我找到我软软地躺在花草上，
芳芬地出着汗，不久太阳用他的光芒
把来沥干，并且倭食于蒸发的水汽。
我把我的惊讶着的眼光直向天上转去，
看了一刻辽阔的天空，真到，
给迅捷的本能的动作一起，我一跃而起，
好像努力着要向那边去，并且直立了
起来。在我四边我看到山谷，
成荫的森林，阳光满照的平野，
和潺潺着的溪流的滑泻；在这些旁边，
行动和生存的，走或是飞的动物，
群鸟在树枝上啭鸣着：万物微笑；

我的心里盈溢着馨香和快活。
然后我细察我自己，查阅我的四肢，
用我的柔软的骨节有时步行，
有时奔跑，依活泼的气力作引导；但是
我是谁，在哪里，或是由于什么原因，
不知道。我试说话，话说出了；
我的舌头听从，
并且立刻能够命名不论我看到的什么。
我说，'你太阳，美丽的光，
你被照亮的地球，这么新鲜和欣荣，
你们山和谷，你们江河，树林，
和平野，你们行动和生活的，
美丽的动物，说呀，
请说我怎么会这样来，怎么在这里？
不由于我自己；那么一定由于什么
伟大的造物主，在善和权力里卓越。
告诉我，我怎样可以知道他，
怎样崇敬他，从他我能这样行动和生活，
并且感到我比我知道的更幸福？'
那时我这样叫喊，并且彷徨到我不知道
的地方去，从那里我最初呼吸空气，
最初看到这幸福的光，而没有回答，
我便沉郁地坐在
缤纷着花朵的荫深的碧堤上。
在那里温柔的睡眠最初找到我，
并且用柔软的压迫捉住我疲倦的感官，
不被惊扰，虽然我想那时
我不知不觉地回到我以前的状况，
而就这样消融：那时突然间一个梦
站在我的头边，它的内心的影形轻柔地

使我的幻想相信我还有生命，并且活着。
我似乎觉到一个有神圣的形状的人来说，
　'你的大厦需要你，亚当；起来，
第一个人，被命令做无数的人类的始祖！
被你所召，我来引导你去到幸福的花园，
你的预备好了的住所。'这么说着，
他用手挽我，使我站起，走过田野和水，
好像在空中不用脚步光滑地溜着，
最后引我到一座多木的山，它的高巅
是平原，一个围绕着的广阔的圆周，
种植着最佳的树木，有行道和花亭，
我以前看到的地球没有这样的愉快。
每株树负载着最美的果实，
诱惑地悬着，在我心内引起突然的
食欲要去摘和吃；这时我醒了，
并且找到在我眼前的都是真的，
如同那梦活鲜鲜地影示的。
我的彷徨重新会在这里开始，倘若他，
我的向导者，从树木中间上升到这里，
神灵的显形。欣喜着，但是怀着敬虔，
我顺服地伏倒在他的脚边崇拜。
他挽起我，和蔼地说，
　'我是你所追寻的，你看到在你四周
和上下的万物的作者。我给你这座乐园；
当作你要耕耘和看守的，果实你取食：
花园中每棵树所生长的以欢喜的心
任意取食；这里不怕饥荒；但是我在
花园的中央种在生命之树旁，
它的作用带来善恶的知识的那棵树，
你的服从和你的信心的保证——

记住我警戒你的——回避去尝试，
并且回避那辛酸的结果：
因为要知道，在你吃的那天，我的唯一的
命令被违犯了，你将不可避免地死，
从那天你死，并且失去这个幸福的情景，
从这里被逐到一个忧愁悲哀的世界。'
他严厉地宣示那径直的禁令，
至今还在我的耳朵里可怕地震响，
虽然不去招罚是在我的选择里；
但是他的清晰的容貌不久又回来，
这样重申慈意：'不但这些美丽的境界，
并且整个的地球我都给予你和你的子孙；
像君主一样地占据它，和在里面生存的，
或是在海里或是空中生存的一切，
兽，鱼，鸟。为要作证，
观望每只鸟和每头兽依照它们的类别；
我带它们来从你处接受它们的名字，
并以谦卑的屈忍向你输诚。
要知道在它们的水居里的鱼也要这样，
它们不被召到这里，因为它们不能变换
它们的原素来呼吸比较稀薄的空气。'
当他这样说时，
看每只鸟和每头兽成对地临近——
后者带着谄媚低伏着；每只鸟低飞，
我命名它们当它们经过时，
并且懂得它们的性质；上帝用这样的
知识赋给了我的突然的悟解。
但是在这些里面我找不到
我想我还缺少的东西，
我这样向天的幻视大胆地说：

"'哦，用什么名字——
因为你在这一切以上，在人类以上，
或是在比人类更高的任何物以上，
远超过我的命名——我怎样可以崇拜你，
这个宇宙，和这一切对于人是善的事物
的作者，为了人的幸福你这么丰裕地，
并且用这么大量的手设备万物？
但是我看不出谁来和我同享。
在孤独中有什么快乐？
谁能够独自地享受，或是，
享受着一切，找到什么满足？'
我这样大胆地说；那光辉的幻视，
好像因一个微笑更光辉了，回答道：

"'什么你叫作孤独？
地球和天空不是充满着种种的生物，
并且它们都听你的命令走来在你面前
游戏？你不知道它们的语言和行为吗？
它们也知道，并且不是可鄙地推理；
同它们找寻消遣，并且产生规则；
你的国境广大。'宇宙的主这样说，
并且似乎这样命令着。我恳求说话的
准许，和谦卑的求恕，这样回答：

"'不要让我的言语冲犯你，
天的权力；我的造物主，
当我说话时请你宽仁，
你不把我造在这里做你的代替者，
并且把这些低级的远放在我的下面？
在不相等者的中间什么交际，什么和睦
或是真正的快乐能够证明适合？
这些一定要相互的，并且给予和接受

要有适当的比例；但是，在差异中，
一个热烈，一个仍旧懈怠，不能良好地
互相适合，却是不久要显出同样厌倦。
我说的伴侣，如我追求的那样，
配同享一切有理性的欢欣，
在这里面野兽不能做人类的配偶。
它们各依其类地欢乐，牡狮和牝狮；
你把它们这么适合地结对：鸟和兽，
鱼和飞禽，或是牡牛和猿，
这么十分会通的，也不能配合；
所以人和兽更不能，最不能配合。'

"全能者不是不愉悦地回答：
'我看到，亚当，在你的伴侣的选择里
你对你自己建议一个美妙和精微的幸福，
并且不愿孤独地尝试快乐，
虽然在快乐中。
那么你想我和这个我的状况怎样？
在你看来我足够地占有幸福或是不，
永远地孤独的我？因为我不知道
有一个次于或是和我相同的，
和我相等的更少。那么，
我怎样有和他谈话的人，
除了我创造的生物，
和那些比我低劣的生物，
无限的低劣比起其他的生物对于你？'

"他停止了，我卑敬地回答：
'要达到你的永久之道的高处和深处
一切人类的思想都不及，万物之尊！
你在你自己里面是完美的，
并且在你里面找不到缺点；

人不是这样，但是在程度上——
和他的相似者谈话以帮助或是弥补他的
缺点的欲望的缘由。你无须繁殖，已经
是无限，并且在一切的数目里是绝对的，
虽然是一；但是人是要以数目去显出
他的唯一的不完全，并且生殖和他
相像的类似，繁殖他的形象，在一致里
有缺点，所以需要比连的爱情，和最亲的
和睦。你，在你的秘密里虽然是孤独，
和你自己是最好的伴侣，不追求社交——
但是，倘若欢喜，能够把你的造物随意
举到融合和神通的任何高点，被封为神；
我却不能用谈话使它们从俯伏直立，
在它们的习惯里也找不到愉快。'
我这样大胆说，并且使用容许的自由，
而找到接受，
这从仁慈的圣音得到这个回答：

"'亚当，试你到这个地步，
我是欢喜了，并且找到你不单知道
你不误地命名的兽类，
并且知道你自己——
很佳地表现着在你里面的自由的精神，
我的形象，不赋给野兽的；
所以它们的来往和你不配，
你自由地表示不愿有良好的理由，
并且你还要这么想；我，
在你说话之前，知道人孤独是不好的，
并且不曾想过——给你如你刚才看到的
这样的伴侣——被带来只是为试验，
要看你怎样地能够判断适合和相宜的。你

要相信，我以后要带来的将使你欢喜，
你的类似，你的适合的帮助，
你的另外的自我，
贴准和你的心的欲望相符的愿望。'

"他终止了，或是我不再听到；
因为现在被他的天性超越，
并且在她底下站了长久的我的凡性
在那崇高的上天的对话里紧张到顶点，
好像和一个超越昏暗和消损的感官的
物象一同沉下，而追寻睡眠的补复，
睡眠立时来临在我上面，似乎被自然
召来帮助的，并且闭合我的眼睛。
我的眼睛他闭合，但是幻想的器官，
我的灵眼，开着；由于它，好像在
一个昏厥里地抽象，我似乎看到，
虽然在我躺的地方睡着，看到那仍旧
光荣的形状，我醒着站在他前面；
他弯着身打开我的左胁，从那里取出
一根肋骨，温暖着心脏的热力，
和活鲜地流着的生命血；伤口广阔，
但突然长满了肉并且痊愈了，
他用手把那肋骨造成形和式；
在他造形的手底下一个生物长起，
像人一样，但是异性，这么可爱地美丽
以至全世界中以前看来美丽的现在
看来似乎可鄙，或是总合在她里面，
包含在她和她的形貌里。从那时起把以
前未曾感到过的甜蜜灌进我心里，
并且从她的仪态爱的精神和情的欢欣
注入于万物。她不见了，留我在黑暗里；

我醒来找她，或是永远叹息她的失去，
全摒弃其他的愉快：那时出于希望外，
看见她在不远的地方，如同我在
我梦中看到她的一样，装饰着完全的
天地能够赋给而使她可爱的。
她走上前来，由她的上天的造物主引导，
虽然不被看见，并且由他的声音指示，
新婚的神圣和结婚的仪式
也不是不被教知。
优雅是在一切的她的步容里，
上天在她的眼睛里，
在一举一动里是庄严和爱。
我，过分地快乐了，禁不住高声说：

　　"'这个仁慈的行为偿成了；
你完成了你的约言，宽宏，和慈悲的
创造主，一切美丽的事物的给予者——
但是这是你的一切礼物的最美丽的！
——也不是最吝啬的。
我现在看到我的骨的骨，我的肉的肉，
我的本身在我面前；女人是她的名字，
从男人取出；为了这个原因他将要离开
父母，追随他的妻子；并且他们将要是
一个肉，一个心，和一个灵魂。'

　　"她听到我这样说；
虽然被神圣地带来，但是天真和处女的
淑静，她的美德，和她的价值的自觉，
就是愿意被求爱，
而不愿不被追求地被求到，不明显，
不鲁莽，却是退静，愈更可爱——
或是，总之，自然的本身，

虽然没有罪恶的思想——她这样地
被造成，看见了我，她转身过去。
我追踪她；她知道什么是名誉，并且
用服从的庄严赞许我的诉说的理由。
我引她到新婚的花亭，
她像早晨般地羞红着；一切的天和幸福
的星座全在那时辰落下它们的精气：
地球和每座山显出庆祝的象征；
群鸟欢欣；清爽的微风和温柔的和风把
这个向森林耳语，并且振翼飞起，
从香木振下馨香，嬉戏着，
直到夜的情鸟歌唱婚歌，并且请晚星赶
紧在他的山巅上点起新婚的明灯。"

　　"我这样告诉了你一切我的情境，
并且把我的故事带到了我享受的人间的
至乐的总和，并且得要承认在一切
其他的事物里真的找到欢欣，但是，
用或是不，在心里生不出变化，
也生不出强烈的欲望——
我意思这些味，色，香的微妙，草木，
果实，和花，小径，和鸟的旋律：
但是这里，远不相同，我销魂地看，
销魂地摸，这里我第一次感到热情，
奇异的激动，在一切其他的享乐里
超绝和稳固，在这里对于美的有力的
闪视的迷惑只是认弱。
或则自然在我里面失去效用，
而让某部分不够坚固去抵抗这种对象，
或则，从我的胁部抽去，或许取得
过多——至少赋给她过多的装饰，

外貌美妙，内心稍少准确。

因为我很明白在自然的主要的目的里
她要在最优越的心和内力里稍次；
在外貌上她和造我们的他的形象不像些，
并且稍少表现着那赐给的主宰其他
生物的主权的性质。

但是当我走近她的可爱时，
她在她的自身里看来似乎这样地
绝对和完美，这样完善地知道地自己，
以至她要做或是说的似乎是聪明，
最贞洁，最审慎，最善。

一切更高的知识在她的面前相形见绌；
智慧和她谈话时惊慌失措，并且显出
好像愚蠢；权威和理性侍候她，
好像一个最初是设想要造，
以后不能偶然地造成的；
并且，终结一切，心的伟大和高贵最美
的在她心里建起它们的住所，
并且在她的四周创造一种敬惧，
好像安下的一个天使的卫队。"

　　天使带着皱起的眉头对他说道：
"不要谴责自然！她尽了她的责任；
你只要尽你的！不要疑惑智慧；
她不背弃你，倘若你不斥退她，
当你最需要她靠近时，由于过分地属望
稍少优美的事情，如你自己感到的。
因为你这样地羡慕什么，什么这样地
颠荡你？一个外表；美丽的，无疑地，
并且十分值得你的抚爱，你的敬重，
和你的爱；不是你的屈服；

你自己和她平衡；然后估价：时常的，
没有事情更有益了比起擅自驾驭的
建在公正和正直上的自尊。那个巧妙，
你愈知道，她愈愿承认你是她的领袖，
并且把一切她的外貌让给实质——
愈加造得这样地装饰着使你欣喜，
这么地敬畏，所以你能够爱你的佳侣，
她能明见当你被看到最不聪明时。

但是，倘若人类用以繁殖的触觉似乎
超出一切其他的这样可爱的欢欣，
想想这同样的感觉被赋给
每只畜生和野兽；这种感觉对于它们
不会做得普通和明显，倘若在里面享受
到的任何东西是值得压服人的灵魂，
或是在他里面生出热情。

在她的交际里你找到更高的东西，
引人的，人类的，有理性的，仍旧要爱：
在爱里你能做得很好；在热情里你不能，
热情里没有真正的爱。爱使思想精练，
使心地扩大——在理性里有他的地位，
并且贤明，是你能用以登上
上天的爱的阶梯，
不沉没在肉欲的快感里；为了这个原因
在兽类中间不能找到你的配偶。"

　　一半地羞惭的亚当这样对他回答：
"她的造得这么美丽的外貌，和一切的
种类共有的生殖里面任何的事情（虽然
婚姻的床要高尚得多，并且，我想带着
神秘的尊敬），不这样甚地使我欢欣，
如同那些优雅的举动，那些千种的贞淑，

每天从她的言行流露出来的，
混合着爱和甜蜜的从顺，
证明不是假装的我们的一心或是一魂——
在结婚的一对里看到的谐和
比耳朵听到的谐和的声音更为可感。
但是这些不能屈服我；我对你说从那里
我胸中感到什么，不因此败北，
我遇到感官不同的代表的不同的对象；
但是，仍旧自由，赞许至善，
并且追从我赞许的。你不责我爱；
因为你说爱引上天去，路径也是引导；
所以倘若我问的合理，请听我。上天的
精灵爱不，他们怎样表现他们的爱，
仅仅用眼色，或是他们混合光辉，
间接或直接的相触？"

　　天使带着发出上天的玫瑰的红光，
爱的正当的色彩，微笑对他回答道：
"让你只要知道我们幸福，而没有爱
便没有幸福。你在身体里享受的
任何纯洁的什么（你被创造得纯洁）
我们优越地享受，并且找不到膜，
骨节，或是四肢的障碍，屏外的障碍：
倘若天灵拥抱比空气和空气拥抱更容易。
他们整个儿混合，向往着灵和灵的和合，
肉和肉或是魂和魂混合时也不需要限制

的传达。但是现在我不能再讲：
将别的太阳沉落在地球的绿岬
和海司泼灵的碧岛，我的要离别的表征。
要坚强，幸福地生活，和爱：
但是，最要的，爱他便是服从他，
并且遵守他的伟大的命令；
留心怕热情摇撼你的判断力去做
自由意志否则不准的任何的事情；
你的和你的子孙的幸福或不幸是
安放在你里面；要谨慎！
我和一切的圣者将要欣喜你的忍耐。
要站得稳；站稳或是堕落都在你的
自己的选择里。要内心完美，
不需要外面的帮助；
抵拒要犯罪的一切的诱惑。"

　　这么说着，他站起；
亚当便这样用祝福伴从他：
"既然要离别，去吧，上天的客人，
上天的信使，从我崇敬的至善的上帝
差来的！你的降架在我是温柔而和蔼，
并且将要永远以感恩的纪念被尊敬，
你还要对人类良善而友好，常常来！"

　　他们便这样地分别，
天使从浓密的森荫里升上天去，
亚当回到他的花亭。

他们便这样地分别，天使从浓密的森荫里升上天去，亚当回到他的花亭。

Volume IX

第九巻

撒旦绕过了地球一周后，在黑夜里，好像一股迷雾，回到乐园里。走进睡着的蛇里面。亚当和夏娃在早上出去做他们的勤作，夏娃建议分成几处地方，各人独自地勤作。亚当不允，说出那危险，恐怕他们给预先警告的那个敌人会试探被找到单独的她。夏娃，不愿被想作不够谨慎或是不够坚稳，坚持要各自分开，愿试验她的力量，亚当终于屈服。蛇找到她一人，他的狡猾的走近，第一次的注视，和说话；以许多的谄媚赞颂夏娃超过一切其他造物。夏娃，惊讶着蛇说话，询问他怎么会得到人类的言语和这种的悟解，直到现在没有的。蛇回答，由于吃了乐园里的某棵树他得到说话和理性，直到那时都没有的。夏娃要求他带她到那棵树去，而找到它便是那棵被禁止的智识之树。那蛇，现在变得更大胆了，以许多的诡计和辩理，引诱她终于去吃，她欢喜那滋味，忖量一刻要不要带给亚当，终于带禁果给他，讲述什么说服了她去吃；亚当，起先惊愕，但是看到她堕落了，由于爱的强烈决定和她同灭，并且，使那越犯减轻，也吃禁果。因此在他们两人里面的效验；他们想要遮掩他们的裸体；然后互相争论和谴责。

不再提到上帝或是天使的客人同着
人，好像同着他的朋友，惯于熟悉地，
仁慈地坐在一起，
并且和他同吃乡间的饮食而说话，
暂时允许他做不被谴责的可宽免的谈论。
我现在定要把那些调子变成悲剧的——
在人一方面的卑贱的不信，
和不忠的破戒，叛抗和不服从：
在天一方面，现在疏远了，
是距离和憎厌，公正的愤怒和惩儆，
和颁布的判决，这带到这个世界
无数的忧苦，罪和她的形影死，
和死的先驱悲惨。可悲的工作！
但是更英雄的题旨比起严厉的
阿乞尔司的愤怒追赶他的敌人
三度地亡命于脱洛城的四周；
或是斗纳思对于失偶的拉维娜的暴怒；
或是这么久地扰乱希腊人和雪西拉的
儿子的纳不穹或是虬那的神怒：
倘若我能得到相当的文体从我的上天的
女赞助者，她肯每夜不被请求地访临我，
并且对微睡着的我口述，
或是感发我的没有预想过的诗；
自从这个英雄诗歌的题材最初使我欢喜，
选得久而起得迟；由于天性不勤
勉于述作至今被当作唯一的英雄的题旨
的战争，以长久而厌倦的残杀解剖传说
上的武士在假造的战役里算是主要的伎
俩（更佳的坚忍和英雄的殉难却不被歌
唱），或是描写赛跑和竞技，

或是比枪的武器，装饰的盾牌，
奇怪的花纹，马衣和骏马，
短裤和鲜艳的马具，
会枪和竞武场上的华美的武士；
然后在大厅里用执事
和王仆侍候的整列的宴会：
小巧的伎俩或是卑贱的职务；
不是公正地把英雄的名称给予
人或诗的事情！不精谐也不研究这些的
我存有更高的题旨，它本身够举起
那个名称，除非一个太迟的时代，
或是寒冷的气候，或是年龄，
湿滞我的要飞起的翅膀；
它们可以做许多倘若一切为我所有，
不为每夜把它带给我的耳朵的她所有。
太阳是沉没了，跟着他沉没的是宵星，
它的职务是把黄昏带来地球之上，
昼和夜之间的短促的仲裁者，
而现今夜的半球从一端到一端把地平线的
四周遮住，那时最近在加勃留尔的
威胁面前从伊甸园逃出的撒旦，
如今在默想的欺骗和恶意里进步了，
专心于人的毁灭，不顾更重的责罚会临在
他自己身上，不怕地回来了。
他在夜里逃走，而在半夜从迥巡了
地球回来；留心白日，因为乌利尔，
太阳的统治者，察出他的侵入，
而预诫守护的天人们。
充满了痛苦从那里被逐出，
不断的七夜他和黑暗飞翔——

他回绕了赤道三次，

四次从一极到一极横过夜的车辆，

横越着每个十字圈——在第八夜回来，

在离开入口或天使的守卫的边境上偷偷

地找到不起疑惑的路径。

有处地方（现在没有了，虽然罪，不是

时间，做出这个变化）那里在乐园脚下

的太格列司在地底下注射入一座渊里，

直到一部分在生命之树旁升起一个喷泉。

撒旦同着那河沉进，并且和它升起，

包裹在升着的烟雾里；

然后找寻什么地方隐藏。

他从伊甸经过邦多司和弥莪底司湖，

直溯乌勃江找寻海和陆；

向下直到渺远的南极；在横度上，

从西方的莪朗代司到给大连湾阻住的海

洋，从那里到流着甘琪和印度河的地方。

这样他用细密的搜寻在地球上彷徨，

并且用深切的视察估量每个生物，

在它们里面那个最巧地适合他的诡计，

而找到蛇是全野的最狡猾的生物。

经过长久的辩论，

回旋着思想而不能决定，

他的最后的判决把他选为适当的器具，

诡诈的最适当的小鬼，走进在他里面，

并且隐藏他的黑暗的暗示从最锐的眼光；

因为在狡猾的蛇里，

没有人会疑惑地注意不论什么诡计，

好像出自他的本有的智慧和精巧，

这些在其他的兽类里被看到时，

疑心会产生超出野兽的意识的

在里面活动的魔力。他这样决定，

但是先从内心的忧愁把他的爆发的

热情这样地注入于怨诉：

　　"哦，地球，多么像天，

倘不更公正地被选择，更适合诸神的

住家，好像用第二思想建筑的，

发送古昔的事物！

因为什么上帝会在更善之后造更恶的？

地上的天，四周有其他发光的，但还

举起它们的侍奉的明灯的天体跳着舞，

光明在光明之上，似乎仅仅为你，

在你里面集合着一切它们的圣力的宝光！

好像上帝在天上是中心，并且普照一切，

所以你在中心从一切那些天体接受；

在你里面，而不在它们自己里面，

一切它们被知道的力量显出，在草中，

在木中，在更高贵的生物中多产，

那最后的因渐长的生命而活动，生长，

感觉，理性，全综合在人里面。

用什么样的欢欣我能走遍你，

倘若我能在任何事物中取乐——

山，谷，河，森林和平原的甜蜜的交替，

时而陆，时而海，加冠着森林的海岸，

岩穴和洞！但是我在这些里找不到

地方或是躲避；我愈看到我的四周的

快乐，我在心里愈感到痛楚，

好像由于矛盾的可恨的包围，

一切的善对于我变成毒物，

在天上我的情境会更坏。

撒旦同着那河沉进，并且和它升起。

哦，地球，多么像天，倘不更公正地被选择，更适合诸神的住家。

但是我也不在这里，不，也不在天上，
设法居住，除非征服了天的至尊者：
也不希望我自己以我追求的去减少惨苦，
却要使别人像我一样，
虽然更恶的祸会因此临在我身上。
因为仅仅在破坏里
我为我的残忍的心找到安适；
灭亡了他，
或是说服了他去到能使他完全堕落的，
为了他，这一切被创造；
这一切不久就会跟来，
使他羁束在幸福或是不幸里：
那么在不幸里，毁灭能广阔地扩大！
在一天中破坏了称作万能者的他
在六日六夜中继续创造的事物对于我
是在地狱的有权者中间的唯一的光荣，
并且谁知道他以前计划了多久？
虽然或许不会再久比起我在一夜中把
差不多一半的天使的民族从不光荣的
奴役解放出来，并且使他的崇拜者的
群众更稀少的那个时候。
他，要报复，
并且要补足这样被减少的他的人数——
不论古时消耗了的这种力量现在不能
创造更多的天使（倘若他们至少是他的
造物），或是更痛恨我们——决定把
一个用土造成的生物补进我们的空位，
并且把上天的俘获物，我们的俘获物，
赋予他，从这么卑贱的本质被举起来。
他命令的，他做成了；他造了人，

并且为他建造这个宏伟的世界，和他的
住所地球，称他为主，哦，耻辱呀！
天使的翅膀和辉煌的天使服役于他，
守望和留心他们地上的任务。
我怕这些事情的遵守，为要躲避，
这样包围在半夜的烟雾里，
不被知道地溜进，
在每处薮草和丛木里窥探，
那里或许可以找到睡着的蛇，
在他的迷宫的涡卷里隐起我和我
带来的恶的主意。哦，卑贱的降落！
不久前和上帝竞坐最高位的我现在
缩进在一头畜生里，并且，和畜生的
黏液混合，把这希求神的高位的
灵质化成肉，化成兽；
但是野心和报复什么不会降到？
谁希求的一定降得愈下，倘若他
飞得愈高，迟早会变成最低贱的东西。
报复，起先虽然甜蜜，
不久便会痛苦地退到它自己身上。
让它去；我不管，因为更高的我及不到，
让它准确地落在那第二个惹怒我的他，
这个天的新宠，这个泥人，他的造主
要愈使我们痛苦而把他从尘里造出的憎
恨之子，那么怨恨最好换怨恨。"

　　这么说着，通过每处潮湿或是干燥的
薮草，如同一团低爬着的黑雾，
他进行他的午夜的搜寻，
什么地方他可以最快地找到蛇。
他不久找到他熟睡着，

自己盘绕在许多圈的迷宫里，

他的头在中心，满储着狡猾的诡计：

还没有睡在可怖的树荫

或是可憎的洞穴里，也还没有毒，

他却是不怕地，不被怕地睡在草上。

恶魔在他的嘴里进去，占据着他的

在心里或是头里的畜生的意识，

使它有智慧的动作；

但是不惊扰他的睡眠，

紧切地等候着早晨的临近。现今，

当神圣的光明开始破晓在伊甸园的

喷出朝香的露湿的花上时，

当呼吸的万物从地球的大祭坛向

伟大的创造主送上沉默的颂赞，

并且主的鼻尖充满了感恩的馨香时，

那人类的一封走出了，

并且把他们的有声音的崇拜加入于

没有声音的生物的合唱里；

这个做了，享受那有最甜蜜的

香气和软风的时令；

然后商议那一天他们怎样才可以

最佳地从事于他们的渐繁的工作——

因为他们的工作远超过这么广阔的

两座花园的他们的四只手的勤作；

夏娃先这样地对她的丈夫开始说：

"亚当，我们仍旧能好好地

修饰这花园，仍旧可以护养草，

木和花，我们的被命令要做的愉快的

工作，但是直到更多的手帮助我们，

工作在我们的勤劳底下生长，

由于限制而茂盛：我们在日中刈剪，

支撑或是编织的茂生，

一两夜中以淫荡的生长嘲笑，

渐趋狂野。所以，你现在商量，

或是听从第一思想呈给我心的。

让我们分开我们的勤作——

你去到选择引导你去，

或是最需要你去的地方，

不论把忍冬花绕在花亭的四周，

或是指引合抱着的茑萝爬到

什么地方去；同时我在那边混合着

番石榴的蔷薇的繁茂中找寻什么要重整，

直到中午。因为，当我们这样整天大家

这么靠近地选取我们的工作时，

无怪这么地靠近眼色和微笑插涉进来，

或是新的事物引出偶然的谈话，

这间断我们一天的工作，

结果微小，虽然开手得早，

晚餐的时辰不劳而获地来临！"

亚当这样地回给她和蔼的回答：

"唯一的夏娃，唯一的伴侣，

对于我无比地超出一切的可爱的生物！

你提议得很好，你的思想运用得很好，

我们怎样可以最佳地完成上帝派给我们

在这里的工作，也不会不受到我的赞词；

因为没有更可爱的事情在女人里可以

被找到比起研究家事的良善，

和鼓舞她的丈夫做良善的工作。

但是我们的主不曾这样严厉地委派工作

以致阻碍我们当我们需要休息时，

他不久找到他熟睡着，自己盘绕在许多圈的迷宫里。

不论食物，或是中间的谈话，
或是眼色和微笑的甜蜜的交换，
心的食物；因为微笑流自理性，
畜生没有的，并且是爱的粮食；
爱，不是人生的最低的目的。
因为他创造我们不是倦于劳苦，
却是乐于劳苦，而快乐和理性相连。
这些小径和花亭无疑地只有我们的
联合的手能容易地使它们不致荒野，
我们走时需要怎样阔便怎样阔，
直到年幼的手不久帮助我们。
但是，倘若太多的谈话或许使你过饱，
我能允许短促的离别；
因为孤独有时是最佳的交际，
短促的退闲催促甜蜜的归还。
但是其他的疑惑占据我，
怕伤害会临在从我离开的你的身上，
因为你知道我们被警告什么——
什么恶意的敌人，妒忌着我们的幸福，
绝望着他自己的幸福，
设法用阴险的袭击带给我们忧愁和耻辱，
并且无疑地在近在手边的什么地方守望
怀着找寻他的愿望和机会的贪婪的希望，
分离我们，因为没有希望可以欺骗
联合的我们，那时在需要时能够
互相假借迅速的援助；
不论他的第一个计划是要使我们的
忠义从上帝退去，
或是扰乱我们的夫妇之爱——
我们享受的幸福没有比这个更引起

他的妒恨——或是这个，或是更恶的，
不要离开给予你生命的，并且仍旧
庇荫你和保护你的忠实人的身边。
当危险或是不名誉潜伏的时候，妻子
留在她的丈夫旁边是最安全和最适当，他
保护她，或是和她同受最不幸的事情。”
　　夏娃的处女的庄严，好像一个热爱
着却是遇到一些不亲切的人，
带着甜蜜的沉挚的安定这样地回答他：

　　“天和地之子，和全地球的主！
由于你的告知，并且从将别离时的
天使窃闻，当我刚在晚花闭时回来，
站在后面的多荫的一隅中时，
我知道我们有这样的一个敌人，
他设计我们的灭亡。但是你会因此
疑惑我的对于上帝和你的坚心，
因为我们有一个敌人诱惑它，
我想不到会听到。他的强暴你不怕，
像我们这样不会死也不会痛苦的人，
我们或是能够不接受他的强暴，
或是能够拒退它，那么，
你的惧怕是他的诡诈；
那显然地推测你的同样的惧怕，
就是我的坚稳的信心和爱能够被他的
诡诈所摇动和引诱：
多么深地藏在你胸中的思想，亚当！
错想了对你这么亲爱的她？”

　　亚当用安慰的言语对她这样回答：
　　“神和人的女儿，不朽的夏娃！
因为你是这样，完全没有罪和污点，

我阻止你离开我的眼睛不是不信你，
却是要避开那诱惑本身，
我们的敌人所设计的。
因为虽然徒然地诱惑的他至少用
卑贱的不名誉玷污那被诱惑者，
被当作不是不会破坏信心，
并且不能抵拒诱惑。你自己也会带着
讥嘲和愤怒恶恨那奉上的伤害，
虽然被找到无效；所以，不要误断，
倘若我努力把这种的伤害从你一人身上
移开，那敌人，虽然大胆，
绝不敢同时加诸我们两人；
或是敢呢，那攻击将要最先临到我。
你也不要轻侮他的恶意和虚伪，
能够引诱天使的他一定是狡猾，
也不要无益地向往人家的援助。
我从你的容颜的
势力得到每种美德的窥进——
在你眼前，倘若需要外面的力量时，
变成更聪明，更谨慎，更坚强；
同时，你在旁边观望着羞耻，
被克服或是被超越的羞耻，会举起极度
的魄力，被举起时便联合起来。
当我在时为什么你心中不感到
同样的感觉，而同我选取你的试探，
被试探的美德的最好的证明？"

　　融和的亚当在他的关心和妻爱里
这样地说；但是夏娃，她较少地想到
关于她的诚恳的信心的事情，
这样用甜蜜的音调重又说出她的回答：

　　"倘若这是我们的情形，
这样地居住在被一个狡猾的
或是强暴的敌人所围困的狭境里，
不论在何处遇到，
我们单独地没有被赋给同样的防御，
仍旧怕伤害的我们怎么是幸福的呢？
但是伤害不在罪之前：
只是我们的敌人在引诱时把他的对于
我们的诚实的卑贱的尊敬准向我们；
他的卑贱的尊敬
不把不名誉玷污我们的面部，
却是卑贱地转回到他自己身上；
那么为什么为我们所躲避或是惧怕？
他却从他的被证明虚伪的臆测
获得双重的荣誉；
从那结果里找到内心的和平，
我们的证人天的恩宠？
不单独地被试探的，不用外助
而支持的信心，爱和美德是什么！
所以让我们不要怀疑
我们的幸福的情境，聪明的造物主
会留下这样地不完美以至对于
单独或是两人是不安全的。
倘若是这样，我们的幸福是危殆的，
伊甸不是伊甸，这么地被暴露着。"

　　亚当热烈地对她这样地回答道：
"哦，女人，万物是至善，如上帝的意旨
吩咐他们的；他的创造的手不让一切
他创造的不完美或是有缺陷——
人，或是能保全他的幸福

的情境的任何什么更不是这样，
保全他没有外来的暴力。
危险是在，还是在他的权力里；
背违他的意志他不能受到伤害。
但是上帝让意志自由；
因为服从理性的是自由的；
而他把理性造得正直，
但是命令她好好地留心，
并且仍旧挺直，恐怕，被什么
外貌美丽的善所袭击，她显出虚伪，
并且误教意志做上帝明显地禁止的
事情，所以不是不信，
却是温柔的爱吩咐我适当地要看护你；
你看护我。
我们坚稳地固存，但是也可以迷离，
因为理性不是不可能地能够遇到
敌人唆使的什么似是而非的事物，
并且不知不觉地坠入于诈伪，
不守着如她被警戒的最严正的谨慎。
所以，不要追寻诱惑，避去它是更好，
并且一定会避去，倘若你不离开我；
试探会不被追求地来。倘若你要证明
你的忠实，先证明你的服从；
另外的谁能知道，不看见你被诱惑，
谁能证明？
但是，倘若你想不被追求的试探会找到
我们更安全比起这样被警戒的显出的，
去；因为你的不自由的留住使你更不安。
在你的本来的天真里去；
依靠你在美德里所有的什么；

把一切聚集起来；因为上帝对你
尽了他的责任；尽你的。"

　　人类的父亲这样地说；
但是夏娃坚持着；但是服从地，
虽然最后地，答道：
　　"那么，以你的准允，
并且这样地先被警告，主要地被你自己
的最后的推理仅仅触到的，
就是我们的试探，当最不被追求时，
或许会找到我们两人最不防备，
我更愿意地去，也不十分盼望一个
这么骄傲的敌人会先追求那较弱者；
这样地想着，他的失败更使他羞辱。"

　　这么说着，她把她的手轻轻地从
她的丈夫的手退开，并且，
像一个山林女神，亚丽特或是屈丽特，
或是黛丽亚的一行，一样地轻，
她走向森林去，但是在步态和
女神般的举动里超过黛丽亚，
虽然不像她那样武装着弓和箭袋，
但是带着仍还粗糙的艺术不用火形成的，
或是天使们带来的园艺工具。
这么地装饰着她最像
潘尔丝或是波麻娜——
当她逃避浮多纳思时的波麻娜——
或是在她的青春时的雪莱丝，
从虬夫逃走的还是处女的泼洛瘦比娜。
他的眼睛以热情的神色欢喜地望她，
但是更渴望着她的留在。
他屡次对她申说赶快归来的嘱咐；

她也对他屡次约定在正午时分回到
花亭里，并且排列得最整齐的东西
邀引正午的饮食，或是下午的休息。
哦，不幸的夏娃，十分地被欺，
十分地失误你的假想的归来！惨事！
从那个时辰你在乐园里绝不找到
甜蜜的饮食或是健全的休息；
隐藏在甜蜜的花木和树荫中的这种
的埋伏带着迫急的地狱的恶恨等候
在那里截住你的去路，或是掠夺了你的
天真，信心和幸福把你送回。
因为现今，并且从黎明的初晓，
形状简直像蛇的恶魔走出来了，
并且搜寻什么地方他能够找到唯一的
两个人类，但是全人类在他们的里面，
他的瞩目的掠物。
他在花亭和田野里搜寻，那里有任何的
小林或是庭园更愉快地偃卧，
为了欢喜的他们的护养和培植；
他搜寻他们两人在泉边或是深荫的溪边，
但是愿望他的命运会找到夏娃独在；
他愿望，但是不怀着这么难能地碰巧的
事情的希望，当时巧合他的愿望，
超出他的希望之外，他窥见夏娃单独
一人，遮隐在一阵香雾里，站在那边，
一半隐现，蔷薇这么丛密地围在她四周
羞红着，屡屡地弯着身去撑住每枝嫩茎
的花，花的头，虽然辉煌着红色，
紫色，青色，或是斑驳着金色，
不被撑住地下垂。

她轻柔地用番石榴纽支持，
暂时地忘却她自己，虽然最美丽的
不被扶助的花，这么远地离开她的
最好的扶助，而这么近地靠到风暴。
他走得更近，并且经过许多的杉树，
松树，或是棕榈的最高的拱荫的小径，
然后轻快而且大胆，时而隐没，
时而出现，在夏娃手植的密编在
两岸的花亭和花卉中间：
更美妙的地点比起假造的，或是复活的
阿唐桌司的，或是老雷旦司的儿子的
主人著名的阿尔雪娜的那些花园，
或是那贤明的王帝在那里和他的
美丽的埃及妃子嬉戏的不是神话的
花园，他十分地赞羡那地方，
那人他更赞羡。好像长久局居于
房屋邻比，污气触鼻的繁众的城市里
的一个人在夏天的早晨出去，在连接的
愉快的村庄和田地中间呼吸空气，
从每个遇到的事情受到欢欣，
禾谷，或是干草，或是牝牛，
或是农场的芳香，每种乡村的景象，
每种乡村的声音；倘若碰到美丽的
少女以仙女般的脚步经过，
似乎使人欢喜的，现今在她更使人欢喜；
她最使人欢喜，因为一切的欢欣综合
在她的姿容里：那蛇以这种的愉快
观望这座花床，这么早，这么孤零的
夏娃的甜蜜的闲居；她的上天的，
天使的，但是更柔软和女性的形态，

他走得更近，并且经过许多的杉树，松树，或是棕榈的最高的拱荫的小径。

她的优雅的天真，她的每个姿势或是
至微的举动的神气，威服他的恶意，
并且以甜蜜的劫掠夺去由凶恶的目的
带来的他的凶恶。那个时候那恶魔
站在那里消灭了他自己的恶，
并且暂时保持愚蠢地良善，
解除了敌意，欺诈，憎恨，妒羡，复仇。
但是在他里面永远地燃烧的炙热的地狱，
虽然是在半空里，不久终结他的欢欣，
并且现在愈使他痛苦，
当他愈看到不是为他造的快乐：
然后他不久重集起凶烈的憎恨，
和一切他的危害的念头，这样祝贺着喊：
　　"思想呀，你们把我带到了
什么地方？这样他迷惑着什么甜蜜的
压迫以致忘却什么带我到这里来？
恨，不是爱，
也不是以乐园代替地狱的希望，
在这里尝试快乐的希望，而是破坏一切
的快乐，除了在破坏时的快乐；
其他的快乐在我是失去了。
那么，不要让我放过现今微笑的机会：
看那妇人独自一个，适宜于一切的诱惑；
她的丈夫不在近边，
因为我远远向四边瞭望，
我更躲避他的更高的智力，力量，
傲岸的勇气，造得像英雄般的四肢，
虽然是泥型；不是不恐怖的敌人！
我不是可以免除伤害的；
地狱把我低降得，

痛苦使我软弱得这么地甚，
比起我以前在天上时。
她美丽，神圣地美丽，和神相配的爱！
不可怖，虽然恐怖在爱和美里，不能
被更强烈的恨走近，在假装得很好的
爱的外表底下的更强烈的恨，现今我要
从事于铺设引导她到灭亡去的路。"
　　藏在蛇里的人类的敌人，
恶的住宿者，这样说，并且向着
夏娃走他的路：不像以后那样的，
伏在地上，用凹形的波迴，
却是用他的后部，一涡卷一涡卷地上升
着的圆的盘，一个汹涌着的迷宫，
他的头高高顶起，他的眼睛像红宝石；
绿金的光辉的头颈，直竖在他的盘旋的
涡卷中间，冗长地在草上游动。
他的形状是悦目和可爱；
自有蛇来没有再可爱的——
不是在依莱利亚改变欧米昂和喀玛司，
或是埃毕大勒司地方的神的；
也不是阿莫尼亚的虬夫被变成，
或是喀毕多琳被看到那样的，
前者被看见和夏令比司在一起，
后者被看见和生出罗马的
光荣雪比我的她在一起。
最初用斜的路程，
好像一个设法要进去而怕妨碍的人，
他斜横地进他的路程。好像一只船，
由于老练的舟子靠近江口或是海岬，
那里风时常地转向，船也一样时常地

转舵，并且转变她的帆，他这样地
变换方向，并且在夏娃眼前使他的
苦累的尾巴卷出许多的淫荡的旋绕，
以眩惑她的眼睛；
忙着的她听到树叶蟋蟀着的声响，
但是不放在心上，因为习惯于穿过田野
时在她前面的每头野兽的这种嬉戏，
它们更听从她的呼唤比起
瘦西亚人呼唤假扮的畜类。
他，现今更大胆了，不被叫唤地站在
她面前，但是好像在惊羡着注视。
他屡次低下他的小塔般的头
和光泽的珐琅的颈，谄媚着，
并且吸吮她踏过的土地。
他的温柔的哑默的表情终于使
夏娃的眼睛转过来注视他的嬉戏；
他，自喜得到了她的注意，以器官
的蛇舌，或是发声的空气的冲动，
这样开始他的欺诈的诱惑：

　　　"不用惊奇，至尊的主妇（倘若唯一
的惊奇的你也许能够），
更不要把你的颜容，柔和的天国，
武装着轻蔑不欢喜我这样地走近你，
并且不能餍足地注视你，
我这样地一人，也不怕你的可畏的眉额，
这样闲暇着是更可畏。
你的美丽的造物主的最美丽的类似，
一切的生物，一切赐给你的生物
注视你，并且崇拜你的上天的美，
带着狂喜观望——

普遍地被钦羡的地方，观望起来最好。
但是这里，在这荒野的圈园里，
在这些野兽中间，粗鲁的观望者，
并且肤浅地看到你里面的一半的美丽，
除了一人（一人有什么？）谁看到你，
你应该被看作诸神中间的女神，
被无数的天使，你每日的从者，
崇拜和侍奉？"

　　　那诱惑者这样地献媚，
并且弹出他的序曲。他的言语打进
夏娃的心坎，虽然听到那声音十分地
惊讶着；最后，不是不惊愕的，
她这样地回答说道：

　　　"这个可以是什么意思呢？
用野兽之舌宣说的人的语言，
并且表现人类的意识？
我想这两者的前者至少是野兽所无的，
上帝在它们的创造日把它们
造得没有一切说话的声音；后者我疑惑，
因为许多的理性时常地显出
在它们的容貌和它们的举动里。
你蛇呀，我知道的一切田野的最狡猾的
畜生，但是不被赋给人类的声音；
那么，重复这个奇迹，并且说，
哑默的你怎么会说话，
并且对于我怎么会变成这么的友善，
超过每天看到的畜类的余者：说呀，
因为这种的神奇要求适当的注意。"

　　　狡猾的诱惑者这样地向她回答：
"这个美丽的世界的王后，光辉的夏娃！

说出你所命令的一切在我是容易的，

并且你应该要被服从是应当的。

起初我是像吃食被踏过的草的其他的

畜类一样，有低贱的思想，如同我的

食物除了食物或是任何的什么不能辨认，

并且不能悟解高深的事情：

直到，一天，彷徨着田野，

我偶然看到在极远处有株良树，

载有混着最美的颜色的果实，

微红和金色：我走得近些看；

那时从树枝一阵芳香吹下，使食欲愉快，

更使我的感觉欢喜比起最甘蜜的

茴香的芳芬，或是夕暮时牝羊或是山羊

的滴着乳汁的乳头，还没有被耽于嬉戏

的小羊吮过，满足我的去尝

那些美丽的苹果的尖锐的欲望，

我决定不再延迟；

饥饿和口渴，有力的劝诱者，

嗅到了那诱人的果实的香气被鼓动，

立刻这么锐利地催迫我。

我不久这样地把我自己

盘绕那生苔的树干；因为，高离地上，

树枝会需要你的，或亚当的极限的伸展：

一切其他的畜类在树的四周都看到那个，

站在那边怀着同样的欲望想念着

和羡妒着，但是不能达到。

现在到了树的中间，许多挂在那里

这么近地引诱着，

我不放过去摘和吃个大饱：

因为直到那时我在草上或是泉边

从不曾找到过这种的愉快。

终于饱了，我不久便会觉到

我心里的奇异的变化，

变到在我内心的力量里的理性的程度，

并且言语不会长久地没有，

虽然保持这个形状。

此后我把我的思想转向高深的兽思，

并且用广阔的心思量在天上，

或是地上，或是中间的可见的万物，

一切美而且善的事物。

但是一切美和善的事物我看到

联合在你的神圣的类似，

和你的美的上天的光芒里——

不美丽得能和你的相等或是相比；

这个逼我这样地，虽然或许不合时宜，

来熟视，并且崇拜由于权利被称作

生物的至尊者，宇宙的女王的你！"

　　那有精灵的狡猾的蛇这样地说；

更吃惊的夏娃疏忽地这样回答：

　　"蛇呀，你的过分的赞美使在你

里面最初地证明的那果实的力量可疑。

但是说，那树生长在哪里？

离这里多远？因为在乐园里生长的

上帝之树是众多而且复杂，

在我们还不知道；

我们的选择是在这样的丰饶中，

以致让果实的更多的储藏不动，

仍旧不腐烂地悬着，

直到人们繁殖起来去取地们的粮食，

并且更多的手帮助去卸下自然的生产。"

狡猾的毒蛇快乐而且欢喜地向她说：

"王后，路是预备好了，并且不长——
在一列番石榴的彼方，在一片平地上，
紧靠泉畔，在盛开的没药和香膏过去的
一座小林；你若接受我的引导，
我立时带你到那边。"

"那么领路吧，"夏娃说。
他，领导着，迅速地在缠结中滚，
并且使曲的看来像直的，急于做祸害。
希望高举，快乐光辉，他的头；
好像黑夜凝结的，寒冷围住的油汽结成的
一个鬼火由于摇动燃成一支火焰
（他们说一些恶鬼常常地附在上面），
舞动着和燃亮着幻光，把吃惊的夜的
彷徨者从他的正路误导到沼泽和泥泞，
并且时常地通过池浜，
在那里给吞没而失却，远离援救：
那可怖的蛇这样地闪亮并且把我们
可信的母亲夏娃引进欺骗，
到那禁树去，一切我们的悲苦的根；
当她看到那树时，
她这样对她的引导者说：

"蛇呀，我们可不用来到这里，
于我无益，虽然这里果实多到过分，
它的力量的有无靠托你——
倘若是这种的效用的缘由，真的神奇：
但这树我们不能吃也不能动；
上帝这样地命令，
并把那命令留作他的声音的独女：
其余的，我们依照自己的法律生活；

我们的理性是我们的法律。"

诱惑者狡猾地对她这样回答道：
"真的！那么上帝说过你们将不能吃
一切这些园树的果实，却是被宣称
一切在地上或是空中的万物之主？"

还是无罪的夏娃对他这样说：
"我们可以吃花园里每株树的果实；
但是这棵美丽的树的果实，
在花园的中央的，上帝说过，
'你们将不能吃它，
也将不能触动它，恐怕你们会死。'"

她还没有说完，虽然简短，
现在更大胆的，但是带着对于人的热忱
的爱，和对于人的伤害的愤慨的样子的
诱惑者装上新的扮演，
并且，好像激动了热情，心绪纷乱，
却是优美地，意气高扬，
好像要开始一些伟大的事情。
好像昔时在雄辩流行，从此沉默的
雅典或是自由的罗马的著名的雄辩家，
开始要演说什么重要题目，
聚精会神地立着，同时每个部分，
每个姿势，每个举动，魅惑听众，
在舌头还未热烈地开始前，好像没有
序言的耽搁能挡住由于他对正道的
热忱：这么站着，动着，或是挺长，
全给感情冲动的诱惑者这样开始说：
"哦，神圣的，聪明的，
给予智慧的树木，科学的母亲！
现在我在心里清晰地感到的力量，

不单辨明万物的原因，并且追索

最高者的行动，不论被称作怎样聪明。

这个宇宙的女王！

不要相信那些死的严酷的胁迫；

你们不会死。你们怎样会死？

由于那果实？它给你生命知道；

由于那胁迫者？看我，动过和吃过的我，

还都活着，并且得到了比命运

意思要给我的更完美的生命，

由于冒险看比我的命运更高的。

对于畜生是公开的对人要关闭吗？

或是上帝为了这么些小的犯罪会撩拨

他的怒火，倒不嘉奖你的无畏的美德，

死的痛苦，不论死是什么东西，

已威吓过他，不延迟去达到那能引到

更幸福的生命，善和恶的知识，

去的东西？对于善，多么应当？

对于恶——恶的东西若是真实的，

为什么不被知道，

既然可以更容易地避开？

所以，上帝不能加害你，并且会公正；

不公正，不是上帝；那么不要被惧怕，

也不要被服从：你的死的惧怕移去

那惧怕。那么，这个为什么要被禁止？

为什么，仅要威吓？为什么，

仅要使你们，他的崇拜者，

低卑而且无知？他知道在你吃的那一天，

看来似乎这么明晰的，却是晦暗的，

你们的眼睛将要立时完全地张开

而且清晰，并且你们将要像神一样，

知道善和恶，如他们知道的。

既然我像人，内心的人，

你们应该像神只是适当的比例；

畜生的我像人；人类的你们，像神。

所以你们或许会死，由于脱去人性，

戴上神性——被愿望的，虽然威胁的死，

它能带来不能比这个更坏！

况且神是什么，以致人不能变成像

他们一样，同吃神般的食物？

诸神是最初，并且万物从他们产生，

这个便宜占据在我们的信仰上；我怀疑

这个；因为我看到这个美丽的地球，

被太阳温暖着，产生万物；

他们什么没有。倘若他们是万物，

谁把善和恶的知识藏在这株树里，

不论谁从那里吃了，便会不用他们的

准许而得到智慧？

人能这样地得到知识，罪又在哪里？

倘若一切是他的，你们的知识，

或是这株树违背他的意志给予的，

能够加害他什么？或是这是妒忌？

而妒忌能够居留在天人的胸膛里吗？

这些，这些，和许多更多的原因

指示你的需要这个美丽的果实。

那么，人的女神，伸手，随意吃吧。"

　　他终止了；他的言语，充满着恶，

太容易地打入她的心坎：她凝视那果实，

只要看它便能诱人，她的耳朵还震响着

含有使她相信的理性和含有真理的他的

婉转的言语。同时正午时分渐近，

并且唤醒一种急切的食欲，
被果实的这么地芳芬的香气所引起，
那香气用现在变得要去动或是
去吃的欲望诱惑她的渴望着的眼睛；
但是起先，停顿了一刻，
她这样对她自己深思：

"你的力量无疑地是伟大，
至善的果实，虽然不给人所有，但是
值得被钦羡，你的被禁止了太长久的
滋味在第一个试验时把说话给予哑默的，
并且教不是造来说话的舌头说出
你的赞词。禁止你的使用的他不把你的
赞词瞒去我们，称你作知识的树，
善和恶的知识；然后禁止我们吃；
但是他的禁止更推举你，
当它隐示由你传达的善，和我们的需要；
因为不被知道的善当然是没有，或是，
有了而不被知道，等于完全没有。
那么明显地说，除了禁止我们知，
禁止我们善，禁止我们聪明，
他禁止什么？这种的禁止不能约束。
但是，倘若死以日后的带束缚我们，
那么我们内心的自由有什么利益？
在我们吃这个美丽的果实的一日，
我们的责罚是，我们将要死！
蛇怎么不死？
他吃了，而生存，而知道，而说话，
而推理，而明察，直到那时没有理性。
死是仅仅为了我们而发明的？
或是这种智的食物不给予我们，

保留给畜生？它似乎是为畜生的；
但是最初尝到的那头畜生不妒恨，
却是欢喜地带来临在他身上的善，
不用怀疑的报告者，对于人友善，
远不是欺骗或是诡诈。
那么，我怕什么？倒是，在这善或是恶，
神或是死，法律或是刑罚的无知底下，
知道要惧怕什么？
这里生出一切的医治，看来美丽，
引人尝试的这个神圣的果子，
使美德聪明。那么，什么阻止伸手，
和同时倭养身心！"

这么说着，她的粗鲁的手在恶
时辰里向那果实伸去，她摘了，
她吃了；地球感到那伤痕，
并且自然从她的座位，
通过她的一切的事物叹息着，
显出一切是失去了的悲哀的表征。
犯罪的蛇退到小林，并且很可以，
因为现在全神贯注于她的吃食的夏娃
看不到其他的什么；似乎直到那时像
这种的欢欣在果实里她从来没有尝到过，
不论是真实的，或是由于知识的至高的
期盼被幻想这样的，神性也不离开她的
思她没有约束地贪婪地吞食，
而不知道在吃着死。终于饱了，
并且好像吃酒一样地兴高采烈，
欢乐并且快活，
她怡悦地这样对她自己开始说道：

"哦，乐园里一切的树的至尊的，

犯罪的蛇退到小林。

贞洁的宝贵的！赋有智慧的作用，
直到如今无知无名，并且你的美的
果实让挂着，好像没有目的地被造成！
但是此后每晨我的不是没有歌唱和
适当的赞辞的清早的关心将要护养你，
并且减轻你的满枝的丰饶的重负，
大量地供献给大家的；直到，吃了你，
我在知识里变得成熟，
如同知道一切的上帝。
虽然其他的树妒恨它们不能赐予的——
因为，倘若赐物是它们的，
不会这里这样生长！
其次我负你的是经验，最好的导者
不跟从你，我永远留在无知里面了；
你打开智慧的路，并且给予入口，
虽然她秘密地退休。我或许是秘密：
天高——高而且远，
从那里分明地看到地上的每个事物；
并且其他的关心或许会使四周安全地
有间谍的我们的伟大的禁止者
从不断的眺望分心。
但是我要用什么样子去见亚当？
我要使他知道我的至今的变化，
并且给他和我分享十分的幸福，
或者不要，却是把知识的优越保留在
我的权力里没有同享者？
这样增加女性里缺少的，更引起他的爱，
并且使我更平等，或许——
一件不是不可喜的事情——
有时优胜；因为，低劣，谁是自由？

这可以是很好；但是倘若上帝看到，
死跟来，将怎样呢？那时我完了；娶了
另一个夏娃的亚当将享乐着和她生活，
我消灭！想一个死！所以我坚决地
决定亚当要和我同享祸福。
我这样亲切地爱他以致和他在一起
一切的死我能忍受，没有他没有生命。"

　　这么说着，她从那树转回她的脚步，
但是先致了谦卑的敬意，好像向居住
在里面的权力，它的存在把从琼浆，
神的饮料，取出的知识的液汁灌进了
那树木。同时等待着希望她回来的亚当
用最精选的花编好了一个花圈，以装饰
她的发辫，和加冠她的田野的勤作，
好像刈获者惯于常常加冠他们的
收获的王后。在她延迟得这么的长久的
回来里他属望有大的快活和新的安慰；
但是他的心，预感到恶兆，
屡次地使他疑惧。
他感到胸中纷乱，便走出去会她，
他们初次离别的那个早晨她去的道路；
知识之树旁他一定经过；那里他遇到
她，还没有十分地从那树回来；
在她手里一枝最美丽的果实，
带着细毛地微笑，新采的，
和散放仙香。她急忙向他走去；
在她脸上辩解来作序言，
并且提引谢罪，
她随意所欲地用温柔的言语这样说：
　　"亚当，你不奇讶我的迟留吗？

我缺少了你，并且觉得长久，
没有你在——直到现在没有感到过的，
也不要第二次再有的爱情的痛苦；
因为我绝不愿再去尝试
从你的眼前离开的苦痛，
我追求了什么未曾试过的粗鲁。
但是那原因是奇异，并且听来神妙：
这棵树不是，如我们被告知的，
一株吃了危险的树，
也不开着到不知道的恶去的路，
却有打开眼睛的神圣的效用，
并用使谁吃的变作神；
并且被吃过是这样。
聪明的，或是不像我们这样拘束的，
或是不服从的蛇吃过了那果实，
并且不像我们被威吓的那样地死去，
却是此后赋有了人类的声音和
人类的意识，说理说到可羡的地步，
并且这么婉转地劝诱我，以致我也吃了，
并且也找到了相同的效用——
不久前晦暗的眼睛更张开，精神扩大，
心地宽容，渐渐变成神道；
我尤其为你追寻这个，没有你能够轻蔑。
因为你在里面有一份的幸福
在我是幸福；你没有份，厌倦，
并且不久可憎。所以，你也吃，
平等的命运才可以联合我们，
平等的快活，像平等的爱情；
怕，你若不吃，差异的程度离开我们，
并且那时我再为你弃掉神性已是太迟，

命运不肯准许。"

　　这样夏娃，用愉悦的颜容，
说出她的故事；但是不安在她的面颊上
羞红。在另一面，亚当，当他听到夏娃
所做的致命的犯罪时，惊愕地，
昏晕地，落瞻地站着，同时冷战
通过他的筋络，一切他的骨节松懈。
为夏娃编的花圈从他的松弛的手落下，
并且一切的谢了的蔷薇飘散。
他无言而且苍白地站着，直到他终于
这样地向他自己打破内心的沉默：
　　"哦，造物的最美丽的，
一切上帝的造物的最后和最善的，
在里面超越对于眼睛或是思想能够
形成的不论什么的造物，神圣的，
良善的，和蔼的，或是甜蜜的！
怎样你是堕落了！怎样突然间堕落，
玷污，花般零落，并且现在虔敬死！
倒是，你怎么肯违犯那严正的禁令，
怎么肯亵渎那神圣的禁果？
还没有被知道的敌人的什么该诅咒的
诡计欺骗了你，并且把我和你一同灭亡；
因为我的决定当然是和你同死。
我怎么能没有你而生存？
怎么能丢掉你的甜蜜的谈话
和这么亲爱地连起来的爱情，
而再在这些孤寂的荒野的树林里生活？
就是上帝创造另一个夏娃，
我供给另一根肋骨，
但是你的死绝不会从我的心离开。

不，不！我觉到自然的连锁在把我拖：
你是我的肉的肉，我的骨的骨，
并且我的境况绝不从你的境况离开，
幸福或灾祸。"

　　这么说了，犹如从忧郁的惊愕重新
被安慰了的一个人，并且，在纷乱的
思想后，屈服于似乎没有补救的事情，
他这样以宁静的心态向夏娃说他的话：

　　"冒险的夏娃，你做了大胆的行为，
并且引起了极大的危难，你这样地胆敢
在动也不能动它的禁令底下去吃那
神圣的，神圣到要节制的果实，
以前只是对于眼睛引人，
更不能去吃的。但是谁能挽回过去，
或是取消已做的行为？万能的上帝不能，
命运也不能！但是这样你或许不会死；
或许或实现在不是这地可憎——
在我们尝试之前，先被蛇亵渎过的，
先被他作得粗俗和不敬的先已尝过的
果实也还没有被找到对于他致命；
他还活着——活着，如你所说的，
并且渐渐像人一样要活更高程度的生命：
对于我们强烈的诱惑，因为吃了或许
达到比例的向高；那只能使我们做神，
天使，或是半神。我也想不出上帝，
聪明的创造者，虽然威吓着，
真的会这样灭亡我们，他的主要的造物，
被尊敬得这么高，被置在万物之上；
在我们坠落时，为我们造的并被造得
依附我们的万物定得和我们同灭。

这样上帝将要破坏，废弛，创造，打消，
终于徒劳——上帝不见得会这样；
他，虽然他的权力能够重复创造，
但是会不愿毁灭我们，恐怕敌人夸口
并且说：'上帝最宠爱的他们的境遇
是易变的；谁能长久使他欢心？
他最初灭亡我，现在要灭亡人；
以后他再要灭亡谁？'嘲笑的资料，
不能给予敌人。
虽然，我已把我的命运和你固定，
当然忍受同样的责罚，
倘若死和你做伴，死在我是像生一样；
我在心里这么强烈地感到自然的束缚
牵引我到我自己的；你里面的我自己的
东西；因为你是我的。
我们的境遇不能分；我们是一个，
一肉；失去你是失去我自己。"

　　亚当这么说；夏娃便这样向他回答：
"哦，优越的爱的光荣的试验，
光辉的证明，崇高的榜样！诱我竞争；
但是，缺少你的完美，我将怎么达到，
亚当？我夸矜我从你的肋腹生出，
并欢喜地听你说我们的合一，两人
一心，一魂；这一天给予良好的证据，
你坚决地申说，不愿死，
或是比死更可怖的任何什么，
分离结合在这么亲热的爱情中的我们，
宁愿和我同受一笞，一罪，
倘若有的话，为的吃了这美丽的果实；
它的力量（因为善仍旧从善生出，

直接地或是偶然地）呈现你的爱的
这个幸福的试验，不然绝不会这样
明显地被知道。即使我想威吓的死
会在我的这个企图之后随来，
我也要单独担当那最坏的，
而不来劝诱你——宁可孤零地死去，
不愿以一个于你的安宁有妨害的
事实逼迫你，尤其是最近明显地确信了
你的这么真实的，这么忠诚的，
无比的爱。
但是我远不相同的感到那结果——
不是死，却是增加的生命，
张开的眼睛，新的希望，新的快活，
这么神圣的滋味，以致从前触过我的
感觉的甘蜜和这个比时似乎平淡而且
粗鲁。基于我的经验，
亚当，任意吃吗，死的恐惧让风吹去。”
　　这么说着时，她拥抱他，
并且为了快活娇柔地啜泣，十分地感动，
因为他这么的使他的爱高贵，
以致自愿地为了她的缘故招致神的不悦，
或是死。报答他（因为这样不良的同意
最合宜地得到这样的报答），她不惜从
树枝把那美丽的引诱的果实给予他。
他不犹豫地吃，违背他的更佳的知识，
不是被欺骗，
却是沉溺地被女性的魅惑胜过了。
地球好像在第二次的剧痛里从她的
内脏震动，并且自然发出一个
第二次的呻吟，天空昏暗，雷声轰轰，

看到原始的死罪的完成时落了几滴悲泪；
伺时亚当不假思索，尽量地吃着，
夏娃也不累赘她从前惧怕的犯罪，
愈加用她的可爱的亲热安慰他；
以致现在，好像两人都被新酒沉醉着，
他们欢乐地游泳，并且幻想他们觉到
神性在他们里面生着用以嘲笑
地球的翅膀：但是那个虚伪的果实
最初表现远不同的作用，煽旺着肉欲；
他开始用淫逸的眼睛看夏娃；
她一样淫荡地回顾他；
他们在淫欲里燃烧，
直到亚当这样开始打动夏娃作狎侮：
　　“夏娃，现在我看到你是嗜好
精确——见识也不小；
因为我们把滋味应用到每个意义，
并且把美味叫作贤明。那赞美我让给你，
这一天你这么佳妙地觅得。
当我们节制不吃这个可喜的果实时，
我们失去了许多的愉快，
直到现在也不知道真正的吃的滋味。
倘若这种的愉快列在对于我们禁止的事
物里，宁愿十棵树被禁止以代这一棵树。
但是来吧；这么佳地休息了，
现在让我们游戏，如适当的，
在这么精妙的饮食之后；
因为自我第一次看到和娶了装饰着
一切完美的你的那天以来，你的美
从不这么的以热情煽动我去享受你，
现今比以前更美丽——

这棵灵树的恩赐！"

　　他这么地说，并且抑不住淫逸的瞥视
和嬉戏，夏娃十分会悟，她的眼睛射出
传染的火。他捉住了她的手，
把完全愿意的她引导到多荫的岸边，
上面密蔽着碧绿的屋顶；花是床褥，
三色堇，紫罗兰，日光兰，玉簪花——
地球的最新鲜，最柔软的大腿。
在那边他们尽量地取饮爱和爱的游戏，
他们共同的过错之封印，他们的罪恶
的安慰，直到露湿的睡眠压迫他们，
疲于他们的淫戏。
以助兴而且滋润的雾气在他们精神的
四周游戏，并且使最奥妙的力量错误的
那虚伪的果实的效能现今消失了后，
和从不自然的毒气生出的，
困累着有意识的梦的更沉重的睡眠
现今离开了他们后，
他们立时好像从不安起身，并且，
相对望着，不久找到他们的眼睛
怎样地张开，他们的心地怎样地黑暗，
天真，以前好像一条面纱般地遮蔽
他们使不知道恶的，没有了；
公正的信任，生来的廉正和名誉，
从他们的四周，赤裸地留给犯罪的耻辱：
他遮蔽，但是他的衣服愈加暴露，
强壮的丹那脱人，海苟尔司似的撒孙，
也像这样地从非力司丁的淫妇
黛丽拉的大腿上起来，
并且醒来失去了他的力气；

他们给剥尽了所有他们的美德。
沉默，并且面容困扰，
他们坐了长久，好像呆住了；
直到亚当，虽然羞惭不亚于
夏娃，终于说出了这些嗫嚅的言语：
　　"哦，夏娃，在恶时辰里你听聆那
虚伪的虫，不知被谁教会冒充人的
声音——我们的堕落是真的，
我们的约许的向高是假的；
自我们的眼睛张开后，我们真的找到，
并且找到我们知道善和恶，失去的善和
得到的恶：知识的不良的结果，倘若
这个是要知道，它使我们这样赤裸着，
没有廉耻，没有天真，
没有信心，没有纯洁，
现今给玷污了的我们惯有的装饰；
我们面上明显地有不净的淫欲的表征；
在那里藏有恶，即使耻辱，
恶的最后者，要知道那时是最初者。
我以后怎样去见上帝或是天使的面，
不久前带着欢乐和狂喜这么常常地
看到的？那些上天的形状现在要用
他们的忍受不住地光辉的光
照眩这个人间的肉体。
哦，愿我能够在这里孤寂地
像野人般居住，
在一些幽暗的林间的空地上，
那里透不进星光或日光的最高的树木
铺张它们的广阔的阴荫，像黄昏般昏黄！
遮掩我，你们松树！你们香柏，

他们坐下来啜泣。不仅眼泪从他们的眼睛雨般落下，并且更恶的疾风，强烈的热情。

用无数的树枝隐藏我，

在那里我可以再不看到他们！

但是让我们现在，

好像在恶劣的情况里计划什么能够最佳

地暂时隐起对于羞耻似乎最可憎，

并且看起来最不雅的那些部分，

而不被互相看到——

一些树，它的光滑的阔叶给缝纫起来，

并且围住我们的腰部，

可以遮起那些中部，所以这新客，

羞耻，不坐在那里，不责我们不净。"

　　他这样地建议，他们两人一同走进

最丛密的树林，他们不久在那里选取

无花果树——不是那种出名有果实的树，

却是如现今印度人知道的，

在马拉巴或是但刚这么长而广地张开

她的分叉的枝丫，以致弯曲的小枝在

地上生根，并且小树在母树的四周生长，

高张着石柱般支起的圆穹的树荫，

中间有足音回响的小道：印度的牧人

时常地在那里避着暑在阴凉中蔽荫，

并且从最丛密的树荫切开的小洞看守

他的牧放的畜群。他们集起那些树叶，

像阿美仲的盾牌般广阔，并且用他们

所有的技巧缝合，

以围住他们的腰部——徒然的遮掩，

倘若要隐起他们的罪恶和可怕的耻辱！

哦，和最初的赤裸的光荣多么不同！

如同最近哥伦布找到美洲人，

这么地围着羽毛的腰带，

否则赤裸和狂野，

在岛屿和多荫的海岸上的树木间。

这么地遮蔽着，并且，如他们想的，

他们的耻辱部分地给掩去了，

但是心神仍不安宁，他们坐下来啜泣。

不仅眼泪从他们的眼睛雨般落下，

并且更恶的疾风，强烈的热情——

愤怒、怨恨、不信、狐疑、争斗——

开始在心里升起，

并且痛苦地震摇他们的内心的状态，

以前是宁静和充满着和平的境地，

现在颠簸和汹涌：因为悟解不能统治，

意志听不到她的命令，

现在两者都顺服于肉欲，

他从底下篡夺了至上的理性，

请求优越的权力。从颜容给变异了的，

风度给改换了的亚当的这样紊乱的

胸中断续的言语这样向夏娃重复开始：

　　"倘若你听从了我的话，

并且和我停留在一起，如我恳求你的，

当那个要彷徨的奇异的欲望，

在这个不幸的早上，

我不知道从那里把你占据的时候！

那么我们仍旧保持幸福——

不像现在一样，

给夺去了一切的我们的善处，

可耻、赤裸、可怜！

让此后没有人追寻无用的原因

以证明他们所负的信心；

当他们诚恳地追寻这种证明时，

那么结果他们开始堕落。"

夏娃立时现出非难的神色对他说：
"严厉的亚当，你的嘴说出了什么话？
你是否把那个归咎于我的过失，
或是彷徨的欲望，如你所说的，
谁知道即使你在近边这事情
不会一样恶地发生，或许临到你自己，
倘若你在那里，或是那企图在这里，
你不能够察出那毒蛇里的诡诈，
像他以前说话地那样说着话；
我们之间没有为什么他应该对我不怀好
意或是想要加害我的仇恨的根据。
我是要绝不从你的肋腹离开吗？
因为善仍旧在那里生长，
一根无生命的肋骨。
既然我是这样的我，为什么你，
我的头，不绝对地命令我不去，
去到这种的危险，如你所说的？
那么太懦弱了，你不曾十分地反对，
不，却是准许，嘉奖，并且诚恳地放行。
倘若你在你的拒绝里坚稳和固定，
我不会犯罪，你也不会和我一同犯罪。"

那时第一次发怒的亚当对她回答：
"忘恩的夏娃，这是爱，这是我对于你的
爱的报答，当你堕落时表明是不变的爱，
不是我——我可以生存，

并且享受不朽的幸福，
却是自愿地宁可选取和你同死？
而现在我被谴责为你的犯罪的原因？
似乎在管束里还不够严厉！
我再能做什么呢？我警告了你，
我训诲了你，预先说出了那危险，
和那埋伏着的敌人；
再超过这些便是武力，但是施加于
自由意志的武力在这里没有地位。
所以自信力导你前去，
相信不会遇到危险，
也不会找到光荣的试探的事情；
或许我也犯了错误，过分地钦羡着
你里面的看来似乎这么完美的东西，
以致我想没有恶胆敢试探你，
但是现在我悲叹那个错误，
它是变成了我的罪恶，而你是谴责者。
谁过分信任女人的价值而让她的意志
做主的人要受到这样的报应，
她不肯忍受制限；
并且，让她自己独行，
倘若恶从此生出时，
她第一会谴责他的懦弱的宽恕。"

这样他们把无益的时辰消费在
相互的谴责里，但是谁都不痛责自己，
他们的徒然的争执显出没有终局。

Volume X

第十卷

解题

　　人的犯罪被知道了，守护的天使们离去乐园，回到天上对他们的戒备去邀得赞许，并且给赞许了；上帝宣示说撒旦的入园不能为他们所预防。他遣他的儿子去裁判犯罪者；上帝的儿子下降，依命宣判。直到那时坐在地狱的门前的"罪"和"死"由于神奇的同情作用感觉着撒旦在这个新的世界上的成功，和人在那里所犯的罪，决定不再囚坐在地狱里，而要跟从撒旦，他们的父亲，到上面人的住所去。为要使从地狱到这个世界来往的路便利，他们便依照撒旦最初开的路径在"混沌"上面砌起一条大道或是桥梁；然后，预备到地球去时，他们遇到因成功而骄傲的他回到地狱来；他们的互相祝贺。撒旦来到魔宫，在全体会议席上带着骄傲叙述他的敌对人间的成功；得不到喝彩声，却是一阵普遍的咝咝声，他的完全的听众同着他自己都突然间变成了蛇，依照在乐园中给予的他的责罚；然后，被在他们面前生出的禁树的一个幻影所攫住，贪婪地伸着身出去吃果实的他们乱嚼尘土和苦灰。"罪"和"死"的进行，上帝预言他的儿子的日后克服他们，和万物的重生；但是，暂时，命令他的天使们在天空和元素里做出几个变动。亚当，愈加感到他的堕落的情形，沉痛地悲悼，拒绝夏娃的慰藉，她坚持，终于使他和顺，然后，为要避免恐怕要临在他们的子孙身上的诅咒，向亚当建议强暴的行为；他不赞同，但是，怀着更好的希望，使她记起对他们说过的最近的诺言，就是她的儿女将要报复蛇，并且劝告她同着他用忏悔和祈祷从触犯的神求得和平。

同时撒旦在乐园里所做的残暴的
和恶毒的行为，和藏在蛇里的他怎样
引诱夏娃，夏娃怎样引诱她的丈夫，
去吃那致命的果实，是在天上被知道了；
因为什么能逃避洞见一切的神眼，
或是欺骗全知的神心？在一切里圣贤
而且公正的神不阻止撒旦去试探人心，
人是武装着完全的力量和自由意志
去发现和抵抗敌人或是伪友的任何的
诡计。因为他们仍旧知道，并且应该
仍旧记得，不去吃那果实的至高的命令，
不论谁引诱：不服从的他们招受（他们
能够招受什么更轻的？）那刑罚，
并且，罪恶重重，应该堕落。
天使的卫队从乐园匆匆上天，
为了人缄默而忧郁；因为他们
知道人因这个而要有的处境，
十分地惊讶着那狡猾的恶魔怎会不被
看到地偷进了乐园。
待不欢迎的消息从地上传到了天上，
大家听到的立时不悦；那个时候晦暗
的忧郁不免蒙上了上天的面容，
但是，混合着怜悯，不破坏他们的至福，
天上的人民成群地跑到新来者的四周，
要听和知道一切怎样发生。
负责的他们匆匆向至尊的皇座而去，
以正直的申诉解释他们的极度的注意，
并且容易地被恩准了；
那时至高的永久的父亲，从他的秘密的
云间，这样像雷声一样地发出他的声音：

"会集的天人们，和你们从失败的
使命回来的天使们，不要为这些从地球
来的消息而惊惶和困扰，你们的最诚恳的
谨慎不能防止的，最近被预先告过
会发生的事情，当这个诱惑者第一次
从地狱越过深渊时。我那时告诉你们
他会胜利，并且成功他的恶的使命——
人会被诱惑，并且会被谄媚得忘却一切，
相信着背叛他的造物主的谎言；
我的救命没有会集起来以催迫他的堕落，
或是以至微的一瞬刻的冲动妨碍他的
自由意志，平衡地留给它自己的倾向。
但是他是堕落了；而现在除了死的判决
宣告在他的犯罪上面，那天威吓过的死，
还有什么？人设想死早已空虚而无效，
因为还没有被加上什么立刻的打击，
如他所怕的，却是不久将要找到宽忍
不是释免，在白昼终结之前。
像恩惠一样，正义不能被侮辱了回来。
但是我遣谁去判断他们？
谁，除了你，摄政的儿子？
不论在天上，或是地上，
或是地狱里的一切的裁判我转让给了你。
这可以容易地被看到的，就是我原想，
遣了你去，把慈悲和正义联合，
人的朋友，人的调解者，
人的被指定的自动的赔偿者和救济者，
并且命定自己去做人以判断堕落的人。"

父亲这么说；向右手光辉地展开着
他的光荣，把没有云雾的神性射出

在他儿子的身上。

赫灼的他明显地表现他父亲的一切，
这样雍容和穆地回答：

"永远的父亲，你的责务是命令；
我的是在天上和地上行你的至高的意旨，
所以你可以很欢喜地永远倚重我，
你的爱子。我到地上去判断这些你的
犯罪者；但是你知道，不论谁被裁判了，
在将来的时候最坏的定要临在我身上；
因为在你面前我曾这样地立誓，并且，
一些不后悔着，现在依权利取得这个，
所以我能减轻他们的责罚，移在我身上。
但是我将要这样地把正义和慈悲调和，
如最能显出他们十分满意，
并且使你息怒。
侍者或是扈从都不需要，除了那两个
被裁判者没人要看到裁判；
因逃避而证明有罪的，
并且违反一切的法律的那第三者是
最佳地于他不在的时候被判决；
罪的证明无须加之于蛇。"

这样说着，他从他的光辉的座位
立起，至高的相同的光荣。王者，力者，
公侯，和权者伴同他到天门，从那里
伊甸和全境可以被见到横在远处。
他径直地下降；神的神率时间不能计算，
虽然时间生着最迅速的分秒之翼。
现在日轮过了正午，低低地倾斜在西方，
并且轻柔的风，到了它们的时辰，
去为现在醒了的地球打扇，

和迎进晚凉，当他，那和蔼的裁判者
和居间人，怒火略熄地来判决人，
当白日倾沉时，他们在园里散着步听到
软风带到他们的耳朵的上帝的声音；
他们听到了，夫妻两人便隐藏在
最丛密的树木中间避开神面，
直到走近着的神这样地高声叫亚当：

"你在什么地方，亚当，
你惯于欢乐地迎接在很远处
被看到的我的来临？我在这里失去你，
这样地给款待着冷淡，不会愉悦，
不久前明显的侍候不被要求地显出。
是否我来得不甚彰明，
或是什么变化使你不在，
或是什么机会留住你。出来！"

他来了；同他来的是夏娃，
更不愿，虽然最先犯罪；
两人都是惭愧而且慌张；他们的容颜里
没有对于神或是对于他们各人的爱，
有的却是的明显的罪，羞耻、困乱、
绝望、愤怒、顽迷、憎恶和诈伪。
支吾半晌的亚当便这样简短地回答：

"我在园中听到你，
因为赤裸着身体，怕你的声音，
便把我自己藏了起来。"慈悲的裁判者，
不作谴责，对他回答道：

"我的声音你屡次听到，
而不曾怕过，却是仍旧欢喜；
怎样现在会变得对你这样地可怕？
谁告诉你你是赤裸着身体：

夫妻两人便隐藏在最丛密的树木中间避开神面。

你可吃了我命令你不要吃的树？"

痛苦地困扰的亚当这样向他回答：
"天哪！今天在恶的窘迫里我站在
我的裁判者前——或是我自己负起
完全的罪，或是诿责我的另外的一半，
我的生命的伴侣，当她还对我忠心时，
我要隐瞒她的过错，并且不由于我的怨
诉暴露她以使她受到谴责。
但是严厉的必要和灾祸的急迫屈服我，
恐怕罪和罚，不论怎样地不能支持，
会转在我头上；虽然，即使我保持缄默，
你也会容易地察见我所隐藏的。
这个女人，你造来做我的内助，
并且当作你的完美的礼物给我的，
是这么良善，这么有度，这么无瑕，
这么神圣，以致从她的手我不能疑惑恶，
并且她做的，不论本身是什么，
她的做似乎使那行为正当——
她给我树，而我吃了。"

神的影像这样地向他回答道：
"她是你的上帝，你服从她在服从神的声
音之前吗？或是她被造了做你的引导者，
优越的，或只是平等的，以致你把你的
丈夫气和你被置在她上的地位让给了
造自你并且为你而造的她，你的完美在
一切真正的庄严里是远超过她的？
她固然是装饰着，并且可爱，
以引诱你的爱，不是你的屈服；
并且她的天赋是这样的，
就是在被治底下很适宜——

统治则不适宜；统治是你的责任和身份，
倘若你知道你自己不误。"

这么说了，他这样寥寥数语地
向夏娃说："说呀，女人，
你所做的这件事情是什么？"

忧郁的夏娃，几乎羞辱死了，
但是立时便忏悔着，但是在她的裁判者面
前不大胆或是多语，这样羞赧地回答：
"那蛇欺骗了我，并且我果真吃了。"

当主上帝听了这话时，他不延迟地
赶赴去裁判被控的蛇，蛇虽是畜生，
不能把罪移在做恶事的工具，
并且亵渎创造他的原意的人的身上——
那时被公正地诅咒为本性鄙恶。
知道更多的不是人的关心（因为他不能
知道更多），也不改变他的犯罪；
但是上帝终于把他的责罚加于
第一个犯罪的撒旦，
虽然用那时被判定为最善的神秘的言辞，
这样把他的诅咒落在蛇的身上：
"因为你做了这个，
你比起一切的家畜，田野的每头野兽，
更甚地受到诅咒；
你将要用你的腹在地上爬行，并且你
一生的日子吃尘土。在你和女人之间，
在你的和她的子孙之间，我将要
设置仇恶；她的子孙将要伤你的头，
你要伤他的踵。"

这个神谶这样地宣示——
后来被证实，当第二个夏娃玛利亚之子

耶稣看到撒旦，天空之王，像闪电般从
天坠下；然后从他的坟墓复活，
在公众的显示中凯旋，并以光辉的上升，
带领俘亡的堕落的天使们
和权者们通过太空，
给篡夺了长久的撒旦的国境，
上帝终究要把他践踏在我们脚下。
上帝现在预言他的致命伤，
并且这样地把他的宣判转向妇人：

　　"我要用你的怀孕大大地繁殖你的
悲愁；你将要在悲愁中产出你的子孙并
且你的意志将要服从你的丈夫的意志；
他将要在你之上治理。"

　　最后他这样把裁判宣加在亚当之上：
"因为你听从了你的妻子的声音，
并且吃了那树木，关于它我曾命令你说，
'你不能吃它生的果实，'
为了你的缘故地土是给诅咒了，
你一生的完全的日子你将要在悲愁中吃；
地土将要自动地生出荆棘和蓟剑；
你将要吃田野的草木；你将要汗流满脸
地吃面包，直到你归回地土；
因为你是从地土取出：知道你的出身，
因为你是尘土，并且将要归回尘土。"

　　他，被遣来的裁判者和救主，
这样裁判人，并且把给威吓在那天的
死的立刻的打击延迟到很远；
然后，怜悯着他们怎样赤裸着
在空气中立在他面前，
以致现在定得忍受改变，

不蔑视以后开始要选取仆役的形式，
好像他洗他的仆人的脚，所以现在，
好像他的家族之父，他用或是杀了的，
或是像蛇似的更上了新衣的
野兽的皮裹上了他们的赤裸；
而不十分想到去穿戴他的敌人们。
他不单用兽皮蔽起他们的外貌，
并且用他的正义之袍蔽起他们的
更丑恶的内心，不使他的父亲看到。
他以迅速的上升回到天父去，
重新投进他的幸福的胸怀，
如同在昔日的光荣中；向息怒的他，
虽然全知，重述一切和人经过的事情，
说时混合着甜蜜的祈求。
同时，这样在地球上被定罪和被
裁判之前，罪和死坐在地狱之门的里面，
相对地在门里面现在门大开，
喷吐着狂怒的火焰远入混沌，
自从罪开着门魔王从那里经过；
罪现在这样地对死开始说道：

　　"哦，儿子，我们为什么坐在这里，
无聊地相对而看，当我们的伟大的造主
撒旦在另外的许多世界里繁荣，
并且为我们，他的爱儿，预备更幸福的
场所时？成功随从他是无疑的；
倘若运恶，在这个之前他就应回来了，
被他的惩罚者盛怒地追逐，
因为没有像这样的地方能适合他的责罚，
或是他们的复仇。
我似乎觉得新的力量在我里面升起，

生长着翅膀，在这深渊的彼方广大的
领土被给予我——不论引我向前的什么，
或是同感作用，或是一些同类的力量，
在最远的距离能够用最神秘的传达
以神秘的亲力把同类的事物联合的。
你，我的不能离的影，定要和我同去；
因为没有权力能把死从罪分开。
但是，恐怕归途的困难滞留他的归来
或许在这不通的，难渡的深渊上，
让我们尝试冒险的工作，
于你我的权力还不是不适！
在这座海上筑一条从地狱到撒旦
现今盛治的那座新的世界去的道路——
对于地狱之众的一座至高荣誉的纪念碑，
使他们的从这里去的路程容易，
为了交通或是移殖，
如他们的命运将要引导的。
我也不能迷误那路途，这么强烈地
被这新感到的吸力和原力引进。”

　　瘦瘠的影不久便这样地回答她道：
“去到命运和强烈的倾向引导你去的
不论什么地方；我不将延拖在后面，
也不会迷路，有你领导着：我从屠肉，
无数的饵食，嗅出这种的臭气，并且
从生存在那里的万物尝到死的香味。
我也不将要袖手旁观你所企图的工作，
却是要供给你相等的援助。”

　　这么说着，他欣喜地嗅闻地球上的
死的气味。好像一群贪欲的禽鸟，
虽然离开许多里，被预备在明天血战中

阵亡的活尸的气味引诱着，
在战前飞到军队扎营的一片战场；
那怪形这样地嗅闻，
把他的鼻尖广阔地翻向薄暗的天空，
从这么远地敏锐地嗅到他的掠夺物，
然后两人，从地狱的门出来，
分途飞入荒芜而广渺的混沌，
潮潺而且黑暗，并且带着强力（他们的
强力是无比的），在水上飞翔着，
他们遇到的好像在狂海里
上下摇动的坚或是软的，
从左右集起来一拥地逐向地狱之口；
好像在北冰洋上冲突地吹的两阵极风
一块儿驱逐那阻塞北左拉彼方向东的
想象的道路的冰山，
到那富裕的契丹的境界。
那积土死用他的冷而干的石筅，
好像用三叉戟，把来打击，
并且像一度浮动的狄洛思岛那样
坚地固定在那里；
他的睥睨用戈刚的力量和地沥青油
把其余的缚住不动；
他们把像地狱的门一样阔的集起的沙砾
深深地系住在地狱的根岩上，
并且在高穹形的起泡沫的深渊上筑起
巨大的石堤，一座无限长度的桥，
连接现在没有防御，割让给死的这个
世界的不能移动的城壁——
一条从这里到下面地狱去的广阔，
光滑，容易，无碍的道路。像这样，

倘若大事能与小事比较，赫腊思要束缚
希腊的自由从他的曼蒙尼的高宫苏萨来
到海边，并且在海来司邦上架起桥来，
把欧洲和亚洲连起，许多次数地鞭打
愤怒的波浪。现在他们用奇妙的王术
完成了那工作——
在怒渊上，追从撒旦的足迹到他第一次
停翼并且远离混沌，
这圆地球的荒芜的外缘，安全地停下
的那同一的地方去的悬岩的桥。
他们用金刚石的钉和键把来做得紧，
他们做得太紧和太耐久了；
现今在小小的空间里
天国的和这世界的境界相遇，
而在左边地狱插进一条长路；
三条不同的路可以互相看到地引到那
三个地方。现今他们看出他们的到地球
去的路，第一次向乐园走去，那时，
看到和一个光辉的天使一样的撒旦在
白羊宫和天蝎宫之间飞向天心，
当太阳在白羊宫中升起的时候：
他改了装来；
但是他的爱儿们不久认出他们的父亲，
虽然改装，他，诱惑了夏娃后，
不被注意地溜进了近旁的树林中，
并且，变了样子，去窥视结果，
看到他的欺诈的行为又给夏娃，
虽然完全无知，施用在她的丈夫身上——
看到他们的要找寻徒然的遮掩的羞耻；
但是，当他看到神子降下来审判他们时，

他惊慌地飞扬，不希冀着逃脱，
但是躲避当前的事情——自知有罪，
惧怕着神怒会突然地加在他身上的；
那个过去了，他在夜里回来，并且，
听着那不幸的两人坐在那里作他们的
悲切的谈话和声声的叹息，
从那里面得知他自己的责罚，
被知道不是立刻的，却是将来的。
现在他满储着欢喜和佳音回到地狱去，
而在混沌的边缘，靠近这座新的惊奇的
大桥旁边，意料不到地遇到来迎他的，
他的爱儿。他们遇见时是大大地欢喜，
而看到那座巨大的桥他的欢喜增加了。
他惊羡着站了好久，直到他的美丽的
迷人的女儿罪这样地打破沉默：

　　"哦，父亲哟，这些是你的伟业，
你的战利品！你观望它们好像不是你
自己的；你是它们的作者和主要的
建筑师，因为我在我的心里一想到了
（由于一种秘密的调和仍旧和你的心共动
的我的心联合在甜蜜的关系里）你在地球
上成功，现今你的容颜也证明这个，
我立刻感到——
虽然和你远隔许多的世界，
还是感到——
我定要和这个你的儿子来追从你；
这种命定的因果联合我们三人。
地狱不能再把我们包容在她的国境里，
这座不能跋涉的黑渊也不能阻留我们，
来追踪你的光辉的足迹。你恢复了

至今囚在地狱的门里的我们的自由：
你赋权力给我们以建筑到这样地步的
防卫，并且以这座惊异的桥梁架上
这黑暗的深渊。现在这完全的世界
是你的；你的勇气获得了你的双手
不能建筑的事物；
你的智慧占优势地得到战争所失去了的，
并且十足地报复了我们的在天国的败北。
你将要在这里王般宰治，在那里你不曾；
让他在那里仍旧做胜利者，
如战争所判定的，由于他自己的
命运隔开，从这座新的世界退去，
此后和你平分万物的主权，
天的境界把他的方土从你的圆球分开，
或是你现在试去做于他的
宝座更危险的事情。"

黑暗之王欣喜地这样对她回答：
"美丽的女儿，和你，儿子同时是孙子，
你们现在给予了做撒旦的子孙的明证
（因为我在天的万能王的敌人的这个名
字里觉得光荣），在完全地狱的王国里，
十分地不负于我，因为这么地靠近天门
胜利的事业和胜利的事业，
我的事业和这个光荣的事业会合，
并且把地狱和这个世界变成一个国境——
往来容易的一个国境，一个大陆。
所以，当我安然地在你们的路上
通过黑暗降到我的同僚的天人们去，
把这些讲给他们知道并且和他们同乐时，
你们两人在完全是你们的那些无数的

星球中间由这条路直降到乐园去；
住在那里，并且在幸福中宰治；
从此后施用统治权于地上，空中，
尤其是被宣称万物之主人的身上；
最先确定把他做你们的奴隶，
最后杀死，我遣你们去做我的代替者，
并造成地上的全权者，
从我生出的无比的力。
我的把持这个新的王国现在全靠你们的协
力，这王国由于我的努力从罪暴露到死。
倘若你们的协力占势，地狱的事情
不必怕什么损害；去吧，要强。"

这么说着，他送去了他们；他们
迅速地通过最密的星宿行他们的路程，
散布着他们的毁灭；受毒的星面色青苍，
为游星打击的游星那时才受到真蚀。
撒旦由另路走栈道向地狱门而去；
架桥的分裂的混沌在左右狂叫，
并且用倒退的大浪击打那讥嘲他的
愤怒的障壁。
撒旦通过大开和没有守卫的门，
看到四边一片荒凉；
因为那些被指定坐在那里的都已离开了
他们的责备，飞到上边的世界去了；
其余的都深深地退到了内地，
在沛地摩纽姆城壁的四周，
那用隐语和撒旦相比的明星路雪弗的
大都和骄傲的王座。
天人们曾在那里守卫，
当显宦们坐了会议，忧虑着什么

厄运会妨害被遣出去的他们的王；
所以他在离别时给了命令，而他们服从。
好像鞑靼人经过亚司脱拉冈在雪地上
从他们的俄罗斯的敌人退去，
或是白脱利亚王，
摆脱突厥的新月之角，
退到道立司或开司卡，使亚拉图王的
领地的彼方变成一片荒芜；
像这样这些新近从天上逐出的大军
使极涯的地狱几里黑簇簇地没有人影，
却在他们的都城的四周作谨慎的守望，
而现在时刻期盼着他们的大冒险家
从新奇的世界的探寻回来；
他像最低级的天人的贱兵在他们中间
不被注意地通过，
并且，从那地狱的宫殿的门，
不被看见地登上他的高高的宝座，
这宝座是在最富丽的织物的天盖底下
被置在上手的一端，放出王者的光辉。
他坐了一刻，看到围在他的四周的，
而自己不被看到。
最后，好像从一座云端，他的灿烂的
头和身体像星般光辉地显现，
或是更光辉，穿着自从他的坠落后
留给他的可准允的光荣，或是伪光。
大家惊讶那这么突然的辉发，
地狱之群倾注他们的眼光，
看到他们要看的人，他们伟大的
首领回来了：欢呼声是高的。
伟大的会议着的领袖们从他们的

黑暗的休息榻上起身匆匆地奔跑出去，
并且用同样的祝贺的欢喜迎接他，
他用手得到镇静，用这些话得到注意：
　　"王者，权者，公侯，德者，力者！
因为你们不单由于固有的权力占领这些，
我这样叫你们，并且现在意外成功的我
回来宣称你们是这样，把你们凯旋地导出
这座可厌的，被诅咒的地狱的坑谷，
哀苦之屋，我们的暴君的牢狱！
现在，像君王一样，占领一个比我们的
故土稍次的广阔的世界，由我艰苦的
冒险用极大的危险得来的。
要说来是很长，我做了什么，
受了什么苦，以什么样的痛苦渡过可怕的
混乱的虚渺的，广大的无涯的深渊——
'罪'和'死'现今在上面砌起
一条广阔的路，以便利你们光荣的进行；
但是我辛苦地走出了我的不熟悉的
路程，逼得要渡过那没有路的深渊，
沉没在非本有的'夜'和
狂野的'混沌'的胸腹里，
它们，妒忌着它们的秘密，
凶恶地妨碍我的奇异的行程，
以骚闹的喧声反抗至上的命运；
此后我怎样寻到天上的谣传
早已预言了长久的新创的世界，
一座绝对完美的神奇的建筑物；
在那里面人是被安置在一座乐园里，
由于我们的流亡而幸福。
我用诈术引诱他叛离他的创造主，

而现在时刻期盼着他们的大冒险家从新奇的世界的探寻回来。

并且，更增加你们的惊讶，
用一只苹果！犯了罪的他——
值得你们的笑的！把他的爱人和一切
他的世界都让给'罪'和'死'
当作一个掠食品，
并且这样让我们不用我们的冒险，
辛苦，或是警戒在世界上彷徨，
居住，和统治人，
好像人应该统治万物一样。果真的，
神也裁判我；宁可说不是我，
而是我用它的外形欺骗人的畜生，
蛇。那属于我的是敌意，
他要把来放在我和人之间：
我是要损伤人的脚踵；
他的子孙——当没有被安定时
——将要损伤我的头：
谁不愿用一个损伤或是更多的悲痛
去购买一个世界？
你听到了我的成就的叙述；
你们诸神呀，除了起来
和现在走进至福之中还有什么呢？"

这么说完了后，他站了一刻，
盼望着他们的普遍的喝彩和高声的拍掌
以充满他的耳朵；但是，相反的，
他听到四面从无数的舌头的一种凄恻的
普遍的咝咝声，大众的嘲骂的声音：
他惊讶，但是不容有长久的闲暇，
现今更惊讶着他自己；
他觉得他的被引长的颜容变成尖瘦，
他的双臂勾住他的肋骨，

他的两腿互相缠绕着，直到，被推倒了，
他跌了下去，一条以腹伏地的巨蛇，
不愿地，却是徒然；
一个更伟大的力量现今支配他，
在他犯罪的形状里被责罚，
依照他的审判：他想要说话，
但是以二父舌对二父舌，咝声还咝声，
因为现在大家同样地变形，
大家变成了蛇，
当作他的大胆的叛逆的从犯者：
全殿的嘈杂的咝咝声是可怕的，
现今密拥着复杂的怪物，头和尾，
蝎，毒蛇，可憎的两头蛇，角蛇，
水蛇，悲惨的海蛇和热蛇（从前
溅着戈刚的血的地土是蛇岛没有
像这样密地聚焦着）；
但是他在中间仍是最大，现今变成了龙，
比太阳在巴西亚谷里的黏土上
生出的巨蟒更大；
他似乎仍旧不稍少地保持超出其余者的
他的权力；他们大家跟从他，
走出在空地上，
在那里从天国坠落的叛逆军队的
残余者立了作着警戒或是正当的
布阵，高兴地期盼着要看到他们的
光荣的首领得胜地走出，
他们看到的却是另外的景象——
一群丑恶的蛇：
恐怖和可怖的同情临在他们身上；
因为他们看到的他们觉得他们自己

全殿的嘈杂的咝咝声是可怕的，现今密拥着复杂的怪物。

现在也在变着；他们的臂腕垂落，
长枪和盾牌垂落；他们一样迅速地垂落，
悲惨的嘶声复起，
悲惨的形状给传染地得到，
他们的责罚和他们的犯罪相同。
这样他们意中的喝彩声变成了爆发的
嘶声，从他们自己的嘴凯歌变成了
耻辱投在他们的自身上。
一座森林竖起在近边，
同着他们的这个变化生出的，在天上
治理者的意志为要增加他们的责罚，
都满载着果实，
如同在乐园里生长的那棵树，
诱惑者所用的夏娃的饵食。
他们的恳挚的眼睛钉住在那奇景上，
想象着为了一棵禁树
现在无数的禁树升起了，
给他们做出更多的忧愁或是耻辱；
但是，被焦炙的口渴和凶烈的饥饿
所燃烧着，虽然送来欺骗他们的，
他们不能克制，
却是成堆地向前滚，爬到树上，
坐在那里比米拿拉的蛇发更密厚。
他们贪欲地采摘看来美丽的果实，
好像苏同在那里火烧的沥青湖边生长的
一样；更欺诈的这个不欺骗触觉，
却欺骗味觉；他们，愚蠢地打算
以快味减轻他们的饥饿，不啮果实，
却啮苦灰，感到不快的味觉以吐唾的
声音把来拒绝：他们屡次地尝试，

克制着口渴和饥饿；
一样屡次地吃着迷药，
以最可恨的嫌恶扭曲他们的充满煤和灰
的腮；这样他们屡次坠入于同样的幻
觉，不像他们克胜的人坠入的那样。
他们这样被灾殃，并且给饥饿所消磨，
他们重又做那为他们的形状
所准许的长久而继续的嘶声——
有的说，每年连起来忍受几天的这
种的卑贱，以打破他们的骄傲，
和引诱了人的欢喜。
虽然，他们在异教徒中间散布他们的
获得物的一些传说，并且谣传他们
叫作莪菲昂的蛇怎样同欧莱诺姆（或许
广大地侵占着的夏娃）最初据有了
奥令不斯高山的治权，从那里被撒顿
和乌浪逐出，在狄克旦的虹夫未生之前。
同时那地狱的一对太快地到了乐园中——
"罪"，以前在权力上，
现今在身体上要变成实际的，
并且住在那里做长久的住民，
在她后面"死"一步一步地紧踵着，
还没有骑上他的灰色马；
"罪"对他这样地开始：
　　"撒旦的第二个儿子，
征服一切的'死'！
你现在对于我们的帝国作什么感想？
虽然以艰苦得来的，比起仍旧坐在
地狱的黑暗的门边守望，无名地，
不被畏惧地，你自己一半饥饿地，

不是好得多？”

从"罪"生出的怪物立时这样地
回答："对于痛苦着永久的饥饿的我，
地狱，或是乐园或是天堂都是一样的——
我可以在那里最多地遇到掠食品的
地方便是最好；虽然在这里很多，
都似乎是太少了不能充塞这个胃囊，
这个巨大的没有遮掩的尸体。"

那乱伦的母亲对他这样地回答道：
"所以你先吃这些草，和果，和花，
然后吃兽，和鱼，和鸟——
不是卑贱的食物；时间的镰刀刈下的
不论什么东西你不要吝惜地把来吞食；
直到我，通过他的子孙住在人里面，
把他的思想，他的颜容，
和言行全都染了毒，把他烹调成你的
最后的最善的掠食品。"

这个说了，他们各走他们的不同
的路，大家去毁灭，或是使万物必亡，
和使万物成熟以预备迟早的破灭；
全能者从他的在圣者中间的高座上
看到这个时，对那些光辉的天族
这样说出他的声音：

"看这些地狱的狗用什么样的热心
前进，去蹂躏和灾殃那边的世界，
我把来造得这么地美丽和良善的，
并且仍旧保持在那种情形里，
倘若人的愚行不放进这些作殃的狂物，
它们把愚行归加于我（地狱的王子和他
的附从者这样地想），以为我放任他们

以这样的容易走进和占据这么神圣的一
处地方，并且，故纵着，似乎满足我的
讥嘲的敌人，他们笑，
因什么热情的发作而放浪形骸了，
好像我把一切让给了他，
任意地屈服于他们的虐政；
不知道我召唤和引诱他们到这里来，
我的地狱之狗，
以舐去人的污罪沾落在清洁
的东西上的渣滓和污物；
直到，狂吞乱嚼好了，
几乎因饮的和吞的腐肉而爆开了，
爱儿哟，在你的胜利的臂腕的一挥
'罪'和'死'，
和嘴巴大张的坟墓，终于掷过混沌，
永远地阻塞地狱之口，
和封住他的贪婪的颚。
然后更新的天和地将要被做得清洁
以涤净那不会受污的。
宣加于两者之上的诅咒从那时开始。"

他说完了，天国的听众高声地歌唱
哈利路亚，好像海的声音，穿过歌唱的
群众："你的大道是公正，
你加于一切你的造物上的救命是正直；
谁能使你减弱？其次，要赞美人类的命
定的恢复者，你的儿子，由于他新的
天和新的地要世代地升起，或是从天
降下。"这是他们的歌，同时那创造主，
叫出他的有权的天使们的名字，分给
他们不同的责务，如和现状最适合的。

这个说了，他们各走他们的不同的路。

太阳最先受命要这样地行动，这样
地发光，如能够用难能容受的寒暑去影
响地球，并且从北方召来衰老的冬天，
从南方带来夏至的暑热。
他们给白月规定她的责务；
其他的五星被规定好它们的游星的
运动和位置，就是十二宫的六分之一，
四分之一，三分之一，和有毒效的对座，
并且在什么时候要联合在不吉的
接续的位置里；指导恒星什么时候
下注它们的恶的势力——它们的那一个，
和太阳升沉着，会证明狂暴。
他们给风设定它们的四方，
什么时候用狂风捣乱海，空和岸；
规定雷什么时候以恐怖掠过黑暗的天空。
有的说，上帝吩咐他的天使们使地球的
两极从日轴倾离二十度或更多的度数；
他们尽力把中心球推斜；有的说，
太阳被吩咐像远幅一样离开黄道，
同着七曜星直上金牛宫和双子宫，
而到夏至线的巨蟹宫，
从那里全速地下去，经过狮子宫、
处女宫和天秤宫，一直降到山羊宫；
给每个地土带来季候的变化：
否则春天会永远地以繁茂的花朵在
地球上微笑了，白昼和黑夜相同，
除了在极圈的彼方的那些地方；
对于它们白昼不夜地发光，
同时低的太阳，为要报偿他的远路，
仍旧在地平线上回旋给他们看见，

而不知道东方或西方——
这个使从寒冷的埃司土铁兰直到南方
玛琪兰海峡之下没有雪。由于那吃了的
果实，太阳，好像从雪司丁的宴会回来，
离开了他的本来的路程；
否则人住的世界，虽然无罪，
怎样比现在更甚地避去了刺骨的寒
和炙烧的热？这些天上的变化，
虽然迟慢，
在海和陆上产生同样的变化——
星的毒气，腐朽和疠疫的云，雾，
和热的蒸汽。
现今从挪伦培加之北和萨姆特海岸，
突破着它们的铜狱，
武装着冰，雪，霰，狂风和突风，
北风，东北风，高声的西北风，
和北西风，吹裂森林，和掀覆海洋；
从塞拉利挪山来的带着黑色的雷云的
南风和西南风从南方用逆风掀翻它们；
和这些风相逆的，一样凶烈地冲出日出
和日没有风，东风和西风，同着它们的
横吹的声音，东南风和西南风。
这样从无生命的事物开始暴虐；
但是"不和"，"罪"的女儿，
最初在没有理智者的中间从凶烈的反感
引进"死"来：现今兽和兽开始战争，
鸟和鸟，鱼和鱼。
大家去吃草的互相吞食；
也不站在那里十分敬惧人，却是逃避他，
或是在经过时以怪相睨视他。

这些是从外来的渐增的悲惨；

亚当早已部分地看到，

虽然隐藏于最幽暗的荫处；

他放弃自己给悲哀，

但是心里更坏地感到；在热情的狂海里，

被波荡，这样以悲切的怨诉想要宽解：

　　"哦，幸福者的悲惨！

这是这新的光荣的世界的，

和最近是那个光荣之光荣的我的结局吗？

现今幸福的我是被诅咒了，

把我从上帝的面前隐去，

去看见他以前是我无上的幸福；

还是很好，倘若悲惨在这里终局！

我活该受这个，

并且我要忍受我自己的罪咎；

但是这不可能：我所吃或是喝的，

或是将要生出的，是延长的诅咒。

哦，从前欢喜地听到的

声音'增多和繁殖'；现今要听到死！

因为除了我头上的诅咒我能够增多

或繁殖什么呢？世世代代要接续来的，

感觉着由我带给在他身上的恶，

谁不要诅咒我的头？

　　'愿祸临于我们的不洁的祖宗！

这个我们可以感谢亚当！'

但是他的感谢将是诅咒。

所以，除了留在我自身上的以外，

我生出的一切都要以

凶烈的反动跳回在我身上——

好像在它们自然的中心上似的沉重地

停在我身上，虽然在它们应停的地位上。

哦，乐园的飞逝的欢乐，

以永远的哀苦重价买来的！

造物主，我要求你把我从泥造成人吗？

我恳求你把我从黑暗提起，

或是安置在这里美妙的花园里吗？

因为我的意志和我的生存不合，

把我归返到尘土是应当莫过的，

极愿放弃和归还我接受的一切，

不能完成你的太难的条件，

依那条件我要保持不是我追求的善。

失去了那个已是足够的责罚了，

你为什么还要加上无限的哀苦的感觉？

你的正义似乎是不可解。

但是，说实话，我这样争辩已是太迟；

那么当它们被提出的时候，那些条件，

不论是什么，应该要被拒绝。

你确然接受它们：你要享受了善，

然后争论那条件吗？况且，

虽然上帝不邀你的准许创造你，

怎样呢，倘若你的儿子显出不服从，

且，被斥责了反辩道，

　　'你为什么生出我？我并不要求这个！'

你肯许他以那个傲慢的辩解侮辱你吗？

但是你生出他不是由于你的选取，

却是由于自然的必要。

上帝由于选择把你造为他自己的，

并且由于他自己的来服侍他；

你的报酬是他的恩惠；

那么你的责罚是应当地一任他的意志。

就让这样，因为我服从；
他的宣判是公正，我是尘土，
并且将要归返尘土。
哦，欢迎那个时辰不论什么时候来临！
为什么他的手迟不执行他的命令
定在今天的？为什么我苟延残喘？
为什么我被死讥嘲，
而延长到不死的痛苦？
我多么欢喜地愿意遇到死，我的责罚，
并且做没有感觉的泥土！多么欢喜
把我躺下，如同躺在母亲的膝上！
在那里我要安全地休息和睡眠；
他的可怕的声音不会再在
我的耳朵里震响；对于我和我的子孙
会临到的更坏的事情的惧怕不会
以残酷的悬拟折磨我。
但是一个疑点仍旧追逐我——
恐怕我不能完全死去；
恐怕那个生命的纯气，上帝吹动的人的
精灵，不能和这个土体一同消灭。
那么，在坟墓里或是在什么憎怖的地方
谁知道我不会死一个活着的死？
哦，可怖的思想，万一真确！
但是为什么？那犯罪的只是生命的气息；
除了有生命和罪恶的什么会死呢？
身体实在两者都没有。
那么，我的一切将要死！
让这个慰藉那疑惑，
既然人的智力不能更远地知道。
因为，万物之王虽然无限，

他的愤怒也是这样的吗？
就让这样，人不是这样，却是被判定死，
他怎能无限制地施加暴怒于
死定要把来终结的人？
他能使死变成不死？
那是要做成奇异的矛盾了；
这是被当作对于上帝自己是不可能的，
弱的不是强的证明。
他要在被罚的人里为了愤怒之故，
把有限引申成无限，
以满足绝不能被满足的他的严肃？
那是要把他的宣判扩到尘土和自然律
以外了；由于自然律，一切其他的因
仍旧依照它们的物质的容受力而动，
不依照它们的自己的势力的极限而动。
但是假说死不是如我设想似地一击，
剥夺感觉，
却是从这天起的无限的悲惨，
这个我觉到已在我的内外开始了，
并且这么地垂到永久——唉，我！
恐怖以可怕的旋转雷轰着
滚回我的没有防御的头上！
死和我变成永远，而合为一体：
在我的一面我也不是孤单的，
在我里面我的完全的子孙被诅咒地停留。
我定要留给你们的良好的家产，
儿子们呀！哦，但愿我能完全自己
把它消灭，而不留一些给你们！
这样地绝了产，你们要怎样地祝福我，
现今你们的诅咒！唉，为什么全人类，

为了一人的过错，这样无辜地被责罚，
倘若无辜？但是从我能生出什么，
除了整个的腐败——
心和意被腐败得不仅要和我行，
并且要希冀那同样的事物？
那么，他们怎能被释免地站在上帝面前？
在一切的争辩后，我逼得要宽谅他。
一切我的徒然的托辞和推理，
虽然经过迷宫，
仍旧仅把我引导到我自己的服罪：
最初和最终一切的罪孽应当落在我上，
仅仅地在我上，一切的腐败的泉源。
愿神怒临在我上，愚蠢的愿望！
你能支持比负起地球更重的那个重负——
比全世界更要重得多，
虽然和那个坏女人分担？
这样，你所愿望的，和你所惧怕的
同样地破灭一切避难的希望，
并且判定你超过一切以往和未来的
成例地悲惨——罪和罚仅仅和撒旦相同。
哦，良心！你把我驱逐到什么的惧怕
和恐怖的深渊，从那里面我找不到
出去的路，从深的沉到更深的里面去！"
　　这样亚当高声地向他自己悲悼，
穿过静寂的夜——
不像现今在人堕落以前似的，爽快，
阴凉而和暖，却是伴随着黑的空气，
潮湿和可怕的阴暗；这个对于他的恶
的良心把万物显出二重的恐怖。
他直躺在地上，在冷地上，

不时诅咒他的创造，
也不时谴责死的延迟的执行，
既然给命定在他的犯罪的日子。
他说，"死为什么不来，
以待而复待的一击终结我？
真理将要不守她的约言，
神圣的正义不急于公正？
但是死不应召而来；
神圣的正义不因祈祷和叫喊而加速
她的最慢的脚步。
哦，森林，泉水，山冈，山谷和树荫！
最近我曾用另外的回声
教你们的阴荫回答，
并且应响遥异的歌唱！"
夏娃在她枯坐的地方
看到他这样地痛苦着，她走近着，
以温柔的言语试探他的激烈的感情；
但是他用严厉的眼光这样地斥责她：
　　"不要在我的眼前，你蛇！
这个名字最配和他串通的你，
你自己是一样地欺诈和可憎，
一些不缺少，但是你的和他
相同的形状和蛇般的颜色可以显出
你的内心的欺诈，
以警告一切的生物此后避开你，
恐怕假装着地狱的虚伪的
太神圣的形状会陷害他们。
不是为了你我仍旧保持着幸福，
倘若你的骄傲和遨游的虚荣，
在最不安全的时候，不拒绝我的警戒，

和不蔑视被信任——渴想着要被看到，
虽然被恶魔自己，自矜着要胜过他；
但是，遇到了那蛇，被愚弄和被哄骗；
你被他，我被你，
信托你从我的肋腹离开，
想象你是聪明，坚信，成熟，
能抵御一切的诱惑，并且不懂得一切
只是一个外观，而不是坚固的美德，
一切只是一根给天然弯曲了的肋骨——
如现在看来，更向凶恶的左侧弯曲——
从我取出的；倘若投出去，很好，
因为被找到对于我的正数是多余！
哦，为什么上帝，聪明的造物主，
使男性的天人住在最高天的，
最后在地球上创造这个奇物，
这个自然的美丽的缺点，
而不立时用天使般的男人充满世界，
不用女性；或是找寻什么别的方法
产生人类？这个灾祸那么不会来临了，
并且还要来临的也不会来临——
由于女性的陷阱和同女性的亲热而来的
地球上无数的扰乱：因为他或者永远
找不到适当的配偶，除了什么不幸
或是错误带给他的，或者难能得到
他最向往的，由于她的刚愎，
却是将要看到她被一个远不如的得去，
或者，倘若她爱，被她的父亲阻止；
或者太迟地和他的佳选相逢，
早已和一个凶敌，他的憎恶和耻辱，
联姻：这个将要使人生生出无限的灾害，

和扰乱家庭的和平。"

　　他不断续说，却从她转过身去；
但是夏娃，从不这样地被斥责过，
以不断地流着的眼泪，
和全给散乱了的头发，
卑降地倒在他的脚边，并且拥抱着它们，
恳求他的和平，这样地说出她的怨诉：

　　"不要这样地抛弃我，亚当！天哟，
请作证我在我的心里对于你怀有什么样
诚恳的爱和尊敬，并且无知地犯了罪，
不幸地受了骗，我请求做你的哀恳者，
和抱你的膝头；不要夺去我在上面
生存的东西，你的温柔的容貌，
你的帮助，你的在这次极端的烦恼里的
忠告，我的唯一的力量和支撑。
被你见弃了，我将要到何处去，
何处生存？当我们还活着的时候，
恐怕不到一个时辰了，
让和平在我们两人之间；
如同被结合在伤害里，
我们两人结合在同一的敌忾里去反抗
用明白的宣判指给我们的一个敌人，
那残酷的蛇。
不要为了这个堕落的悲惨把你的愤怒
施于我身上——早已消灭了的我，
比起你更悲惨的我。大家犯了罪；
但是你仅仅对于上帝；
我却对于上帝和你，
我要回到裁判的地方，
那里要用我的泣声恳求上天，

要把一切的责罪从你的头上移开，
所以能临在我身上，使你受到这一切
痛苦的唯一的原因，我，仅仅我，
是上帝的愤怒的正当的对象。"

　　她说完了，哭泣着；她的可怜的
情形，一动不动，直到从被承认和
被哀痛的罪得到了和平，
在亚当的心里生出怜悯：
他的心立时宽容她，
最近他的生命和唯一的欢欣，
现今忧痛地伏在他脚前——这么美丽的
人儿求着她使他不悦的他的和好，
他的忠告，他的援助。
如同一个解除武装的人，
他的怒气他全消失了，
并且不久这样用和平的言语鼓励她：

　　"现在像以前一样，
对于你所不知道的不作警戒和太过贪求，
你要把责罚全加在自己身上！唉！
先负起你自己的，你难能支持神的
所有的愤怒，他的愤怒你还不过感觉到最
小的部分，并且这么难地担负我的不快。
倘若祈祷得能变更神命，
我要先你赶到那地方去，
要被更高声地听到，一切降临在我头上，
委托给我和给我暴露的你的脆弱
和较弱的女性要被宽恕。
但是起来；让我们不要再争论，也不要
再互相谴责，在他处已够被责骂了，
却要在爱的责务里设法我们能怎样减轻

我们在我们哀苦的分担里的各人的重负；
既然宣布在今天的死，倘若我看到什么，
会证明出不是突然的，
却是一种慢步的恶祸，一个长日的垂死，
以增加我们的痛苦，并且传授给我们的
子孙（哦，不幸的子孙！）

　　恢复着心地的夏娃对他这样回答：
"亚当，由于悲哀的试验我知道
我的言语：被知道这么地多误，因此
由于必然的结果被知道这么地不幸的，
在你上面能找到怎样小的分量；
虽然，像我这样地恶，
被你恢复到新的欢迎的地方，
有希望重得你的爱，我心底唯一的满足，
死或是活，我不愿从你隐瞒什么思想
在我不宁的胸膛里升起，倾向着去解救
或是终结我们的祸难，虽然辛酸而悲痛，
却是可忍而且是容易的选择，
如同在我们的罪恶里一样。
倘若定要生出去受确定的苦痛
和最后要被死吞去的我们的子孙的关心
最使我们烦恼（对于他人，我们已出
的，做不幸的原因，并且从我们自己的
肚里生出在这个被诅咒的世界上一个哀
苦的民族，他们过了悲惨的生命后最后
定要做这么丑恶的一头怪物的食物，
这是可怜的），这是在你的权力里，
在未受胎以前，预防那不幸的民族，
还没有生出的生命。
你是无子，永远要无子；

所以死将得不到他的食物，

并且只能把我两人满足他的极饿的胃囊。

但是，倘若你想这事情艰难，谈着，

望着，爱着，以抑制爱的正当的礼仪，

甜蜜的新婚的拥抱，

并且怀着欲望而没有希望地疲弱，

当着因同样的欲望

而疲弱的眼前的对象——

这会是比我们所怕的

更甚的悲惨和痛楚——

那么让我们赶紧去立刻把我们自己

和我们的子孙从我们为两人惧怕的

解脱出来；让我们追求死，或是，

寻不到他，用我们自己的手把他的

职务做在我们自身上。

我们为什么再要颤抖着站在除了死

不显出终结的惧怕底下，

并且，在许多死的方法里选择最迅捷的，

去抓住以破灭去破坏破灭的权力？"

　　她在这里停止，或是猛烈的绝望

打断了其余的；她的心里这样甚地

想到死以致她的两颊染上了苍白。

但是亚当，一些也不为这种的忠告

所摇动，他的更注意的心努力着升到了

更佳的希望，并且这样地向夏娃回答：

　　"夏娃，你对于生命和快乐的蔑视

似乎在你心里显出比你的心所轻侮的

更崇高更优美的一些东西：

但是因此被追求的自灭驳斥

被想作在你里面的优美，

不暗示你的轻蔑，却是对于过分溺爱的

生命和快乐的消失的痛苦和惋惜。

或是，倘若你渴望死，

当作哀苦的究极，

所以想着躲避宣布了的责罚，

不要疑惑上帝比起像这样被预估地

更聪明地武装他的报复的怒火：

我更怕这样地被夺得的死不会解除我们

被责罚要偿付的痛苦；

这种违抗的行为反要挑动至尊者使死在

我们里面永存。

所以让我们追寻什么更安全的解决——

这个我想我见到有，

心里谨慎地想起我们的判决的一部，

就是你的子孙将要伤害蛇的头：

可怜的报酬！除非意思是，我猜想是，

我们的大敌，撒旦，

他藏在蛇里设计了对我们的这个欺骗：

蹂躏他的头会真的是报复——

这会失去倘若死被带在我们自身上，

或是如你建议的决定过没有子女的时日；

这样我们的敌人将要逃去

他的命定的责罚，而我们将要把我们的

责罚双倍地加在我们的头上。

那么，不要再提起对我们自己的横暴，

和故意的不妊，那使我们断绝希望，

并且只是引起怨恨和骄傲，烦躁和侮蔑，

对于上帝和他加在我们颈上的

公正的枷的反抗。

要记得上帝用什么样的和蔼与仁慈的

气色倾听和裁判，没有愤怒或是责骂。
我们期待立刻的消解，
那天的死我们想是这样的意思；
那时，看哪！
向你仅仅预说怀胎和生产时的痛苦，
不久会得到快乐的报酬，你的子宫之果，
在我身上的诅咒斜睨在地上：
我定要用劳力去赚得我的粮食；
有何害？怠惰会是更坏；
我的劳力将要支持我；
并且怕寒暑会伤害我们，
他合时的关注不被请求地设备了，
并且他的双手，当他裁判时怜悯着
给低卑的我们穿着衣服。
倘若我们祈求他，他更要怎样地听从，
他的心倾向怜悯，并且更指教我们用
什么方法去躲避酷烈的季候，
雨，冰，霰和雪！
太空用各种的面孔开始在这座山上
对我们显示这些，当风潮湿而尖锐地吹，
吹乱着这些美丽而张开的树的美发时；
这个吩咐我们去找寻更佳的荫蔽，
一些更佳的温暖以休息
我们麻痹的四肢——
在这昼星使夜寒冷之前，
我们怎样用他的反射的
集光燃起干燥的物质，
或是用两物摩擦使空气生火；
如同最近挤轧或是被风推压的云，
凶烈地震动着，叉住倾斜的闪电，

它的被逐下的横火燃烧
松杉的多脂的树皮，
并且从远处送来一种舒适的热气，
能代太阳；这种的火可以使用，
和对于我们自己的恶行做下的
祸患的其他的什么补救或是治疗，
他会指导祈求着和恳求着
他的仁慈的我们：
所以我们不用怕便利地过这个生命，
有他的许多的舒服支持着，
直到我们终结在尘土里面，
我们的最终的休息和故里。
我们能做什么更佳的比起走到他裁判
我们的地方尊敬地俯伏在他面前，
在那里谦卑地忏悔我们的过错，
恳求宽恕，以眼泪泾地，
以从后悔的心发出的叹息充满空气，
真诚的悲哀和柔良的羞惭的表征？
无疑地他会心软，并且
从他的不快转开；在他静谧的面孔上，
当他似乎最愤怒和最严厉的时候，除了
挥发着好意，恩惠和慈悲还有什么？"
　　我们悔过的父亲这么说；
夏娃感到后悔不比他不如：
他们走到神所裁判他们的地方，
尊敬地俯伏在他面前，
一同谦卑地忏悔他们的过错，
恳求宽恕，以眼泪泾地，
以从后悔的心发出的叹息充满空气，
真诚的悲哀和柔良的羞惭的表征。

Volume XI

第十一卷

解题

　　神子向他的父亲述说我们的现今在忏悔着的先祖的祈祷，并且为他们调停。上帝接受它们，但是谕称他们不能再住在乐园中；遣密乞尔同着一群天使们去驱逐他们，但是先要把将来的事情启示给亚当看：密乞尔的下降。亚当向夏娃指出一些预兆，他看出密乞尔的临近；出去迎接他，天使宣布他们的离开。夏娃的哀悼。亚当恳求，但是服从，天使导他到一座高山；在神启里给他看直到洪水什么将要发生。

这样他们，在最谦卑的情状里，
忏悔地立了祈祷着；
因为从天上慈悲的王座降临着的预期的
恩惠把坚硬从他们的心移去了，
并且使新的肉重生出来代替，
所以为祈祷的精灵感发的叹息现今
无声地发出，并且以比最高声的雄辩
更快速的翱翔飞向天上：
但是他们的态度不是卑贱的恳求者的；
他们的恳诉似乎也不稍少重要比起在
古传说里的那古代的一对，
但是不及他们古，就是杜加郎和贞节的
花拉，虔敬地站在旦蜜司的神龛前以
恢复淹没了的人类。
他们的祈祷飞到天上，也不迷失路程，
给妒忌的风吹开或破坏：
它们没有广袤地走进天门；然后，
穿着烟雾，在金坛升着香烟的地方，
靠到他们的伟大的仲裁者，
来到天父的宝座之前。
欢喜的神子把它们呈显上去，
这样地开始调停：

"看哪，父亲，从你种植在人里面
的恩惠生出什么样的初果——这些
和烟雾混合在金炉里的叹息和祈祷，
我，你的祭师，把来带在你的面前；
从同着懊悔布散在他心里的种子里生出
的果实，滋味是更甘芳比起在从天真
堕落之前，他自己的手培养着，
乐园的所有的树所能产出的。

所以现在请向祈求俯耳；
倾听他的叹息，虽是无声，不精于用
什么言语祈祷，让我为他解释，
他的代辩人和赎罪者的我；
一切他的事情，善或不善的，都移在
我身上；我的功绩将要使前者完美，
后者我的死将要偿还。
接受我，并且在我里面从这些取受
对人类和平的气味；让他生存，
在你复合之前，至少他的有限的时日，
虽然悲切；直到死，他的责罚
（我这样恳求减轻，不是推翻），
给他更佳的生活，一切我赎救的
可以和我居住在快活和幸福之中，
和我合成一个，如同我和你合成一个。"

天父没有云雾，清静地这样对他
说道："被接受的儿子，取去一切你
为人请求的；一切你的请求是我的谕旨：
但是我给予自然的法律禁止他
再住在那乐园里；那些没有粗恶，
没有不谐和的卑贱的混合物的纯粹
和不朽的元素驱逐现在被玷污了的他，
并且把他净除，如同一种粗恶的疾病，
对于空气一样地粗恶，和死的食物，
如能最佳地把他处于物化，
为最初使万物有病，并且使不朽的
腐朽的罪所玷污的他。
我最初创造他时赋给他
两件美丽的礼物——幸福和不死；
前者被愚蠢地失去时，

后者只是使哀苦永远继续，

直到我预备了'死'：

所以'死'变成他的最终的补救，

并且生命在严厉的苦难里被试验过了，

和被信心和忠信的工作精练过了后，

在正义者的复活中苏醒过来，

把他自己同着重新的

天地诿给第二个生命。

但是让我们在天的广境里把

一切有福者召集起来开会；

我不愿把我的裁判隐瞒他们——

我怎样处置人类，如同他们看到

新近怎样处置堕落的天使；

更确定地站在他们虽是稳固的地位里。"

　　他终止了，神子示意于守望的光辉的

天使，他吹他的号角，或许自上帝降临时

在莪拉勃曾被听到的，或许在总审判时

要再吹一次的。天使的角声充满各境：

光明之子们从他们的不凋花荫的幸福亭，

喷泉或是溪泉，靠到生命之水的，

从他们坐在快活的友谊中的不论何处，

匆匆地出来去赶赴主的召集，

而各取他们的位置，直到万能者从他的

至尊的宝座这样地宣布他的至上的命令：

　　"哦，儿子们，人是变成了像我们的

一个，要知道善和恶，

自从他吃了那禁果后；但是让他骄矜

他的失去了善和得到了的恶的知识，

倘若他只知道善的本身

而一些不知道恶，更幸福。

现今他悲哀，忏悔和改过地祈祷——

我在他心中的感动，

它们感动得比起我知道怎样地易变

和空虚的他的自由的心更长久。

所以，恐怕他的现任更大胆的

手再去摘和吃生命之树，

并且永远生存，至少梦想永远生存，

我命令移去他，把他从乐园送出，

去耕种他从里面取出的土地，

更适合的泥土。

密乞尔，我的这个命令由你去管理：

你从天使队选取你的光焰的战士，

恐怕那恶魔兴起什么新的骚乱，

或是为人的缘故，或是侵掠空洞的领土：

你赶紧去，把那犯罪的夫妇从上帝的

乐园不要容赦地逐出，

把不神圣的从神圣的地土逐出，

并向他们和他们的

子孙宣布从那里永远地流放。

但是，恐怕悲哀的判决有力地催迫时

他们昏厥（因为我看到他们柔和了，

并且以眼泪痛哭他们的犯罪），

隐去一切的恐怖。

倘若他们忍耐地服从你的命令，

不要不安慰地送出他们；

向亚当启示在将来的时日什么将要临，

如我要教给你明白的；

把我的圣约混合在那

'女人'的新兴的子孙里。

所以送他们出去，虽然悲哀着，

却是在和平中；并且在花园之东侧，
那里从伊甸的入口最容易地上登，
设下天使的守望，
和一支广舞着的剑的火焰，
并且以惊退一切从远处的走近，
并以护卫到生命树去的一切的通路；
怕乐园变成贱灵的一个收藏所，
和一切我的树变成他们的食品，
以它们被偷的果再去诱骗人类。"

　　他终止了，大天使预备迅捷的下降；
和他同去的是一队光辉的谨慎的
天使们。每个有四个面孔，
好像一个二重的虬纳思；他们的全身
闪动着比起阿哥斯的更多的眼睛，
更觉醒比起迷惑着阿凯地亚的笛，
欧媚司的牧笛，
或是他的催眠的手杖，以致怠倦。
同时，用神圣的光重向世界致加敬礼，
留珂茜亚醒了，用新露膏涂地球，
当亚当和最初的人妻夏娃
终止了他们的祈祷，并且找到，
从天上增加力量，
新的希望和快活从绝望生出，
但是还和惧怕联合；
他这样向夏娃重始他的欢迎的言语：

　　"夏娃，信心可以容易地承认，
我们享受的一切的善从天上降下；
但是从我们有什么会升到天上，
这么地有力以致使至福的神关心，
或是倾动他的意志，似乎难于置信；

但是祈祷，或是人的一个短促的叹息
会把这个负到即使神的宝座。
因为自从我用祈祷恳求发怒的神息怒，
跪在他的面前谦卑我的全心，
我似乎看到他宽宏而和蔼，
俯下他的耳朵；
我是好意地被听到的
这种信念在我心里生长；
和平返归我的胸膛，
并且你的子孙将要损害
我们的敌人的约言返归我的记忆；
在惊惶中不注意的这个约言现今
却保证我死的痛苦是过去了，
并且我们将要生存。
祝你万岁！适当地被称呼的夏娃，
全人类的母亲，一切生物的母亲，
因为人由你而生存，万物为人而生存。"

　　夏娃带着娇弱，忧郁的颜容向他说：
"这种的称呼不值得加于犯罪者的我，
被命令做你的一个帮助的我变成了
你的陷阱；属于我的应该是谴责，
不信和一切的訾议：
但是我的审判者是无限宽恕的，
最初把死带到一切之上的
我是被恩准为生命之源泉；
你是第二个宽宏，你肯这样尊高地
称呼应该得到遥异的名称的我。
但是田野召我们去勤作，现今要加着汗，
虽在不眠的夜之后；因为看呀！
'早晨'，由于我们的不安宁

完全给忽略了的，

微笑着开始她的蔷薇般的进行；

让我们出去，此后我绝不从你身边离开，

不论我们一天的工作在什么地方，

虽然现今被吩咐勤作，直到日暮；

只要我们住在这里时，在这些欣愉的

花径里什么能是辛苦的？虽在堕落

情状里，让我们满足地住在这里。"

这么说话，这么愿望，

十分谦卑的夏娃；但是命运不允；

自然先显示铭刻于鸟，

兽和天空上面的征兆——

在早晨的短促的晕红后，

天空突然地晦暗了，

近视的虬夫之鸟从他的云程降下把

两只羽毛最鲜艳的鸟在他前面追逐；

在林中统治的野兽，

那时是第一个猎狩者，

从一座山下来追赶温柔的一双，

一切森林的最善的，牡鹿和牝鹿；

它们的飞逃直向东门。

亚当观望，用他的眼睛跟从那追逐，

不是不被感动，这样向夏娃说：

"哦，夏娃，一些更多的变化

临近我们，天用这些自然的无声的征兆

显示神意的先驱，或是警告我们，因为

从死宽放了几天或许太确信赦免了责罚：

我们的生命有多么长久，

并且到那时是什么，谁知道，

或是谁知道更甚比起这个，

我们是尘土，定要归返到尘土，而就

此不再？否则为什么这二重的物象在我

们眼前同时同路在空中和地上被追逐？

为什么东方在正午前黑暗，

晨光在那边西方的云中更辉煌，

这云在晴空引过一条光耀的白线，

慢降着，有甚仙物。"

他没有错误；因为在这个时候

天使队现在从碧玉的天空降下来停在

乐园中，停步在一座山上——

一个光荣的出现，倘若疑惑和肉体的

惧怕那天不晦暗亚当的眼睛。

当天使们在玛哈南遇到雅各，

在那里他看到田野里驻扎着

他的光辉的卫兵时，没有这样光荣；

以反抗兴起了战争，不宣的战争，

如同刺客一样地去袭击一人的叙利亚王，

在遮蔽着火的阵营的杜圣的火焰山上

显现的，也没有这样光荣。

天使王把他的部下留下在

他们的光辉的立场上以占领乐园；

他独自地走他的路去找寻亚当隐藏的

地方；不会不被亚当觉察的，当伟大的

客人走近时，亚当向夏娃这样说：

"夏娃，现在等待或许不久会决定

我们，或是颁发要被遵守的新的法律的

伟大的消息；因为我从把山遮起的彼方

的辉煌着的云认出天人们的一个，并且，

依照他的态度，绝不是最低卑的——

什么伟大的支配者，

天使队现在从碧玉的天空降下来停在乐园中，停步在一座山上。

或是天上王者之一，

这种的威严包围来着的他；但是不可怖，

以致我要惧怕，也不像拉飞尔那样

可亲地和蔼，以致我要十分地信托，

却是尊严而且崇高；不能冲犯他，

我定要带着尊敬去迎接他，

而你定要远去。"

　　他终止了；大天使不久走近，

不是在他的上天的形状里，

却是穿得像人来和人会见；在他的白皙

的臂腕上流动着一件紫红的军铠，

比起在休战时古代的帝王和英雄所穿的

梅立朋或是撒拉的羽织更鲜艳；

虹神把纬彩染了；他的不扣的星盔显出

他青春过去而男盛的时代；

他的身旁挂了剑，撒旦的恐怖，

如同在闪亮的黄道带里，

手持长枪。亚当低低鞠躬；

他，帝王般地，保持他的形状不动，

但是这样宣布他的来意：

　　"亚当，天的敕命无须述说：

你的祈祷是被听到了，当你犯罪时

依判决便要来临的'死'失去了他的获

物许多天数，由于恩惠给予你的，

你可以在这时期内忏悔，

以许多的善事可以遮掩一个恶行，

告诉你这些是足够了。

那么息怒了的你的主很可以把你

从'死'的贪欲的请求拯救；

但是不准你再住在这座乐园里；

我是来移开你，把你从花园送出，

去耕种你从那里被取出的土地，

更适合的泥土。"

　　他不再说话；因为亚当听到了那消息

心痛，带着悲哀的颤冷的抓住呆立，

以致一切他的感官给束住了；

不被看见却是听到一切的夏娃带着可以

听闻的哀悼不久从她的退休的地方显出：

　　"哦，意料不到的打击，

比起死的更坏！我定要这样离开你，

乐园？这样离开你，故土，

这些幸福的花径和树荫，

神们的称合的住家？

我曾希望在那里静寂地，虽然忧郁地

消磨对于我们俩是必死的日子的残余？

花哟，绝不能在其他气候中生长的，

我的清早的访候，

在夕暮时我的最后的访候，

我用柔手从最初的含苞抚养大的，

并且给予你们名字的，

现在谁将要把你们扶向太阳，

或是把你们归类，

和从仙泉里灌溉你们？

最后，你，我用鲜艳和芬芳的把

来装饰的新婚的花亭，

我将要怎样从你分别，

和漂浪到何处一个更低的世界，

到这个黑暗和荒芜？

惯于不死的果实的我们将要怎样在

不甚清洁的其他的空气中呼吸？"

天使这样和蔼地间断了她的言语：
"不要哀悼，夏娃，却要忍耐地放弃
你正当地失去的；也不要把你的心这样
过分愚蠢地安置在不是你的东西之上。
你的去不是孤独的；同你去的有你的
丈夫，你是被束缚要跟从他的；他住在
什么地方，想那地方是你的故土。"

亚当，听了这话从寒冷的突然的沮丧
恢复转来，并且他的散乱的精神重振了，
这样向密乞尔致他的谦卑的言语：

"天人，不论是王者们之一，
或是被称作至尊者之一——
因为这样的形状可以像王者之王——
你温柔地说出了你的使命
否则在说出这个时可以伤害我们，
和在实行时可以终结我们：
你的消息带来我们的
脆弱能够支持的什么悲哀，
沮丧和绝望——
从这幸福的地方的离开，
我们的甜蜜的休息处，和存下来
对于我们的眼睛熟悉的仅有的慰藉；
一切其他的地方显出冷淡和荒凉，
不知道我们也不被我们知道：
并且，倘若用不断的祈祷我能希望
改变能做一切的他的意志，我不愿停止
用我的不倦的叫声去使他疲倦；
但是反对他绝对的敕命的祈祷犹如呼吸
对风一样地无用，被吹回来塞住把它
呼出的他：所以我服从他伟大的命令。

这个最使我痛苦——就是，从这里离开，
不能看到他有福的颜容，
因为他的面孔从我隐去；
这里我能用崇拜常到他神临的
各处的地方，对我的子孙叙述，
'他在这座山上显圣；
能被看见地站在这棵树底下；
在这些松树中间我听到他的声音；
这里在这泉水边我和他讲过话。'
我要造起这么许多的草泥的感恩的祭坛，
和堆起从小川里的每块光辉的岩石，
为后代的纪念或是碑石，
在上面将要奉献芳芬的树胶，
果实和花朵。
在彼方的下界我将要在什么地方
找寻他的光辉的容颜，
或是追踪脚迹？
因为，虽然我从发怒的他逃走，但是，
重复召回到延长的生命和约言的民族，
我现在欣喜地看到即使是他的光荣的最
极的边缘，并且在远处崇敬他的脚步？"

密乞尔带着仁慈的眼光这样对他说：
"亚当，你知道天和一切的地球
是神的，不仅是这块岩山；
他的全知充满海，陆和天空，
每种生物为他的圣德所熏蒸和温暖。
完全的地球他给予你占领和统治，
不是可轻蔑的礼物；
所以，不要推想他的神临限制于乐园或
伊甸的狭窄的范围内：

这个或许是你的首都，

从那里全人类要传布出去，

并且从地球的四隅到这里来

崇奉和尊敬你做他们的太祖。

但是这个优越你失去了，

降到和你的子孙们住在同等的地土上：

但是不用疑惑上帝是在山谷和平地

像在山里一样，

并且要被同样地找到在那里，

他的神临的许多的象征仍旧跟从着你，

并且仍旧用良善和父爱围绕着你，

表示他的面孔，和他神圣的足迹。

你知道我是被遣来指示给你看

将来什么要临在你和你的子孙之上，

所以你可以相信和被确定，

在你从这里离开以前；预备听到

善和恶，天的恩惠和人的罪恶相争，

从此学到真正的忍耐，

并且用恐惧和虔敬的悲哀去调和快活，

为节制平均地训练得能

忍受任何一种的情形，繁荣或是枯衰；

这样你将要最安全地过你的生活，

最佳地预备去忍受你的死当它来时。

登上这座山；

让夏娃（因为我已湿了她的眼睛）

睡在这里下面，当你醒来看到预见时，

好像当她形成生命时你曾睡过它那样。"

　　亚当便这样感恩地向他回答道：

"请登；我跟你，安全的向导者，

你引我路，并且服从天的手，

不论怎样严责——由于忍苦而武装着

去克胜的我的祖胸转向灾厄，

并且从获得的劳苦得到休息，

倘若我能这样达到。"

这样两人在神的圣视中上登；

这是一座山，乐园的最高的，

从它的巅上可以最明晰地看到大地的

半球伸展到眺望的极度。

为了不同的原因引诱者把我们的第二个

亚当安放在上面，在荒野之中，

给他看全球的王国

和她们的光荣的那座山没有这样高，

也没有这样广的围观。

他的眼睛可以在那里看到古今的名城，

最强盛的帝国的首都，所在的地方，

从喀西汗的首都甘白鲁的命定的长城，

和乌克苏斯河边太咪尔的王宫萨玛汗，

到中国皇帝的北京城，

从那里到大蒙古王底阿格拉和拉汗，

下至黄金的苟苏尼斯，

或是波斯王在那里建都的

依克白登和以后的依斯巴汗，

或是俄皇的莫斯科，

或是在突厥生的土耳其王的培顺斯；

他的眼睛也不会不看到南古司的帝国

直到他的极境的海港欧珂珂，

和较小的海国之王，莫白柴，贵洛亚，

米冷特和沙法拉（想是奥飞尔），

到极南的孔哥和盎哥拉的国境；

或是从那里从尼加尔河到阿脱拉山，

阿耳曼梭，番滋和苏司的王国，
摩洛哥，阿尔及耳和屈列米圣；
从那里到欧罗巴，
和罗马统治世界的地方：
或许他的灵眼也看到富饶的墨西哥，
莫丹寿的首都，和比鲁的克司哥，
阿太勃利巴的更富饶的首都，
和还没有被掠夺的哥亚挪，
它的大都裘雍的儿子们叫作爱耳杜拉杜：
但是密乞尔从亚当的眼上移除那许诺
有更清晰的眼光的伪果生在上面的薄膜
去看更高贵的景象；
然后用明眼草和茴香把视神经洗净，
并且从生命之泉注入三滴，
因为他有许多要看。
这些原质的力这样地深入，
即使到灵眼的最深奥的玄府，
甚至亚当，如今被迫闭上他的眼睛，
沉下去了，他的全精灵变得迷离恍惚：
但是温柔的天使不久用手把他
举持起来，并且这样唤起他的注意：

　　"亚当，现在张开你的眼睛，
先看你的原罪在要从你生出的一些人
里所生的结果，他们从不碰过禁树，
也不曾和蛇同谋过，也没有犯过你的罪，
但是从你的罪得到堕落，
要生出更暴横的行为来。"

　　他张开他的眼睛，和看到一片田野，
半是垦土和耕地，上面是新刈的捆束，
半是羊的牧场和圈栏；在中央，

如同路标，竖起一座鄙野的草泥的祭坛；
一个流汗的收刈者在耕作后
立刻从那里带来初穗，
随手来的未作选择的青穗和黄穗；
然后一个更柔和的牧羊人
同着他的羊群的头生小羊，
最精选和最佳的，来了；
然后把脏腑和羊脂散着香烟供祭在
裂开的木上，和举行一切正当的礼仪。
天上的仁慈的火不久用迅捷的
闪光和愉悦的蒸汽烧尽他的祭品；
另一人的不，因为他的不是诚恳的：
他看到这个心里愤怒，并且，当他们
谈话时，用一块石头把他戳到横膈膜，
结果了生命；他倒下了，并且，
死般苍白，呻吟出他的灵魂，
混流着迸射的血。
看了那个景象亚当的心里十分地惊愕，
便这样急急向天使叫道：

　　"哦，导师，一些极大的灾难临到了
那个柔和的人，他曾良好地献祭过的：虔
敬和清净的拜神是这样地被报偿的吗？"

　　密乞尔也动心了，便这样向他回答：
"这两人是弟兄，亚当，并且要从你的
肚里生出；不公正的杀戮了公正的，
因为妒恨他的弟弟的祭品从天上找到
接受；但是那流血的行为要被报复，
那另一人的被准允的信心不会没有报酬，
虽然这里你看他死，在泥血里滚着。"
我们的太祖说：

"可叹呀，那行为和那原因！
但是现在我看到了'死'？我定要像
这样地归还到我的原来的尘土去吗？
哦，恐怖的景象，看起来时是
卑污和丑恶，想起来时是凄切，
感觉起来时将要怎样地可怖！"
　　密乞尔这样向他说：
"你看到死在人的身上的第一个形式；
但是死的形式是许多，
引到他的狰狞的墓穴去的路是许多——
全是悲惨的，但是对于感官
在入口时比在里面时更可怕。
有的，如你看到的，
将要因暴烈的打击而死，
因火，因水，因饥荒；
更多的因饮食过度，
这将要在地球上带来可怕的病症，
像这样的古怪的一群将要在你面前显现，
所以你能知道夏娃的破戒将要
把什么悲惨带给在人身上。"
一个地方立刻在他的眼前显现，
凄凉，骚闹，黑暗；
好像一座医院，
里面置着许多病人——一切的病症，
如可怖的痉挛，拷问似的苦痛，
或是心痛的发作；一切的热病，
抽搐，癫痫，凶烈的黏膜炎，
肠的结石和溃疡，腹痛，魔鬼的癫狂，
发呆的悲哀，月亮痴，憔悴的阴干症，
痨症和蔓延广阔的疠疫，

水肿和气喘，和骨节疼痛的风湿症。
可怖呀是那种辗反侧，
深沉呀那呻吟；
"绝望"侍候病者，
忙于从一床到又一床；
胜利的'死'在他们上面摇动他的投枪，
但是迟迟不打下来，
虽然时常有誓言召它，
当作他们的至善和最终的希望。
什么铁石心肠能长看这样丑恶的
景象而不落泪？亚当不能，
却是哭泣了，虽然不是女人：
怜悯压住了他的丈夫气，
使他流了一刻泪，
直到更稳的思想约住了过度，
还不甚恢复言语，重说他的叹息：
　　"哦，悲惨的人类，退步到什么样
的堕落，给保留着什么样凄惨的情形！
宁愿不生养地在这里终结。为什么
被给予的生命要这样地从我们强夺去？
不，为什么这样地冲撞我们？
倘若我们知道我们所接受的，
我们不是拒绝奉上来的生命，
便是立刻请求把它抛弃，
情愿这样退休在和平里。
以前创造得这么地良善而挺直的，
虽然以后有罪，在人里面的上帝的影像
能够这样地在非人类的痛苦底下堕落到
这种的不雅的受苦？
为什么仍旧部分地保持着神圣的

类似的人不避免这种的残缺，并且，
为了他的造物主的影像之故，给免除？"

密乞尔答道："他们的造物主的影像
离弃了他们，当他们卑贱自己去侍奉
没有节制的食欲，并且取了为他们
所侍奉者的影像——一种野兽的邪恶，
主要地引导到夏娃的罪。
所以他们的责罚是这么地卑贱，
不失去上帝的类似，却是他们自己的；
或是，倘若上帝的类似，
被他们自己变了形，当他们把纯粹的，
自然的健康的规则颠倒为
可厌的病痛时——应当的，因为他们
不尊重他们自己里面的上帝的影像。"

亚当说："我承认这是公正的，
并且服从。但是除了这些痛苦的道路，
还有其他的方法我们可以死，
和同元的尘土混合？"

"有的"密乞尔说，"倘若你好好
地遵守'不太多'的规则，饮食有度，
从饮食里取得适当的营养，不求贪食的
愉快，直到许多年数归临到你的头上：
这样你可以生存，直到，好像熟果，
你落到你母亲的膝上，
或是容易地给收起来，
不是被粗暴地摘取，让给成熟的死：
这是暮年；但是你定得活过要变成衰败，
软弱和灰白的你的青春，你的力，
你的美；然后你的呆钝的感觉定得
把一切欢乐的滋味放弃给你所有的；

代替多望而兴奋的青春的态度，
一种冷而干的悲哀的潮气要在你的
血里主宰，以压下你的精神，
而最后耗尽生命的香膏。"
我们的先祖对他说道：

"此后我不逃避死，也不要十分地
延长生命，宁可专心于我怎样可以
最美丽和最容易地卸去这个我定要负起
直到我的派定的抛弃的日子的重荷，
而耐心地等待我的物化。"密乞尔答道：

"也不要爱，也不要恨你的生命；
但是好好地活你的生命；
多长或是多促都听天：
而现在你预备看另一个景象。"

他望了，并且看到了一片广阔的
平原，上面是不同的色彩的天幕；
有的旁边，牛群在吃着草；有的，
从那里可以被听到发出谐和的音调
的竖琴和风琴乐器的声音；调动它们的
轸子和弦线的人也可以被看到；
他的轻快的拨动，
一切低和高的谐律是本能的，
纵横飞逃和追踪那复响的追逸曲。
在另一地方立了一个在熔炉边劳动的人，
两巨块的铁和铜熔化了
（或是在野火烧尽了山上和谷中的森林
直到地脉，从那里火红地流到什么山洞
的口的地方寻到的，或是从地底被流水
冲洗的）；他把流质的杂金全灌在预备
好的适当的模型中；

从那里他先形成他自己的工具，然后
再做其他能做的燧铣或是五金的雕品。
在这些之后，但是在这一边，
一个不同的种类从邻近的高山，
他们的故家，走下到平原来：
依他们的态度他们像是公正的人，
一切的他们的研究
专心于正直地崇拜上帝，
并且知道他的事业不是隐秘的；
那些能够保持人的自由
与和平的事情也不能持久：
他们在平原上走了不久，
便从天幕里看到一些美丽的妇女，
穿戴着宝石和淫荡的衣服，富丽地活泼；
她们和着竖琴歌唱柔和的调情的小曲，
并且跳着舞走来：男人们，虽然严肃，
窥视她们，并且让他们的眼睛无拘束地
转动，直到，被紧紧地捉住在情网里，
他们欢喜了，每人选择他的欢喜的；
现在他们谈论爱情，直到晚星，
爱的先驱，显现；然后，热情爆发，
他们燃起新婚的火炬，和召唤月老，
然后先赴被召唤的婚姻的礼仪：
所有的天幕应响着欢宴和音乐。
这种的幸福的会见，
爱和没有失去的青春的美丽的事情，
歌唱，花冠，花朵和迷耳的谐音，
捉住亚当的心，不久倾向于承认快乐，
自然的倾向；他这样地把来说出：
　　“我的眼睛的真正的开启者，

有福的大天使，这个启示似乎好得多，
并且预示和平的时日的更多的希望，
比起过去的两个：以前的是恨和死，
或是更坏的痛苦；这里自然似乎在
一切她的目的里成就了。”
　　密乞尔这样对他说：
“不要以快乐判断什么是至善，
虽然对于自然似乎适合，
如你一样，创造了为更高贵的目的，
神圣而纯粹，神圣的和合。
你看到这么快乐的天幕是邪恶的天幕，
在那里面将要居住杀弟者的民族：
他们显出研心于粉饰生命的艺术，
稀有的发明者，不关心他们的造物主，
虽然他的精灵教他们，
但是他们一些不承认他的礼物。
他们却要生出美丽的子孙，
因为你看到那班美丽的妇女，
好像女神，这么活泼，这么光滑，
这么欢欣，但没有包含女人的家庭的
尊敬和主要的赞美的一切的良善；
仅仅被抚育和完成了给予淫欲的嗜好，
唱歌，跳舞，穿着，卷舌头，转眼珠；
清醒的男人，他们的宗教的生命
使他们称为上帝的儿子，将要把他们
一切的美德，他们一切的名誉，
卑贱地放弃给这些美丽的
无神论者的狡计和微笑，
而现今在快活中游泳
（不久要任意地游泳）和欢笑：

世界不久要为这个哭成一个泪的世界。"

被褫夺了短促的欢乐，

亚当向他这样说："哦，怜悯和羞耻，

那些这么美丽地开始良善的

生活的人竟会践踏邪曲的路，

或在半途上晕倒！但我仍旧看到男人的

哀苦的路程保持同途，从女人开始。"

"这从男人的软弱的怠惰开始，"

大天使说道，"他应该要更佳地依他受

到的智慧和更优越的天赋保持他的地位。

但是现在你预备看另外一个景象。"

他望了，并且看到了辽阔的土地铺开

在他面前——市镇，中间的乡村的建筑

物，有高耸的门户和塔楼的人间的都市，

枪刀的会战，表示战争的凶猛的脸孔，

强骨和大胆的巨人。

有的挥动他们的枪刀，

有的勒住吐沫的骏马，有的单独，

有的在整齐的阵容里，骑士和步兵，

也不集了队伍无事地站着。

一方，一群精选征发的牛，

美丽的牡牛和美丽的牝牛，

从肥沃的草原赶来，或是羊群，

牝羊和她们的叫着的小羊，越过平原，

赶来追它们的掠获物；

牧羊人没命地飞逃，但是大声呼救，

这做出一个流血的争战：

队伍连合在残酷的会合中；

牛类最近吃过草的场所，

现在是狼藉着尸身和军器的血腥的荒野：

有的围攻一座坚城，占了阵地；

用大炮，绳梯和地雷攻打；

有的从城墙用箭，标枪，

石头和弹药防御；

左右全是屠杀和巨大的战事。

在另一部分，

持笏的传令者在城门里召集会议：

灰发和严肃的老人立刻聚集，

和战士混在一起，并且热辩声是被闻到；

但是不久陷入于党争之中，

直到最后一个态度聪明的

中年人站起来大大地谈论正和邪，

正义、宗教、真理、和平，

与天上的审判：年老和年幼的斥责他，

并且会用强暴的手把他掠去，

倘若一座下降的云不把他从那里抢去，

不被众人看见。强暴，压迫，

和刀枪法律这样通过全平原，

没有避难的地方可以被找到。

亚当泪流满面，

十分悲切地哀悼着转向他的导者：

"哦，这些是什么？死的使者，不是人！

他们这样非人地把死给予人，

并且把杀弟者的罪恶化成万倍；

因为他们除了他们的同胞还屠杀谁，

人杀人？但是那公正的人是谁？倘若

天不救他，他早在他的正义中死了。"

密乞尔向他说：

"这些是你看到的那些恶姻缘的结果，

善和恶相配；他们厌恶他们自己结合，

并且，轻率地连了婚，

产生身心的怪形的儿女。

这些巨人，高名的人们，是这样的；

因为在那些日子只是强力将要被赞美，

并且被叫作勇毅和英雄的美德；

在战役中得胜和征服国家，

并且以无数的屠杀带回战利品，

将被称作人类光荣的最高峰，

并且，为了已成的光荣，

要胜利地被尊做大征服者，

人类的保护者，天神和神子——

更正当地名他为破坏者，人类的灾疫。

这样名誉将要被见到，全地闻名，

而最值得褒奖的却隐藏在沉默中。

但是他，你的第七子，你看到他在一个

邪恶的世界里是唯一的正直者，所以

被妒恨，所以这样地被围绕着敌人们，

为了胆敢一人做得公正

和说出可厌的真理，就是上帝和他的

圣者们要来审判他们——如你看到地，

带着生翼的马和被围绕在香雾中的

至尊者迎接他，去和上帝在高的得救

和幸福之国中行走，从死解除了，

显给你看什么报酬等待善者，

余者什么责罚；

这个现今指引你的眼睛和立时看到。"

　　他望了，并且看到了事物的外形

十分地变了。战争的铜喉停止鸣叫了；

一切现今变成了游乐和竞技，

奢侈和骚闹，欢宴和跳舞；

结婚或是卖淫；如临到的，凌辱或是

奸淫，当绝世的美人迷惑他们时；

然后从酒杯转到内讧。

最后一个尊敬的老翁来到他们中间，

宣称十分地不欢喜他们的举动，

指摘他们的行为；他常赴他们的集会，

不论在何处，祭礼或是祝宴，

向他们宣讲改心和忏悔，好像对着

狱中的在急迫的审判底下的灵魂；

但是一切徒然：当他看到了那个时，

他终止争论，把它的天幕移到到渺远处；

然后，从山上砍伐高木，

开始建造一只巨身的船，长，高，

和阔用方尺测量，满涂着沥青，

旁边设计一门，

为人畜的粮食多量地预备，看哪！

一个怪异的神迹！每种兽，

鸟和小的昆虫成七和成双地来，

和走进，依照它们的顺序；

最后，老翁和他的三子，

和他们的四个妻子；上帝把门关紧。

同时南风起了，并且，广翔着黑翼，

从天空底下把一切的云赶在一起；

以补满它们，群山立刻送上昏暗而且

潮湿的蒸汽和烟雾；

而现在密厚的天空好像黑的天盖站着：

猛急的雨向下冲锋，并且继续，

直到大地再不能被看到；浮月漂举，

因尖的船首而稳妥，在波浪上向前浮泛；

洪水淹没了一切其他的住居，

从山上砍伐高木，开始建造一只巨身的船。

把它们和它们的一切的荣华深深地
卷入海底；海掩盖海，没有涯岸的海；
在豪华曾经主宰过的它们的宫殿内
海怪生产而住居：最近这么无数的人类
仅留下一部分在一只小船里漂浮。
亚当，那么你怎样悲伤地看到你的
所有的子孙的结局，这么悲惨的结局，
沦亡！另一种洪水，眼泪和悲哀的洪水，
也要把你淹没，
和沉死你如同沉死你的子孙；
直到，温柔地被天使举起，你终于站起，
虽然没有安慰，
好像一个父亲痛悼他的子女，
在眼前立刻全给灭亡，
你这样向天使轻微地发出你的悲叹：

　　　"哦，预见的恶的幻影！
我宁愿不知道将来而生活——
这样只要担负我的罪恶的一份，
每天的命运已经够受了；那颁布的许多
年代的重负现今一时降在我身上，
由于我的预知不足月地诞生了，
在它们诞生前，
以它们一定要诞生的思想苦我。
从此后谁都不要先被告知什么将要
临在他或是他的子女的身上——灾祸，
他可以确信，他的预知不能预防它，
他将要在预想里感到将来的灾祸
不亚于实质地感到，难堪忍受的。
但是那种忧郁现今是过去了；
人不是要受警告的人；

那些逃去灾荒和痛苦的少数的人彷徨着
那水的荒漠最后总要死亡；
我怀有希望，当强暴和战争
在地球上终止时，那么一切会很好，
和平会以快乐的长日加冠人类；
但是我以前十分被欺了，因为现在
我看到和平会腐朽不亚于战争会荒废。
这怎么会这样？请说明呀，天使的先导，
并且人的民族是否会在这里终结。"
密乞尔这样向他说："你最后看到的
那些在凯旋和豪富中的人们是最先地
被看到在优越的英武的事业和伟大的
勋业中，但是真正的美德却没有；
他们流了许多的血，
做了许多的破坏，征服国家，
因此在世界上得到了荣誉，尊称，
和富裕的战掠品，将要把他们的行为
变到快乐，舒适，懒惰，饱食和色欲，
直到淫乱和骄矜在和平中从友谊里
发生敌对的行为。
还有被征服的和为战争做成奴隶的，
失去了他们的自由，
将要失去一切的美德，和神的敬惧——
他们的假装的虔敬不能在锐利在战役里
从神得到援助以抵抗他们的侵略者；
所以，在热忱里冷了，
此后将要练习怎样能安全图存，
随俗地或是放纵地，
依他们的君主将要留给他们享受的；
因为地球要产生比需要的更多的人，

洪水淹没了一切其他的住居，把它们和它们的一切的荣华深深地卷入海底。

所以节制可以被试验。

这样一切将要转到衰落，一切腐败；

正义和节制，真理和信心，被忘却了；

除了一人，黑暗的时代中的唯一的

光明之子，触怒良善的先例，

诱惑，习惯和一个世界；

不怕谴责和嘲笑，或是强暴，

他将要劝谕他们关于他们的恶行，

并且在他们面前设下正义的道路，

怎样地更安全和充满着和平，

宣示着神怒将要临在他们的不悔悟之上，

并且将要被他们嘲笑，

但是上帝看到他是生存的唯一公正的人：

依他的命令他将要造一只神奇的方舟，

如你看到的，把他自己和他的全家

从一个要全灭的世界拯救出来。

他同着选择出来生存的人和畜生

才登上了那方舟并且四面被遮蔽着时，

开放在地上的全天的瀑布

将要日夜地降雨；所有的深渊的泉水，

喷发出来了，将要使海洋汹涌，

侵夺过一切的边涯，

直到泛滥升过最高的山峰：

然后乐园的这座山被波浪的力从他的

地位移开，被角形的洪水所推动，

它的所有的草木全被毁坏，树木漂流，

乘着大江而下直到张口的海湾，

在那里生根，一座多盐而光秃的海岛，

海豹，鲸鱼和长鸣的海鸥的宿所——

教训你上帝不把神圣加于那地方，

倘若常到那边去的或是住在

那里的人们不把神圣带到那边去。

现在看再要继来的。"

　　他望了，并且看到了方舟在现今

退减的洪水上漂浮；因为云是飞去了，

为尖锐的北风所驱走，吹干着的北风

吹皱了大水的面孔，好像萎缩了；

清澄的太阳赫灼地射照在水镜上，

大口地收吸新鲜的波浪，

如同在口渴之后；

这使流水从停止的湖缩到细步的退潮，

用轻柔的脚步偷向现在塞住了

水门的大渊，当天关上他的窗时。

现今方舟不再漂浮，却像在地上，

紧固在什么高山的巅上。

而现今山巅显出，好像岩石；

急流高声地从那里

把它们的狂潮驱向退着的海。

一只乌鸦从方舟飞出，

在他之后那更稳当的信使——

一只斑鸠，不时地被送出来窥探他的

脚可以在上面停下的绿树或是土地的；

第二次回来时，

在他的喙嘴里他带来一片橄榄树叶，

平安的象征。干地立时显出，

古代的老翁同着他的完全的

行列从他的方舟走下；

然后，以举起的手和虔敬的眼睛，

对上天感谢，在他的头上看到一座露湿

的云，在云里一条显出三种彩色的虹，

显示上帝的和平，和新的圣约。
看了这个，不久前这么忧郁的亚当的
心大大地欢喜了；而这样说出他的快活：

"哦，你呀，你能把将来的事情
表现得像现在似的，上天的教师，
看了这个最后的景象我复活了，
确信人将要生存，同着一切的生物，
并且保存他们的子孙。
现在我为被毁灭的恶子的整个世界
而悲悼远不及我为被找到这么完美
和这么公正，以致上帝肯从他产生
另一世界而忘却他所有的怒气的一人
而欢欣。但是说呀，
那些展成好像息怒的上帝
的眉额的天上的彩条是什么意思？
它们是不是当作一根花一般的带
以束住就是那座水云的流动的衣裙，
怕它再溶化开来并且降雨在地球上？"

大天使向他说道："你想得多么精妙。

上帝这么愿意地停息他的愤怒：
虽然最近后悔把人毁坏了，
心中悲痛，当俯望时，
他看到全地球充满着强暴，
一切的肉各依它们的类别腐朽；
但是，这些被移去了后，
一个公正的人将要在他的面前
找到这种的仁慈，以致他后悔，
不把人类铲除，并且定下一个圣约
绝不再用洪水去毁灭人类，
也不让海泛滥过他的范围，
也不让雨水淹没世界和里面的人畜；
但是，当他把一座云带在地球上时，
他要在里面安放他的三色的虹，
以观望它和记起他的圣约。
白昼和黑夜，播种和收获的时候，
炎热和寒霜，将要保持它们的程序，
直到火把万物净渐，天和地，
在那里面公正者将要居住。"

Volume XII

第十二卷

　　密乞尔从洪水起继续讲述什么将要续来；然后，在提起亚伯拉罕时，渐渐说明谁
将是"女人之子"，在堕落时答允亚当和夏娃的：他的降世，死亡，复活和上天；直
到他的第二次来临时的教会的情形。亚当，为这些讲述和约言大大地满足而重慰，同
密乞尔下山；唤醒夏娃，在这完全的时候她都睡着，但是被温柔的梦归到心的安静和
服从。密乞尔一手挽了他们一个，把他们导出乐园，火剑在他们后面挥动着，天使们
取着他们的岗位以守卫那地方。

好像一个旅行的人

在正午时分缓起他的脚步，虽然心急；

所以在这里大天使在毁灭了

的世界和恢复了的世界之间停顿，

倘若亚当或许插入任何的话；

然后，以甜蜜的转移，开始新的言语：

"这样你看到了一个世界

开始和终结，并且人好像从第二个

始祖似的产生。你还有许多要看；

但是我觉到你的人间的眼睛就要衰弱；

神圣的事物定得使人间的

感觉损伤和疲倦：

此后我要讲述将要来临的事情；

所以，你给予适当的倾听，并且注意。

"这个人类的第二个源泉流，

在还只是少数的时候，

在过去的审判的惧怕，惧怕着神，

新鲜地存留在他们心中的时候，

将要顾到一些正义和正直

而过他们的生活，并且迅速地繁殖，

勤耕着土地，和收获着丰裕的谷，

酒和油：并且，

常从牛群和羊群献祭着小牛，小羊，

或是小山羊，灌倒多量的祭酒，

和神圣的筵宴，将要在不被谴责的

快活中消磨他们的时日，并且成家和

成族地在族长的规治底下长久地居住

在和平之中，直到一个骄傲的

和野心的人将要起来，他，

不满足于公正的平等，和友爱的情状，

要僭称在他的同胞上面的不当的主权，

并且十分地从地球上

摒弃人类的谐睦和自然的法则——

以战争和敌人的陷阱猎狩着

（人，不是兽，将要是他的获物）

拒绝服从他的专制的帝国的人：

因此在主面前他将要

被称作强暴的猎狩者，是蔑视天的，

或是从天请求第二个主权，

并且将要从背叛得到他的名字，

虽然他控责人家背叛。

他，同着相类的野心和他联合

或是在他底下使行专制的一群人，

从伊甸园向西方前进着，

将要找到从地底，地狱的口，

腾出一支黑的沥青的旋卷的平原，

以砖石，和那种物质，他们计划去

建筑一座都城和塔楼，它的顶可以摩天；

并且为他们自己取得一个名字，

恐怕，远远地分散在异国，

他们的记忆会被失去——

不顾到是善的还是恶的名誉。

但是上帝，他常常不被看见地降下来

访谒人们，和走过他们的住居以考察他

们的行为的，不久看到他们时，

便下来看他们的都城，在高塔把天塔

遮去之前，并且嘲弄地把一个

不和的精灵加于他们的舌头上，

十分地拭去他们的本来的语言，并且，

相反地，播散一种不知道的言语的喧音：

一种可厌的呓语就此在建筑者的
中间高声地升起；每人向另一人叫喊，
不被了解——直到，声嗄并且大家发怒，
他们狂骚如被讥嘲了；大笑是在天上，
俯望着去看那怪异的骚扰和去听那喧闹；
这样那座建筑留下来当作可笑的资料，
而那工事被叫作'混沌'。"

　　亚当，父亲似的不乐，便这样地
说道："可咒骂的儿子哟，
这样地企求超越他的同胞们，
他自己行使着僭越来的，不是上帝给予
的主权：上帝仅仅给予我们在兽，鱼，
和鸟之上的绝对的主权；
由于他的赠赐我们保持那个权利：
但是他不把人造来主宰人——这种名称
保留着给他自己，而让人从人自由。
但是这个篡夺者
不把他的骄矜的侵害止于人的身上；
他的高塔想要向上帝包围和挑战。
可恶的人！
他要运送什么粮食到那上边去，
以支持他自己和他的暴躁的军队，
那里在云之上的稀薄的空气会使他的
粗俗的脏腑痛苦，并且使他饥饿着气息，
倘若不饥饿着饭食？"

　　密乞尔这样向他说：
"你正当地憎恶那个儿子，他把这种的
纷扰带来在人们的平静的情境上，
爱好着去压服合理的自由；
但是从此要知道，自从你的原罪之后，

真正的自由是失去了，
她总是孪生地和正当的理性住在一起，
并且从她没有单独的生命。
理性在人里面被晦暗，或是不被服从时，
法外的欲望和突起的热情立刻从理性
夺来治权，并且把人降到奴隶，
直到那时是自由的。
所以，既然你准许无价值的
势力在他里面主宰自由的理性，
上帝，在公正的审判里，把他从外面
屈服在强暴的君主底下，他们时常一样
不应当地奴役他的外面的自由。
暴虐一定会存在，
虽然对于暴君因此不是原谅。
但是有时国家会从美德，那就是理性，
衰颓得这么低，以致没有过错，
却是正义，一些并合的宿命的诅咒，
夺去他们的外面的自由，
他们里面的自由失去了：
看那建造方舟者的不敬的儿子，他，
为了对他的父亲所做的羞辱，
听到这加在他恶子孙上的沉重的诅咒，
'众仆之仆'。这样这个以后的，
好像以前的世界，仍旧从壤倾到更壤，
直到上帝最后，因他们的罪恶疲倦了，
从他们中间隐去他的显现，
和转开他的圣眼，决定以后让他们
去做他们自己的卑污的行为，
而从一切其他的国家
选取一个特殊的国家，她要被祈请——

从一个有信心的人产生的一个国家：
他仍旧住着在欧弗莱底斯的这边，
在偶像崇拜中被抚育大的。
哦，人们（你能相信？）
会变得这么地愚蠢，
当逃去洪水的族长还活着的时候，
以致抛弃活的上帝，
而堕落得去崇拜他们自己
做成的木像和石像当作诸神！
——但是至尊者的神肯用圣视把他
从他父亲的家室，他的亲族和假神，
召唤到神要显给他看的一个地方，
并且要起一个伟大的国家，
和这样地把他的祝福注在他上面，所以
在你的种子里一切的国家将要被祝福；
他立刻服从；不知道到什么地方，
但是坚决地相信。
我看到他，但是你不能，
他以什么样的信心离开他的诸神，
他的朋友，和你的故土，加尔地底乌尔，
现在经过着浅濑到哈兰去——
在他之后是牛群，羊群，
和无数的仆人的一个繁重的行列——
不是贫穷地彷徨着，
却是把他的一切的财富全信托给
在不知道的地方召唤他的神。
他现在达以迦南；
我看到他的天幕张在喜吉姆，
和玛勒的邻近的平野的四边。
依照圣约，他在那里接受那个完全的

国土的礼物给他的子孙，
从北方的哈玛司到南方的荒漠
（我依照他们的名字而叫的事物，
虽然还没有被命名），
从东方的黑门到西方的大海；黑门山，
彼方的海，眺望在远处的每处地方，
当我指点它们时：在陆地上，喀玛尔山；
这里，双源的流水，耶但，真正的东疆；
但是他的子孙将要住到示尼珥，
那条迤逦的山脊。
深思这个，地球的一切的国家将要
在他的种子里被祝福；
那个种子意思就是那大救世主，
他将要损伤蛇的头；
这个将要立刻更明显地被启示给你看。
这个有福的族长，在适当的时候
将要叫他有信心的亚伯拉罕的，
留下一个儿子，他的儿子留下一个孙子，
在信心，智慧和名誉里和他相同。
生出了十二个儿子的那孙子，
从迦南离开到此后叫作埃及，
为尼罗河分开的一个国土；
看它在流的地方，从七口注入海里去：
他来到那个国土居住，
在饥荒的时候为一个幼子所邀请，
他的勋绩把他推崇到在
法老国里的第二人的一个儿子：
他在那里死，并且留下他的民族长成
一个国家，而现在使一个后王疑忌，
他设法要阻止他们的过分的繁殖，

当作太多的幕客；

他不好客地把客人的他们做成奴隶，

并且杀死他们的男孩：

直到，由于从上帝遣出去把

神民从奴役解放的两个兄弟

（叫作摩西和亚伦的两个兄弟），

他们带着光荣和获物归返到圣约之地。

但是不肯承认他们的上帝，

或是不肯敬重福音的不法的暴君定

要先被可怕的表征和审判所强迫：

江河定要变做没有流的血；蛙，虱，

和蝇定要把他的完全的

皇宫充满可厌的闯入和充满全地；

他的畜类定要因兽疫和瘟疫而死；

疱疮和水肿定要胀起他的全身，

和他的全民；混合着霰的雷，

混合着火的霰，定要撕破埃及的天空，

并且在地球上旋转，

在它滚动的地方吞噬着；

它不吞噬的地方，草，果和谷，

拥集着下来的一阵蝗虫底黑云定要吃去，

在地上不留下一些青的东西；

黑暗，可以触到的黑暗，

定要荫蔽他的全境，并且使三天没有

天日；最后，以半夜的一击，

埃及中所有的头生儿定要死亡。

这样因十处伤痕而被驯服的

河龙终于答允让他的客民们离开，

并且屡次使他的顽固的心肠低沉，

但是仍旧像溶解后愈更坚硬的冰；

直到在他的愤怒中追着他才放走的人，

大海把他的军队一同吞去，

但是让他们过去，如同在陆地上，

在两座水晶壁之间，

被摩西的杖吓得这样地分开立着的，

直到他所救的人达到他们的海岸：

这种神奇的力量上帝会借给他的圣者，

虽然他的天使们里也有，

天使们将要先他们而行，

一座云和火柱中——

日间一座云，夜间一根火柱——

以引导他们在他们的旅程中，

并且当顽固的王追逐时，

在他们后面驱除：他要整夜地追赶，

但是他的走近黑暗

将要在中间防堵直到早晨守望；

然后穿过火柱和云望着的上帝

要困扰他的全军和打碎他们的军轮：

那时摩西依命令又把他的手杖

扩伸在海上；海服从他的杖；

波浪回到他们的阵容上，

和淹没他们的战争：

精选的民族安全地从海岸

穿过荒野的沙漠向迦南前进——

不是最敏捷的路，

恐怕，在进去时惊起迦南人，

战争惊坏没有经验的他们，

并且惧怕使他们回到埃及，

宁愿选取奴隶的不光荣的生命；

因为生命对于不习于战事的，

所以不会粗暴的贵人和贱人是更甜蜜。
由于他们的迟留于
广阔的荒野中他们也将要得到这个：
他们在那里将要建立他们的政府，
从十二族选举他们的元老会议，
依照被颁布的法律治理。
上帝，从西乃山，白的山岭将要震动，
他下降着，要自己在雷，电，
和高角声中颁赐他们的法律——
一部分，关于民事的司法；
一部分，献祭的宗教的仪式，
用典型和象征告知他们
去损伤蛇的命定的'种子'，
他将用什么方法完成人类的得救。
但是上帝的声音对于
人间的耳朵是可畏的：
他们恳求摩西向他们报告上帝的意旨，
和停止恐怕；他答允他们恳求的，
被教知了没有中间人不能走近上帝，
摩西现今在象征里负起中间人的
重要的职务，以引进一个更伟大的人，
他的盛日摩西将要预说，
和所有的先知们，在他们的时代里，
将要歌唱大救主的时代。
这样法律和仪式设立了，上帝在服从
他的意旨的人里面有这种的欢欣，
以致他屈驾在他们中间设置他的圣幕——
圣神和凡人居住：
依他的敕命一座圣殿用香柏建成，
盖着黄金；里面是一只圣柜，

圣柜里面是他的证明，他的圣约的记录；
在这些上面是黄金底圣座，
在两个光辉的天使的翅膀之间；
在他面前燃点七盏明灯，
好像在黄道带中代表着天体的火；
在日间一座云将要停在天幕之上，
夜间一道火光，除了他们在旅行的时候；
最后被神的天使引导着，他们来到答允
给亚伯拉罕和他的子孙的地方：
其余的说来很长——多少的战役兴起，
多少的帝王死亡，多少的王国取得；
或是怎样太阳将要整日地站停在半空里，
并且延滞夜的正当的行程，
人的声音命令着，
'太阳，站停在吉朋，和你，月亮，
站停在何加龙的山谷直到以色列得胜！'
以撒的儿子亚伯拉罕的第三子这样地
叫喊，和从他出的他的完全的
子孙将要这样地得到迦南。"
　　亚当在这里插说：
"哦，从天上遣来的，使我的
黑暗光明的，你启示了仁慈的事情，
尤其是关于公正的亚伯拉罕和他的
子孙的：现在我才第一次找到我的眼睛
真正开着，我的心十分地舒适，
不久前困扰着我和全人类要变成什么的
思想；但是现在我看到他的时日，
在他里面一切的国家将要被祝福——
以禁止的方法追求禁止的智识的我
不应得到的恩惠。

他们恳求摩西向他们报告上帝的意旨，和停止恐怕。

这个我还不懂——为什么这么许多
和这么不同的法律被给予上帝
肯屈驾去居住在他们中间的那些人；
这么许多的法律证明他们中间
这么许多的罪？神怎能和这种人居住？"
　　密乞尔这样向他说：
"不要疑惑罪恶会在他们中间盛行，
因为从你产生；因此法律被给予他们，
去显明他们的自然的邪曲，
由于煽动罪恶去和法律争斗，
所以，当他们看到法律能发现，
但是不能移除罪恶时，除了从那些
象征的软弱的供物，牡牛和山羊的血，
他们可以断定一些更宝贵的血定要
为人而流，公正的为不公正的，所以
在由于信心归给他们的这种的正义里，
他们可以找到对于
上帝的剖白和良心的和平，
这个法律不能用礼式去安慰，
人也不能完成道德的部分，
而不能完成时，不能生存。
所以法律显出不完美，
但是被给予的目的是要使他们
在成熟的时候归给一个更佳的圣约，
从象征的典型训练到真理，
从肉到灵，从严厉的法律的
科加到宽大的恩惠的自由的接受，
从奴隶的到孝顺的惧怕，
法律的事业到信心的事业，因此摩西，
虽然为上帝所至爱，但只是法律的使者，

不会把他的人民导入迦南；
但是约书亚，异邦人叫他做耶稣的，
负着他的名字和职务，将要灭亡敌蛇，
并且把彷徨了长久的人通过世界的
荒野安全地带回安息的永远的乐园。
同时被置在他们的地上的
迦南的他们将要长久地居住和繁盛，
但是当国家的罪妨碍他们的公众的和平，
招怒上帝，以致给他们生出敌人——
上帝屡次地使他们忏悔，
把他们从敌人拯救出来，但是先是士师，
然后帝王；第二世的王，
因信仰和武功著名的，
将要到一个不能挽回的圣约，
就是他的王位将要永远存在；
所有的先知将要歌唱这同样的事——
从大卫（我这样令名这个王帝）
的王统将要生出一个儿子，
对你预说过的女人的种子。
预先告知亚伯拉罕，
因为在他里面将要信托一切的国家；
向帝王们预先告知最后的王，
因为他的朝代将没有终局。
但是最初，一个长的王统定要继续；
因财富和聪慧而著名的他的次子
将要把直到那时在漂浪的天幕中的云
遮的圣柜供奉在一座辉煌的庙里。
跟在他之后的要被记下，半是善的，
半是恶的；恶的有较长的卷轴：
他们的卑污的偶像崇拜和其他的过错，

堆积到普遍的总数，

要这样的招怒上帝，以致抛弃他们，

并且把他们的土地，他们的都城，

神庙，和圣柜，同着一切的圣物，

如同一个嘲笑和掠食暴露给

以后叫作巴比伦的那座骄傲的城，

你看到它的高的城墙残留在混乱中。

他把他们俘虏地在那里居住七十年；

然后带他们回来，

记起着慈悲，和向大卫誓说的，

好像天日一样稳定的他的圣约。

得到帝王们，被上帝判裁的他们的主，

底允准从巴比伦归来，他们先重建神宫，

并且暂时在卑贱的状况里朴素地生活，

直到，渐变殷富而繁盛，

他们渐渐生起党争。

但是分裂先在祭司们中间产生——

侍奉祭坛并且应该最努力于和平的人们：

他们的争斗把不洁带在圣庙本身上；

最后他们夺去王笏，

而不顾大卫的儿子们，

然后把王笏失给一个异国人，

所以真正的受膏礼的救主

可以生下来被剥夺了他的权利；

但是在他的诞生时，一颗星，

以前在天上未曾见过的，宣告他降临，

并且引导东方的圣人，他们问他的地方，

以供献香，没药，和黄金：

他的诞生的地方一个庄严的天使告诉

给守着夜的无邪的牧羊人们；

他们欣喜地赶到那边去，听到列队的

天使们的合唱团歌唱他的祝颂。

一个处女是他的母亲，

但是他的父亲是至尊者底力；

他将要承袭王位，并且以地球的

广阔的境界限制他的统治，

以诸天限制他的光荣。”

他停止了，看出亚当盈溢着这种的

快活，好像和悲伤一样在眼泪里面

露润过似的，不发言语；他终于说了：

“哦，福音的预言者，

究极的希望的完成者！

现在明晰地我悟解我的不挠的思想

屡次徒然地搜寻的——为什么我们等待

的伟人要被叫作女人的种子。

处女的母亲，欢迎呀！

至高地在天的爱里，

但是从我的腰间你将要生出，

并且从你的子宫生出至尊的上帝的儿子；

这样上帝和人联合。

现在蛇定要带着死的痛苦等待他的头伤；

请说他们的战争是在何处与何时，

什么打击将要损伤胜利者的脚踵？”

密乞尔这样向他说：

“不要梦想他们的战争是一个决斗，

或是头或踵的局部的伤害：

神子不因此把人性和神性连合，

以更多的力量去挫败你的敌人；

撒旦也不这样被克服，

他的从天上的坠落，一个更致命的伤害，

不是不能给予你的死的伤害；
来做你的救主的将要重新医愈这个伤害，
不是毁灭撒旦，但是毁灭在
你和你的子孙里的他的工作：
这个也不能，除非完成你正所缺少的，
就是对于课加于死刑上的上帝的
法律的服从，和忍受着死，
属于你的犯罪，和属于要从
你生出的他们的犯罪的刑罚：
所以只有至高的正义能报偿余者。
上帝的严正的法律
他将要用服从和爱完成，虽然只有爱
完成法律，你的责罚他将要忍受，
由于在肉体里来到一个
非难的生活和被诅咒的死，宣告永生
给予要相信他的赎罪的一切的人，
并且他的服从
由于信心变成他们所有的——
救他们是他的功绩，不是他们自己的，
虽然是合法的，行为。
为了这个他将要活着被憎恨，被毁谤，
被强力所捉住，被裁判，
被判定一个可耻和可诅咒的死，
被他自己的国民钉在十字架上，
为了带来生命而被杀；
但是他把你的敌人们钉在十字架上——
对于你不利的法律和
同他被钉在十字架上的全人类的罪，
绝不再伤害那些
正当地相信他的赎罪的人们；

他这样死，但是不久复活；
死不会长久在他的上面施行权力；
在第三日的黎明归回之前，
早晨的繁星将要看到他从他的坟墓升起，
像黎明般新鲜，你的罪被赎了，
这个把人从死拯救——他为人的死，
死的次数的多依照不轻忽给予的永生，
和用不缺少善行的信心拥抱那利益。
这个神业取消你的责罚，你要死的死，
永远在罪里从生命失去；
这个事业将要损伤撒旦的头，
击破他的力量，战败罪和死，
他的两个主要的武器，
并且远更深地把他们的钉刺入他的头里，
比起暂时的死将要损伤胜利者的，
或是他赎救的他们的踵——
像睡眠般的一个死，
向永生去的一个平静的漂游。
在复活之后他在地球上也不会
住得更长久比起向他的使徒们——
在他生时仍旧跟从他的人们——
显现的一些时候；将要留下他们专去教
知一切的国民他们从他学得的和他的拯
救，他们将要相信在流水中的洗礼——
把他们洗去罪恶到纯洁的生命的象征，
并且在心里预备赎罪者所死的死，
倘若这样来临。
他们将要教知一切的国家；
因为，从那一天，
不单要向从亚伯拉罕生出的子孙，

还要向世界上各处的
亚伯拉罕的信仰的子孙讲说拯救；
所以一切的国家将要在
他的种子里被祝福。
然后他带着光荣将要升到诸天之天，
在他的和你的敌人之上凯旋着穿过天空；
在那里将要惊吓蛇，天空之王，
把锁着的他拖曳过他的完全的领土，
抛弃他在那里灭亡；然后走进光荣，
复到在上帝右手的他的座位，
被高举到天上的一切的名字之上；
当这个世界的破灭将要成熟的时候，
他将要从那里带着光荣和权力，
来审判生者和死者——
审判没有信心的死者，
但是报偿他的忠信者，
并且把他们接进幸福里去，
不论在天上或是地上；
因为那时地球全要变成乐园，
比起这座伊甸园远更幸福的地方，
和远更幸福的时日。”

　　大天使密乞尔这么的说；然后停顿，
似乎到了世界的大时代；而我们的始祖，
充满着快活和惊喜，这样的回答道：

　　“哦，无限的善，无涯的善，
这一切的善将要从恶生出，
而恶变成善——更神奇比起创造
最先用来从黑暗带出光明的！
充满了疑惑我立着，
还是我现在应该忏悔我做的和生出的罪，

还是更甚的欢欣更多的善将要
因此生出——对于上帝更多的光荣，
对人们从上帝的更多的恩惠——
慈悲将要更比神怒盈溢。
但是说呀，
倘若我们的救主定要重登天上，
存下在真理的敌人不信者之群中间的
少数者，他的信者，会遇到什么？
那么谁将要指导他的人民，谁防卫？
他们不要更坏地
待遇他的弟子们比起待遇他？”

　　“当然他们会，”天使说，
“但是从天上他会差遣一个慰藉者
给他的儿子们，天父的圣约，
天父将要把圣灵居住在他们里面，
并且信仰法律通过爱将要
记写在他们的心上。
在一切的真理中引导他们，
还要以灵的军器武装他们，
所以能够抵拒撒旦的攻击，
和消灭他的火箭——
不怕人能做的对于他们不利的事情，
虽然到死；以反抗这种的残暴，
他们常被报酬着内心的慰藉，
并且常被支助着，所以将使他们的
最骄傲的迫害者惊异；因为先灌注在
他遣出去教化万国的他的使徒们之上，
然后灌注在一切受洗礼者之上的圣灵
将要赋给他们以神妙的礼物，
能说万国的语言，和使行一切的奇迹，

如同他们的主在他们面前使行的一样。

这样他们信服各国的许多人去欣然

接受从天带来的福音：

最后，他们的使命完成了，

民族良善地生存了，他们的教义

和史传记录下来了，他们死去；

但是在他们的地方，如他们预先警告的，

群狼，凶暴的群狼，

将要接替他们做教师，

他们将要把天的一切的神圣的秘密变成

他们自己的利益和野心的恶的便利，

把真理玷污着迷信和传统，

仅仅存留在那些纯洁的记录里，

虽然除了圣灵外不被悟解的真理。

然后他们将要利用他们的名字，地方，

和尊称，而用这些去联络世俗的权力，

虽然仍旧假装着依照灵的权力而行动；

同样地允诺和给予一切信者的圣灵

他们自己独占；从那个托词，灵的法律

用肉的权力将要迫加在每个良心上——

没有人找到留在圣书里的或是内在的

圣灵将要刻在心上的法律。

那么他们会做什么呢，

除去了强迫'恩惠之灵'，

和缚起他的配偶，'自由'？

除了拆毁由信仰建起的他的生的圣宫——

他们自己的信仰，不是他人的？

因为，在地球上，谁背叛信心

和良心的能被没有谬误地听到？

但是许多人要擅作；因此重的迫害

将要加上于不屈不挠地

崇拜圣灵和真理的一切人们；

余者，更大的部分，会在表面的典议

和外观的形式里把宗教当作满足了，

真理将要被贯穿着诽谤的箭退休，

信仰的事业难能被找到，

世界将要这样进行，

对善人恶毒，对恶人宽容，

在她自己的重量底下呻吟着，

直到对于公正者的休息

和对于不正者的复仇的日子来临，

在最近答允援助你的他，女人的种子

归来时——以前模糊地预说的，

现在更明白地被知道

是你的救主和你的主；最后，在云里，

从天上被启示在天父的光荣里，

把撒旦同着为他所邪曲的世界消灭；

然后从燃烧的巨块，净洗和精炼了的，

生出新的天，新的地，无限的时代，

根据在正义，和平，与爱里面；

带出美果来，永久的欢乐和至福。"

他终止了；亚当便这样最后回答道：
"幸福的预见者，你的预言怎样迅疾地
测量这个一瞬的世界，时间的赛跑，
直到时间固定：彼岸全是溟漠——
永劫，它的边涯没有眼睛能达到，
十分的被教训了，我便从这里离开，
十分的在思想的和平里
尝够了我这架身体能容下的智识；
以前希求这以外的事情是我的愚蠢。

从此后我知道服从是至善

并且怀着畏惧爱唯一的上帝，

在他的面前似的行走，永远遵守神意，

仅仅地依靠他，对他的万物慈悲，

仍旧用善去克服恶，以小事完成伟业——

以当作弱的事情去倾覆世俗的强的，

以天真的柔和去倾覆世俗的贤明；

为了真理之故，

受苦是到无上的胜利去的勇气，

对于信者死是生命之门——

这个为他的榜样所教知，

我现今认他是我的永福的救主。”

　　天使也这样的最后向他回答道：

“知道了这个，你得到了智慧的总和；

不要希望更高的，

虽然你知道一切的星的名字，

一切的天人，永远的一切的秘密，

一切自然的工作，或是在天，空，地，

或海里的上帝的作品，

并且享受这个世界的一切的财富，

和一切的治权，一个帝国。

只要加上和你的智识相称的行为；

加上信心；加上美德，忍耐，节制；

加上爱，将来要被叫作慈善，

一切余者的灵魂：

然后你不会不愿离开这座乐园，

但是在你心里将要占领一座乐园，

远更幸福。

所以，让我们从这默想的山顶走下；

因为确定的时辰催迫我们从这里离开；

看呀！我把他们驻扎在彼方

山上的卫兵等待他们的进行，

在他们前面一把光焰的剑凶猛地挥动，

退去的信号。

我们不能再久留：去，叫醒夏娃；

我也用温柔的梦平静了她，

预示着善并且

把一切她的灵魂组成温和的顺服：

在适合的时候你去让她分享你听到的——

主要地关于她的信心需要知道的，

她的种子（因为是女人的种子）要带给

全人类的大拯救——

所以你们两人可以生存，

这个将要许多时日，

在一个一致的信心里，

虽然为了过去的恶事悲伤，

但是因默想幸福的结局远更欢喜。”

　　他不说了，他们两人一同下山；

下了山，亚当在前面向夏娃

睡眠着的花亭跑去，但是看到她醒了；

并且这样的用不显

悲伤的言语她迎接他说道：

　　“你从何处归来，和你到何处去，

我知道；因为上帝也在睡眠，

他深惠地送来的梦告知我，

预说着一些伟大的善，

自从我因悲哀和心痛而疲倦地睡去了后；

但是现在请引导向前；

在我里面没有延迟；

和你同去等于留在这里；

没有你留在这里

等于不愿意地从这里离开；

对于我你是天底下的万物，

你是一切的地方，

你为了我的任性的罪从这里流亡。

这个还是安全的慰藉我从这里带去；

虽然一切是为我而失去

我是不值得地被给予这种的恩惠，

就是为我所生的

圣约的种子将要恢复一切。”

　　我们的母亲夏娃这样地说了；

亚当很欢喜地听，但是不回答；

因为现在大天使立得太近，

全在光辉的阵列中的天使们从

彼方的山降下来到他们的派定的岗位，

流星似的在地上滑着，

好像从河上升起的晚雾在沼地上流滑，

跟着归家的农夫的脚跟迅疾地进行。

在最前面高高地扬起，

上帝的舞剑在他们之前赫灼，

像彗星般地凶烈，它用炙热，

和像燃烧的立朋的空气的蒸汽，

开始焙炙那个温和的风土；

这时候匆忙的天使

每手挽住我们的迟留着的父母，

领导他们径向东门而去，

并且一样迅疾地

从山岸下降到平伏的原野；然后不见。

他们，回首望着，

看到乐园的完全的东侧，

最近是他们幸福的住居，

上面有那把发焰的剑挥舞着的门

拥塞着憎怖的脸孔和火烈的军器：

他们落下了一些自然的眼泪，

但是立刻把来揩去；

世界全在他们面前，

在那里要选择他们休息的地方，

神意是他们的导者：他们，手挽着手，

以彷徨和迟缓的脚步，

穿过伊甸走他们的孤寂的路程。

他们落下了一些自然的眼泪，但是立刻把来揩去。